卵の中の刺殺体

世界最小の密室

Monzen Noriyuki

門前典之

本格M.W.S.
南雲堂

卵の中の刺殺体
世界最小の密室

—目次—

モノローグ――6
プロローグ――二〇一〇年夏　龍神池　8
一――二〇〇五年夏　マイクロバスはコルバ館へ［宮村 記］　24
二――佐伯 徹　二二歳　建築業の場合［野黒美ルポ］　37
三――二〇〇五年夏　吊橋崩壊す［宮村 記］　49
イントルード――89
四――二〇〇五年夏　密室殺人［宮村 記］　92
五――真鍋美紀　四七歳　主婦の場合［野黒美ルポ］　111
六――神谷明殺しの捜査［宮村 記］　122
七――捜査　翌朝［宮村 記］　141
八――近藤里香　一七歳　女子高生の場合［野黒美ルポ］　152
九――襲撃そして脱出［宮村 記］　161
一〇――二〇〇六年夏　コルバ館再び［宮村 記］　182

一一——繰り返される夜［宮村記］197
一二——密室殺人再び［宮村記］216
一三——渡辺幸子 三九歳 介護職員の場合［野黒美ルポ］229
二〇一〇年晩夏 蜘蛛手探偵&建築事務所［宮村記］236
蜘蛛手 龍神池へ［公佳の記録］244
龍の卵の引揚げ［宮村記］263
襲撃事件の真相［宮村記］274
卵の密室の謎を解く［野黒美ルポ］285
宮村 事件を推理する［宮村記］292
世界最小の密室［宮村記］307
解明［宮村記］314
エピローグ——［宮村記］357
解説 松本寛大 367

装幀・写真　岡　孝治＋森　繭

卵の中の刺殺体
世界最小の密室

モノローグ

私、宮村達也《みやむらたつや》はいつのころからか蜘蛛手《くもで》の探偵談をまとめ、ブログに掲載するようになった。少しでも仕事の依頼を増やすためなのだが、効果のほどはあまり上がっていない。蜘蛛手に言わせると、僕の活躍の描写や表現が適切でないから、らしいのだが、針小棒大、虚飾にまみれた表現は私にはできない。八面六臂の活躍だの、快刀乱麻を断つなどの言葉は、どこをどう探しても私には見つからないのだ。というか、そもそも恥ずかしくて書けない。

強いて言うなら、頭脳明晰な解析で難解な謎を解くということに関しては同意してもよい。そこに関しては認めざるを得ない。提示された事象を整理し、不可思議な謎を想像力で補完し、斬新な発想でそれらを論理的に繋ぎ合わせて見せる。特に、何気なく見過ごしがちな事象を蜘蛛手は見落とさず、実に意味あるものとして拾い出し、さらに整理整合させる能力に長けているのだ。

今回ご紹介するのは、長野の山深い池畔で起きた世界最小の密室殺人ともいわれる『卵の中の刺殺体』という事件を五年という月日を跨いで解決に導いたものである。とは言っても解決に至ったのは、蜘蛛手が帰国してからわずか一週間に満たない間の出来事で、最初から蜘蛛手が関与できていれば、ここまで事態が大きくならなかったのではないかと思う。そういう意味では、事の発端から関与し、その進捗を目の当たりにしてきた私が、何もできなかったことが悔しく情けない。海外を放浪している蜘蛛手と、何度も連絡をとっていたつもりだったのだが、結局果たせなかった。

不謹慎な言い方になるかもしれないが、蜘蛛手の名前を世に広めることになったという点では、（数ある蜘蛛手探偵談の中でも）一番結果を出した事件ではないだろうか。
とにもかくにもドリルキラーを名乗る殺人鬼を、追い詰める蜘蛛手の手腕は見事だった。この一点に限るのであれば、快刀乱麻を断つが如きと表現しても許されるかもしれない。ただ、私を踏み台にして成り立っていることは付け加えておきたい。私に至らないところがあることを認めるとしてもだ。

記録書の中には、一部、私が自分の目で見聞きしていない箇所がある。真犯人の追及等には影響を及ぼさないので、そこは当初、記載するつもりはなかったのだが、蜘蛛手が絶対に必要だと主張するので、〝公佳《きみか》の記録〟として忠実に記すことにした。新しい仲間、公佳嬢のデビューであり、若いながらなかなかの論理的な思考ができる彼女の活躍の場面だから——ということらしい。それは否定しない。

それでも私は、館で発生した二件の密室殺人の当事者となり、さらに自らも命を狙われ、燃え盛る館から命からがら脱出した。今回の探偵談では、かなり活躍したと自負しているのだが、如何なものだろうか。是非とも皆さんのご意見をお聞かせ願いたい。

プロローグ

二〇一〇年夏　龍神池

「こんなに干上がっていちゃあ、さすがのリッキーだって、とっくにくたばっているんじゃないか?」

「……」

「仮に生きていたって、これだけの干ばつに遭って、えさ不足になっていてさ、もうどこかに行ってしまっているんだよ」

「……」

「おい、ひょっとしたら、俺たちはリッキーのメインディッシュ、ってことにならないだろうな。は、は、は」

「……」

「卵があるってことはだな、リッキーは雌なのか?　雄はどこかに行っちゃったのか?」

「……」

「それとも二匹、つがいでいて……、リッキーってどっちの方だ?」

問われた男はオールを漕ぐ手を止め、大きな黒縁眼鏡をはずし、吹き出た汗を首からかけたタオルで拭いた。

「何度言ったら分かるんだ。リッキー、リッキーって、そんな安っぽいネームで呼ぶなって言っただろ。龍神様だ」とつばを飛ばす。

タオルは絞れば水滴が垂れるほど濡れていて、既にその機能を果たしていなかった。ボートを漕ぎだしてまだ一〇分も経っていないのに、大量の汗をかくのは、暑い夏の夜とはいえ、日常的な水分の取りすぎが主な原因だった。

叱責された小柄な男の方は、少しだけ眉尻を下げ、すまなそうにしてみせた。漕いでもらっている罪悪感みたいなものが多少はあったからだ。

「あー、はい、はい、分かっているよ、分かっているさ。――でもよ、ここは龍神池っていうぐらいだから、池なんだろう」

「？――それが、……何だよ」

「池ならそんなに深くないはずだ。おまけに干上がっていて水位もかなり下がっている。とすれば、リッキーも、――いや龍神様のことだから、天空に舞い上がって、とっくに避難しているんじゃないかな、と思ってね」

小男は水面に手を差し入れ、パチャパチャと水音を立てる。

眼鏡男は同乗者を睨みつけ、

「いいから黙って前を見ていろよ。もうそろそろじゃないのか」

小男は人を食ったように、夜なのにあえて日差しを遮るような手笠を作って、

「ん、まだまだだな。あー、もう少し左の方」

空いたもう一方の手で、進行方向の斜め左を指さす。

「くそっ」

眼鏡男はそう吐き捨てると、左手だけ強く回して進路を変えた。

「ちょうどいい。そのまま、まっすぐ前進だ」

小男の指示に、眼鏡男は、今度は歯を嚙みしめたまま一際大きくオールを漕いだ。

二人が乗っているボートは、今夜この日のために用意したキャリアブルミニボートだ。釣りが趣味であるのならともかく、龍神池に出現した龍の卵を確認するためだけにわざわざ購入した代物だ。車を軽からSUVに替えたのもボートをルーフに載せ運んでくるためだった。大きな出費だが、龍の卵だと信じている男には十分な対価があった。

眼鏡男所有のキャリアブルミニボートは空気を入れて浮かべる形のボートなのだが、ちゃんとモーターエンジンを着けることもできる本格的なものだった。しかし、今夜はエンジンを使うことはできない。池端にある唯一の店舗——茶店の灯りも消え、キャンプ場にもテントなど一つもなく、辺りに人っ子一人誰もいないと分かっていても、音を立てることは憚られた。それは龍神池が遊泳はもちろんボート遊び禁止で、釣りさえも禁じられているからであるのだが、なによりも、世紀の大発見を誰かに邪魔されたくなかったからだ。

「けどさ。やっぱ……でも、あれは、どこからどうみても、岩だろ？」

「今年は、泥が付いて茶色っぽいからそう見えるだろうが、一昨年も、その前の年——初めて発見したときも、真っ白い完全な球体だった」

「えっ、球なのか」

「言い間違えた。完全な卵形だ。高さで一・五メートル以上はある、大きな卵だ」

小柄な男は上目遣いでじっと眼鏡の奥底の瞳を見つめてから、

「でも、地元のマスコミでさえ全然騒いでいないのに、埼玉在住のお前だけが、なぜ発見することができたんだ」

「それは、雨が降って付着していた泥が流され、卵の色形がきれいに現れるのを見たのが、俺だけだからだ」

眼鏡男はオールを胸元に引き寄せると同時に胸を張った。

「ところが、その雨は降り続いて、池の水位が上がり再び池の中に没した、というんだろう」小男はここで首をひねり、

「しかも二年も続いて、同じことが起こったと……」今度は反対にひねってみせる。

「ふん、半信半疑なのは分かるが、事実だ。二〇〇七年、八年と干ばつが続くなんてめったにあることじゃない。やっと龍の卵が現れて、さあ調査だとなったら雨が降り、卵は水面の下に消えてしまった。あんな悔しいことはない」

「今年のゴールデンウィークにも出てたんだっけ？」

「二日間だけだったけどな。三日目には雨が降って沈んだ。去年は干ばつがなかったし、今年のこの夏の干ばつは最大のチャンスなんだ。このチャンスを逃したら、今度いつやってくるか分からないんだぞ。それにだな。二〇〇五年には水面を泳ぐ龍神そのものにも逢っているんだ。誰も信じないがな」

そう熱く語る眼鏡男は、ＵＦＯや超常現象など未知なもの、あるいは神秘的な現象に目がなく、こ

うして休みを利用しては日本全国各地を巡ることが趣味だった。普段は測量系精密機器工場に勤める真面目なサラリーマンで、酒もギャンブルもやらない。稼いだお金はすべて趣味に費やしていたのだ。この龍神池で龍の卵（？）を発見する三年前までは、信州の山奥に隠れたピラミッドを発見するのだと張り切っていた。ちなみに小柄な男は同僚で、特にこういった神秘的な謎に興味があるわけではない。

「その写真を見せても信じないんだから、今その証拠を見せてやろうって言ってんだろ。もうちょっと待っていろよ」

水面から突き出た大きな塊が、月夜の明かりでもはっきりと見てとれる位置まで近づいてきた。確かに泥をかぶり茶色く映ったが、その大きさ——水面から突き出た高さは、五〇センチは優にありそうだった。

「ここまで来ていやだとは言わないよ。どうせ暇だからな」

「ふん、やたらけちばかりつけるな。——じゃあ、訊くけどな。なぜ日本各地に龍神伝説が遺っているんだ。この龍神池の一〇〇キロ北、北信越国境の坊ヶ池や、九州くじゅう連山の鳴子川なんかにも龍神伝説がある。もちろんそれだけじゃない、いま挙げたのは超有名なところだけで、滋賀や北海道、四国にも数多くある。数え上げたらきりがないほど、日本全国に龍神伝説が遺っているんだぜ」

「ほら、それ、——それだよ」

「……何が、それだよ」

「九州の鳴子川。あそこは確か瀧で有名なところだよ。サンズイに龍って書いて瀧。昔の人は瀧をみて龍を創りあげた。干ばつなどで田んぼの水が干上がると生死に関わるから、龍という想像上の生き物に具象化して祀り上げたのさ。日本には瀧が多いからな」

「そういう説があるのは知っている。けど、この龍神池もそうだし、坊ヶ池もそう、瀧なんか存在しない。他にも瀧がなくて龍神伝説だけが遺っている地はたくさんある。大体、考えてもみろよ、日本全国に亘って接点のない人たちが、同じ生き物をモチーフにしたってわけか。そんなことありえないだろ。古代人が如何に想像力豊かでも、同じ動物を想像するっていう方にこそ、無理がある。――いたんだよ、いたからこそ同じ姿をした龍神様を祀ってある」

「はい、はい」

「それにな、日本だけじゃないぞ。中国やインドにも龍神伝説はあるし、ヨーロッパだってそうだ」

「ドラゴンのことな」小柄な男の問いに眼鏡男が頷くのを待って、「けどよ、ドラゴンは火を噴くだろ。水の神様の龍とは別物なんじゃないか」

眼鏡男はちっと舌打ちしてから、「火と水は表裏一体だ。火を噴くという行為は日照りをモチーフにしたものだ、おそらく。それに実際に火を噴く生物なんかいるわけないだろ」

小柄な男は、だから龍もドラゴンも存在しないんだぞと思いながら、ただただ夜空を見上げた。

「イギリスやブルガリア、ロシアにベラルーシにウクライナ、エチオピアにも神話の時代から龍は語り継がれているんだ。最古の記録は、紀元前二〇〇〇年の頃書かれたバビロニアの創世神話に、洪水を引き起こすティアトという龍が、英雄神マルドゥクに退治されている描写が遺っている。日本では、誰もが知っているヤマタノオロチが最古の龍だといわれている。いいか、世界中に龍は存在したんだ。

そして今でも生存している」

「それがここのリッキーなんだな」

「それもそうだが、もっと具体的な例もある。一九九四年に中国と北朝鮮国境にある白頭山山頂にある天池で、牛に似た角を持つ謎の生物が発見された。韓国からの観光グループが天池の景色を眺めていると、突然、水面に黒っぽい生物が現れ、そのまま二分間ほど泳ぎ回った後、水中に消えた。ツアーガイドがその様子をビデオに納め、翌日テレビでも放映されたんだ。地元では昔から『天池の怪獣』として知られ、古文書にも登場する伝説の動物だったんだ」

「ふーん、でも、あの国にはその手の話が多いからな」

「何言っているんだ。シーラカンスだって絶滅したと考えられていたじゃないか。発見されるまで、誰一人として現存しているなんて考えもしなかった。しかし、実際には今でも生きていた。な、そうだろ。——まだ情報の交換がままならない時代に、世界各地で同じような生物が語り継がれていることに、どうして疑問を抱かないかな？　思うように行き来がなされなかった時代に、どうして同じような生物を想像し得たのか、そっちのほうが不思議なことじゃないか」

「えーと、たしか、東南アジアのどこだったか、忘れたけど、物凄く多くのこうもりが空に一斉に舞い上がっていく姿が、龍のそれに似ているって、テレビでやっていたけどな」

「そんな数多くのこうもりが、世界各地に生息していることのほうが、俺には疑問だね。そんなに都合よくたくさんのこうもりはいない——」

舳先が何かに当たった。話に夢中で目的物に着いたのに気づかなかった。

「さあ、着いたぜ。これがお前のいう龍神の卵なんだな」

眼鏡男は片手をオールから離し、身を乗り出すように卵の端を摑んだ。興奮しているのか小男の問いかけにも応じない。

「落石に……、泥が堆積、付着しただけじゃないのか」とさらに小男が訊ねる。

「いいから、——ほら、そのオールを使って泥を落としてみてくれ。そうすれば分かる」

二人はボートを横付けして、茶色い塊に触れた。

「思ったよりごつごつしているな」小男はオールの柄でコンコンと叩いてみせる。

「おい、もっと優しくやるんだ。ラバーのブレードの方を使って、そーっと撫でるように泥を落としてくれ」

二人はそうしてゆっくりと静かに泥を落としていった。なぜか泥を落とす方が小男で、眼鏡男はボートを安定させることの方に専心していた。不安定なボート上で、力加減のいる作業は容易ではない。

しばらく泥落としと格闘していると、

「……ん、何か、白いものが見えたぞ。——表面は、硬そうだな？　でも、これが卵だとしたら、本体はとてつもなく大きな怪物だな」

「間違いない。龍とは、きっと古生物型のユーマなんだ」

眼鏡男の声は震え、瞳は輝いてみえた。

「ユーマ……？」小柄な男が訊く。

「ＵＭＡ——未確認動物の略だよ」

「ああ、ＵＦＯの動物版ね」

「ちっ、いいから早く手を貸せよ。よく、見れば分かる。――バケツで水をすくってかけてくれ」

「了解、了解――」

「おい、ボートの上で立ち上――！」

小柄な男が急に腰を浮かしたので、ボートはバランスを崩し、

「おいっ、何を――、あぶっ」

「うわっ」

という間に転覆してしまった。

男たちは慌てふためいて水の中で暴れたが、卵の傍だったおかげで、すぐに体勢を整えることができた。卵を摑んで足を踏ん張ってみると、足が底に着き、立ち上がることができたのだ。そこは水深一メートルほどしかなかった。

水深一メートルほどの池に落ちて、大騒ぎをしたことが恥ずかしかったからなのか、全身ずぶ濡れになったことで頭が冷やされたからなのか、二人は軽口を叩くこともなく卵形の物体の泥汚れをきれいに洗い落としていった。不安定なボート上での作業とは違って、泥落としは短時間で終わった。

「これって……」

「ああ、卵じゃないな」

眼鏡男は神秘的なものを愛してやまない性格だったが、決して夢想家ではなかった。

水をかけて泥を落としてみると、表面はかなりごつごつしていて、卵の殻のような滑らかさはない。

また色も白より灰褐色に近い。灰色の地肌に泥が絡み込んでいるのだ。

「コ、コンクリートの塊だろ、これって。は、は、は」

小男はそう言って笑い始めた。

「不法投棄だぜ、これは。近くでスキー場とかホテルとか、いっぱい造っているから、質《たち》の悪いどこかのゼネコンが捨てちまったんだよ。は、は、は、はっ」

さらに笑い続け、飽きるまで笑った。

ふと気づいて、黙っている眼鏡男をみると、期待外れからくる喪失感と傷ついたプライドで唇を歪めていた。

「仕方ないだろ。諦めろよ。こんなこともあるさ」

すると眼鏡男は、卵形をしたコンクリートの頂部辺りを、オールの柄でコンコンと叩き始めた。

「中に龍の赤ちゃんはいないぜ」

「分かっているさ、そんなことはっ！」

眼鏡男は切れ気味にそう言って、今度は柄の先端で、小突き始めた。

「おい、もう満足しただろ。こうなったら、さっさと帰ろうぜ。誰かに見つかっちまう前に引き上げた方が無難だぜ」と小男は暗闇をきょろきょろ見回す。

「コンクリートの塊にしては、軽そうじゃないか」

「……」

「洗っているときから感じていたんだけど、押せば動くぜ」

眼鏡男はオールを持つ両手で卵を押した。すると大した力を入れていないのに、卵は揺らいだ。

「おい、工具箱の中に懐中電灯があっただろ」

「ああ、でも、濡れちまって、……使えるのか」

「防水性の二万円もするやつだ」

小男は言われるままに、ボートに載せてあった工具箱の中から黒光りする懐中電灯を取り出した。ボートが転覆しても、工具箱は防水性なので沈まなかったのだ。

眼鏡男は水面から出ているコンクリートの塊に、両足をかけて乗り、懐中電灯で一点を照らし始めた。見ると、そこには五〇〇円玉より少し大きい孔《あな》が開いていた。

「何だ、この孔は」眼鏡男はそう言いながら腰をおとし、さらに顔を近づけて覗き込む。

「何も見えないな」と続けて言うと、今度は柄の先端をその孔に差し込んだ。

「おい、何やってるんだ。そんなことしたって意味ないだろ。さっさと帰ろうぜ」

「やっぱり中は空洞のようだな。ほら」

差し込んだオールの柄は何の抵抗もなく上下に動く。今度は回すように柄を動かすと、体重のかけ加減で、卵自体が微かに動く。

「それがどうかしたのかよ」

「どうやって、誰が、何の目的で、空洞のコンクリートの卵を造ったんだ。おかしいだろ」

「知らねえよ、そんなこと。どうでもいいだろ」と小男。

眼鏡男は卵の上に立ち上がると、差し込んだオールを持って、前後左右に思い切り体重をかけ始めた。さっきまで慎重に扱えと言っていた男と同じ人間とは思えなかった。

「龍の卵じゃないっていうのが分かっただけでも十分だろ。謎は解けたんだ。ショックなのは分かるが、そうそう望むような結果ばかりが待っているわけじゃない」

「その通りだ。でもな、今度はなぜ中が空洞なのか知りたくなっただけだ」

そう言って思い切りジャンプして全体重を卵にかけた。これで終わりにするつもりで。だから、割れるとは少しも思っていなかった。

着地した瞬間、卵にひび割れがみて取れたので、眼鏡男はすぐに飛び降りた。そして、差し込んだオールを二人で持って、全体重を使って引き倒した。ゴブッ、ゴブッという泡立ちの後に、コンクリート製の卵の殻はゆっくりと二分された。オールを差し込んだ孔と同じ大きさの孔が他に三つあって、それらを繋ぐようにひびが入り、割れたらしかった。

中身を確認するためには、割れた衝撃で吹き上がった泥が落ち着くまで待たなければならなかった。

二人は身動きひとつせず、じっと割れた卵の中を凝視していた。

「お、おい、じ、人骨だよな」

眼鏡男の声は震えていた。

「う、うん間違いない」

小男はいつの間にか眼鏡男の背後に隠れるような位置にいて、首を縦に三度振った。

二つに割れたコンクリート製の、大きい方の殻の中に、膝を抱えるようにして横たわっている白骨死体があった。半透明のビニール製の雨合羽を着ていて、その下には衣服と思われる布の切れ端が、腰骨や背骨に巻き付いて揺らめいている。

「うわっ」眼鏡男が思わず飛び退いた。

白骨死体は、頭部が九〇度に折れ、今にも千切れそうだったが、その右眼窩にはオールステンレス製の包丁が突き刺さっていたからだ。

「さ、殺人だ。おい、警察、警察に連絡しよう」

小男が携帯を取り出そうとする手を押さえ、「いや、まだだ。後でいい」男は眼鏡をかけなおし、じっと割れた卵の中を見ている。凝視しているのは白骨死体ではなく卵の内側のようだった。

「何をしているんだ。早く、ここから引き上げようぜ。後は警察に任せよう」

「だめだ。動くな」

「!?」

「いいから、動くなよ。動けば水埃が立っちまって、見えなくなる」

そう言って両手で小男を抱くように押さえつけた。視線は卵に釘付けのままだ。

「見ろっ」

眼鏡男が指さす先には、コンクリートの殻の内側に、小さな赤い花びらが浮き出ていた。

「爪だ。真っ赤なマニキュアをした爪が三枚、コンクリートに食い込んでいる」

〝コンクリートの卵の中に閉じ込められた若い女性は、脱出しようと爪が剝がれるほど壁をかきむしった。しかし、それが果たせないまま、何者かによって右目を包丁で突き刺され死亡した〟

二人の脳裏にそんな映像が浮かんだ。

「うわーっ」小男は声を上げると、制止する男の手を振り払い、池の中を岸に向かって駆け出した。

眼鏡男も同様に逃げ出したかったが、すぐに気を取り直し、デジタルカメラをベストの胸ポケットから取り出した。しかし、写真は撮れなかった。なぜならデジタルカメラは一般的なもので防水仕様ではなかったからだ。転覆した際に濡れてしまっていたのだ。携帯電話も同様で、カメラ機能だけでなく、電話機能すら果たせなかった。眼鏡男は舌打ちしながら、ボートを引っ張って池の中を歩いた。途中で小男に追いついたが、小男の携帯も濡れてしまっていて使えなかった。結局防水仕様は工具箱だけだったのだ。

だが、彼らがこのタイミングで引き上げたのは正解だった。というのは、急に雨が降り始めたからだ。川の上流で降り出し、三〇分と経たず水嵩はあっという間に上がってしまったのだ。

眼鏡男たちは激しく降り出した雨の中、車を飛ばして、麓のドライブインにたどり着いた。そこで電話を借り、警察に通報したのだった。

〔雨不足の続く龍神池で、水位の下がった水面から卵形をしたコンクリートの塊が現れた。

二、三年前の干ばつでも水面から表出していた岩石だと思われていたものだ。

発見者であるキャンパーの二人が近づいて確かめてみると、コンクリート製の卵には亀裂が生じており、さらにそれを割ってみたところ、中は空洞になっていて、白骨化した人体があったという。ところがその直後から降り出した雨でコンクリートの卵は再び没した〕

〔それから数日後、降雨量が思ったより少なかったこともあり、卵の位置は容易に確認できたので警察による龍神池の捜査が行われた。その結果、コンクリートの卵の中から透明のビニール合羽に包まれた白骨死体が発見された。また死体の頭部には、刃渡り三〇センチもあるオールステンレス製の包丁が貫通していた。キャンパーの証言の信ぴょう性が確認されたのだ〕

【二〇一〇年九月新聞報道抜粋】

さらにその後の調べで、以下のことが明らかになる。

〔遺体は若い女性で、白骨化が進み死因の特定は困難を極めているが、右眼窩から後頭部を貫通するぐらいの強い力で包丁を突き刺されたことが、死因であると判定せざるを得ない。そして、驚くべきことに、被害者の女性はコンクリート製の殻の中でしばらくの間生きていた。というのも、殻の内側に明らかに人為的と思われる引っかき傷と、その傷の中に被害者の爪が残されていたからだ。ところが不思議なことに、卵の形をしたコンクリートの殻には、細いひび割れと五〇〇円硬貨大の孔が四つあったが、凶器と思われる包丁が通るような大きさではなかった。孔の大きさは直径三〇ミリ、包丁の刃の最大幅は五〇ミリだった。ちなみに包丁の長さは三〇センチあった〕

【二〇一〇年九月新聞報道抜粋】

そしてさらに、以下の惹句と共にセンセーショナルに報じられたのである。

『コンクリートという堅牢で隙間のない、世界最小の密室内で起きた殺人事件は、いったいどのようにして行われたのだろうか!?』

一

二〇〇五年夏　マイクロバスはコルバ館へ　［宮村 記］

　あら、やだ。新谷舞《しんたにまい》は携帯電話を上げたり下げたりし、「――電波が届かなくなってるぅ」と果ては激しく左右に振り出し始めた。

「窓の外に出したって無駄ですよ。こんなところ、圏外に決まっているんですから」

桐村寛子《きりむらひろこ》は、さらに窓を開けようとする舞に向かって言い放った。

「そんなこと、やってみなくちゃ分からないでしょ」

舞はきっ、と睨み付けると、構わず窓を開けた。

すると車内に熱気を伴った湿った風が吹き込み、後部座席の寛子のロングストレートを掻き乱す。

「分かったのでしたら、早く閉めてください。せっかくの冷気が逃げてしまいますわ」

感情を抑えた声だったが、手櫛で髪を直す寛子のかすれ声は、二三歳という、一行の中で一番若い年齢ながら、反論を許さぬ迫力があった。

舞は聞き取れないほどの舌打ちをすると、言われたとおりに窓を閉め、大きなストラップの付いた携帯電話をバッグの奥に仕舞った。

「残念ながら、これから行くコルバ館も携帯電話は通じません。なので、そこんところ、よろしくお願いします」

一番前、左側の座席を占めている津田《つだ》専務が、わざわざ立ち上がり、後部座席に向かって頭を下げた。

「えーっ、そういうことは事前に教えてもらわないと」舞が口を尖らせる。

「ありましてよ、案内書に。ちゃんと読んでないからでしょう。ねえ、萌音《もね》さん」

寛子が前席の背もたれ越しに黒江《くろえ》に話しかける。

「え、ええ」

店長の中で一番経験があり、リーダー的な存在である黒江萌音は、隣席の舞に気を使ったせいなのか、あいまいな生返事をしただけだった。

「あら、そうなの。ごめんなさいね。今度新しく出店する大宮店の打ち合わせやなんかで、目が回るほど忙しかったものですから」

舞はそこの店長を兼ねることもあって、他の店長に比べ、多忙な日々を送っていたことは容易に想像できる。

「そうですね。初めての埼玉進出ですから、頑張っていただかないと。わたくしも萌音さんも都内で二店舗ずつ店長を務めさせていただいていますから、お手伝いできなくて残念ですわ」

と、今まで舞が池袋店しか携わっていなかったことを揶揄した。

「立地さえよければ、誰がやったって客を呼べる都内と違って、新規店はいろいろ考えなければならないから大変なのよ。分からないでしょうけど」

舞の鼻息はすでに荒い。

「ええ、舞さんだからこそ、埼玉県進出を任せられるのだと思いますよ。わたくしごときでは、埼玉に受け入れられるかどうか……。おそらく無理だと思います」

寛子はさらに挑発するようなことを口にする。

「皆さんにおかれましては、本日は本当にお忙しいところを、ご足労いただきまして、恐縮でございます」

津田は再び立ち上がって、後部座席に向かって頭を下げる。日本橋で集合したときも、初狩PAで休憩したときにも聞いた、今日で三度目の同じ挨拶だった。少し鼻が赤いのは、遂にビールに口をつけたせいかもしれない。

「ねえ、南砂って、もう千葉じゃなかったかしら」

舞は隣席の黒江に話しかけるように言う。桐村寛子が豊洲店と南砂店の店長であることを分かっていながらの舞の反撃再開だった。

「豊洲店はコルバカフェ全店の中でも一番新しくて大きいですし、売上率も前月比でNO1を維持していますから――。でも、大変だなんて思ったことは一度もありませんわ」

返す寛子の鼻息も荒かった。

私は二人のバトルが気になり、通路越しに黒江の方を見つめる。

黒江は私を見つめ返すと、人差し指を立て、淡いピンクのルージュの引かれた唇に当て、ゆっくり左右に振る。この程度はいつものこと、どうってことはないといわんばかりの落ち着きぶりだった。

「売上額じゃなくて、率なのね――」黒江は舞の耳元でそう囁きながら、次に一際通る声で、「う、うんっ。専務、私にもビール頂戴っ。空気が乾いて喉が痛いわ」

そう続けて立ち上がると、前席の津田に向かって両手を差し出す。

「あ、二本ね」

黒江は二本のビールを受け取ると、一本はなぜか私に渡して、自らはプルトップを開け、ぐいと一つ喉に流し込んだ。

青山と吉祥寺の二店の店長であり、コルバカフェ一の売上を叩きだす黒江の一挙手一投足は、無言の内にも周囲を黙らせる力を持っていた。

ちなみに舞も寛子も下戸でノンアルコール飲料しか飲まない。案外、似た者同士なのだ。

「もう少しで着くと思いますので、しばらくのご辛抱をお願いいたしますっ」

津田のこのセリフも三度目だった。

新谷舞と桐村寛子の仲が良くないことは周知の事実だ。月一回の店長会議でも、いつも意見が食い違う。そのときのやり取りに比べれば、まだ細波《さざなみ》ほどの揺らぎも生じてはいない。逆に本音をぶつけ合う分、ストレスが溜まらず、傍から見るほど二人の関係は悪くはないのではないかと思う。結構大人の関係で、トークバトルを楽しんでいると感じることもある。いずれにせよ津田専務が間に入るような状況下ではないし、その効果もない。

通路を挟んで二人掛けの座席を左右に三つずつもつ社有のマイクロバスには、左最後部席に桐村寛子、左中央席に新谷舞と黒江萌音、最前席に津田専務。

右側に移って、運転席が番耕一郎《ばんこういちろう》、若き唯一の男性店長で、渋谷店を任せられている。そして真ん中の席に、私——宮村達也となる。乗車率が低いのは、——本来ならあと二人、乗員があったのだが、諸事情で別行動となったからである。私だけが社外の人間で、拡張する店舗の設計を任せられている設計士である。

女性が左側の席に集中しているのは、偶然ではなく差し込む日差しによる影響が大きかった。直射日光が左側から差し込むようになると、彼女らは揃って席を右側に移動する。紫外線を避けるためだ。今は太陽がほぼ南中にある時刻なので、席の移動は午前中のように頻繁には起きないはずだ。

「まあ、まあ、僅か一泊二日のことだから、ね」突然、津田が立ち上がって言った。しばらくの間、会話が途絶えた後だったので、皆、専務に注目した。「今日の目的はさ、成績優秀な君たち三人の慰労会を兼ねているんだからさ、楽しくやろうよ」

津田専務は急に砕けた調子で、にたにた笑っている。さらなる缶ビールを空けたためか、鼻の頭だけでなく耳にまで赤みが拡がっていた。

「僕もいますよ。忘れないでください」マイクロバスを運転する番が一際大きな声で言う。

「おお、そうだった。四人だった。業績優秀な君たち四人の、慰労会だ。失敬、失敬」専務はそう言ってまたにたにた笑い、「舞ちゃん、乾杯」と缶ビールを差し上げた。普段会社で見せたことのないような破顔だった。

「あー、はい、はい」舞も合わせてウーロン茶のペットボトルを仕方なく差し上げた。

黒江は通路を挟んで私を見つめ、首を振ってみせた。酔うといつもこうなの、ということらしい。

私は右手を額に当て、視線を津田から隠すようにし、ええ知っていますよと、僅かに頷いてみせた。寛子の方はと見ると、ほお杖をついたまま窓外を眺めているだけだった。

私は知人の紹介でコルバカフェのオーナー、神谷明《かみやあきら》と知り合い、都内を中心に展開するコルバカフェの店舗設計を任されてきた。内外装のデザイナーこそ別にいるが、建築にあたっての行政許可等の諸手続きに始まり、建物の設計から設備機器等の手配までを行ってきたのだ。蜘蛛手がいなくなってから（海外へ放浪）、私一人だけで新規開拓した顧客で、コルバカフェ発注の仕事があるからこそ何とか事務所を維持できていると言ってもよい。

そんなことを考えていたとき、突然バスが揺れ、からだをひねるように立ち上がっていた津田が背もたれに姿を消した。バスが大きく曲がったのだ。

「あ、大丈夫ですか、専務。ゆっくり切ったつもりだったんだけど」

番の声は底抜けに明るい。座席でひっくり返っている専務の姿をみて楽しんでいるようだった。

津田専務はビール缶の口を真上に上げたまま握って離さなかったので、こぼれて濡れてしまうことはなかった。完全に酔っ払ってしまっているわけではないようだ。

「いや、いや、大丈夫だ。ちゃんと座っていなかった僕が悪いんだ」津田はからだを起こすと、「ああ、番ちゃん、そっちじゃないんだよ。反対側、左の方だよ」

「えっ、でも、専務。オートキャンプ場の矢印がありましたよ」

「ああ、オートキャンプ場の方じゃないんだよな、コルバ館は。反対——左側なんだ」

番はブレーキを踏み、バスを停めた。津田はまた座席の上に転んだ。

「そんなに、強くブレーキは踏んでいませんけど」

振り返ると三叉路はすぐ後ろにある。

「でも、あの暗い凸凹の道ですか？」

番の質問は当然至極だった。というのもオートキャンプ場へ続く道は、砂利道とはいえ十分に転圧され見通しの利くものなのに対し、専務の言うコルバ館へと向かう左の道は、両傍から木々に覆われ薄暗く、路面も栗石を敷いただけの悪路だったからだ。番が右にハンドルを切ったのも分かる気がする。

「本当ですか？　専務」番はもう一度訊いた。

「オフ・コース。間違いないよ。——大丈夫だって、社長のセダンでも楽々登るんだ」

津田は陽気に番の肩を叩いた。

番はふぅーと一つ息をし、

「アウディは元々そういう車ですからね」

と言って、バスを一旦バックさせ、三叉路まで戻った。再スタートするとき、アクセルを踏み込みすぎたのか、後輪が小石を撥ね上げ、カン、カンとボディーにぶつかった。

「ここからもうあとわずかだから、うん。ガンバンゾー」

津田は異様に陽気で、にたにたしながらこぶしを突き上げた。

津田専務の年齢は社長と同じで、まだ五〇前のはずだ。なのに、この立居振舞というか言動は老成しきっていた。それは服装にも表れていて、上着は黒っぽいブルゾンなのだが、その下は白いワイシャツに細いタイを締め、黒のツータックのスラックス――いつもの出勤スタイルなのだ。

「どんなに素敵なところなんでしょうね」

舞が唇を尖らせて皮肉たっぷりに言う。気乗りしていない様子が手にとるように分かる。実は私も同様で、重要なクライアントからのお誘いなので、断り切れずに来ただけなのだ。だから、これから行くところがどんなところなのか、考えていなかった。

「言ってなかったかなあ」

津田は、今度はちゃんと腰かけたまま、前を向いてとぼける。

「今年の春に社長が買った別荘としか聞いていませんが……」黒江が問う。

「うん、昔、某企業の研修施設だったところを買われてね」

「昔の研修施設だって？」舞は口元を小さな手で押さえ、淡いサングラス越しの瞳を大きく開いて黒江に訴えかける。

「とはいっても、個室は広くて開放的だよ。それにあまり使っていないから傷みも少ないし――」舞のつぶやきを聞き漏らさず、津田は続ける。「それを所有する会社が倒産してしまってね。二束三文で買い叩けた物件なんだ。だからというわけではありませんけど、君たちもきっと気に入るよ、うん」

「広い個室っていっても、元は四、五人が寝泊まりする部屋だったからでしょ」

番がハンドルを握ったまま言い、「それに、まだ改修は完全に終わっていないと聞いていますけど……」

番だけはコルバ館に関する詳しい情報を摑んでいる様子だった。

「えっ、そうなんですか？　専務」と舞。

「そんなことはない、ない。終わっていないのは半地下階の一部だけだよ。客室はちゃんとできているから心配ないよ」

「客室の改装って完了したんですか。社長の逆鱗に触れて、止まったままなんでしょう？」

「いや、番ちゃん、大丈夫だ。客室は元のきれいなままで――」

「専務、隠し事はためになりませんよ。こっち向いて、はっきり言ってください」

舞はサングラスを外してきっと睨む。

「いや、造り付けの二段ベッドは取っ払って、新しく畳を敷き直しているから――」

津田専務が語るところによると、四人部屋を七つ持つ研修施設を専務主導で改修にあたっていた。一階を、食堂と三つの研修会議室だった間仕切りを取り払い、大きなホール・リビングにしたところまでは良かった。ところが二階の宿泊室は二段ベッドを撤去し、畳を張り替えたところで社長から待ったがかかった。昭和時代を彷彿とさせるようなロッジを造っても意味がない、というのがその理由だ。津田にしてみればコストを抑えたつもりだったのだが、女性客人気で成長しつつあるコルバカフェを運営する会社が、みすぼらしい施設を造ることの風評被害の方が大きい、と社長の逆鱗に触れたのだ。

「で、でも、個室はちゃんと寝られるようになっているから安心してください。一階も全部きれいに仕上がっているし、何も問題ない、ない」

専務は背を向けたまま舞に話しかける。

「半地下はどうなっているんですか？　たしか、半地下は厨房じゃなかったですか？」

ともう一度、納得のいかない番がさらなる追及をする。

「厨房がまだできていないんだったら、食事はどうなるんですか」

舞も前方の背もたれに組んだ腕を乗せ、専務に詰め寄る。

「いや、厨房はできているはずだよ」

「はずぅ？」いよいよ本当に心配しているようで、舞は眉間にしわを寄せた。

「ち、厨房は以前とそのままですが、……じ、什器を新しくしたんですよ」

専務はしどろもどろだ。

「問題はありませんでしょ。今晩はバーベキューですし、それに——」寛子は髪を掻き上げ、「わたくしたちはパーティーに招待された客じゃありません。シェフが迎えてくれるわけじゃないんですから」

舞は「分かっているわ」という瞬間だけ、後ろの寛子を振り向き言い放ち、再び前に向き直り、「でも、私は、料理はできないわよ」今度は両手の爪を揃えて立て、その先に津田の顔を重ねた。白を基調にしたネイルアートが明らかに場違いだった。

「大丈夫だよ。今日はあくまで、社長が君たちを招待してくださったんだ。日ごろの君たちのがんばりが評価されたからこそなんだ。だから君たちはお客様なんだよ」

専務はそう言うと腕まくりをしてみせ、「三ツ星レストランのシェフとまではいきませんが、料理自慢の芸能人程度の料理なら、僕が作れます」

あれは、テレビに映らないところに料理専門家がいて、提案や下拵えをしている――半分以上やらせだと私は思っている。

「えーっ、専務が作るんですか」舞が嬌声を上げ、

「できるんですか」寛子までもが同調する。

「おい、おい、馬鹿にするもんじゃない。ちゃーんとしたものを用意できる自信があります。こうみえても唯一のとりえが料理なんだよ。この僕の」

本人が認めるとおり、津田専務の料理の腕前は、プロ級だと聞いたことがある。しかし、それ以外のこととなると――もちろん仕事に限ってのことではあるが、人望があるわけでもなく、部下である彼らにもどちらかといえば軽んじられている。会議でも斬新な提案をするわけでもなく、社長の言ったことをただ繰り返すだけである。門外漢の私が断定することはおこがましいが、業務全般を見渡してみても、これといった仕事をこなしているとは思えない。あの全てに於いてシビアな神谷社長がなぜそばにおいているのか不思議なくらいである。神谷がまだ北欧を中心とした輸入雑貨販売をしていた当時からの旧い付き合いで、苦楽を共にしたからだという風には聞いているが……。

五年程前、神谷は都内品川区の五反田駅前で、北欧のインテリアでコーディネイトされたカフェをオープンした。その際カフェだけでなく同時に家具や小物も販売したのだ。それがＯＬを中心にした女性客のハートを摑んだ。そして恵比寿、青山、渋谷、日本橋周辺へと店舗を拡大していき、今では

東京エリアだけで二〇店舗を持つまでに成長した。

それらの店舗が同じように成功したのは、内外装を同じインテリアとしなかったところにある。建物こそ私の仕事だが、インテリアは才能豊かな一人のデザイナーに任せ、店のロゴ以外、すべて異なった様相・雰囲気を演出したのである。

また販売する家具小物も、北欧風を基調としながらも、全店舗とも異なる作家の作品を陳列し差別化を図った。それがまた女性誌に取り上げられ、最初の二年で業績は倍々に膨らんでいった。また、女性に店長を任せることでも、当時の女性の社会進出ブームにも乗り、世間の注目を浴びた。男性の店長は番の他にもう一人しかいないが、いずれも中性的な魅力を持っている。

そして、前期の業績を二桁以上のばした店の店長が新谷舞、番耕一郎、桐村寛子、そして黒江萌音なのである。

【コルバ館配置図】参照

コルバ館 配置図

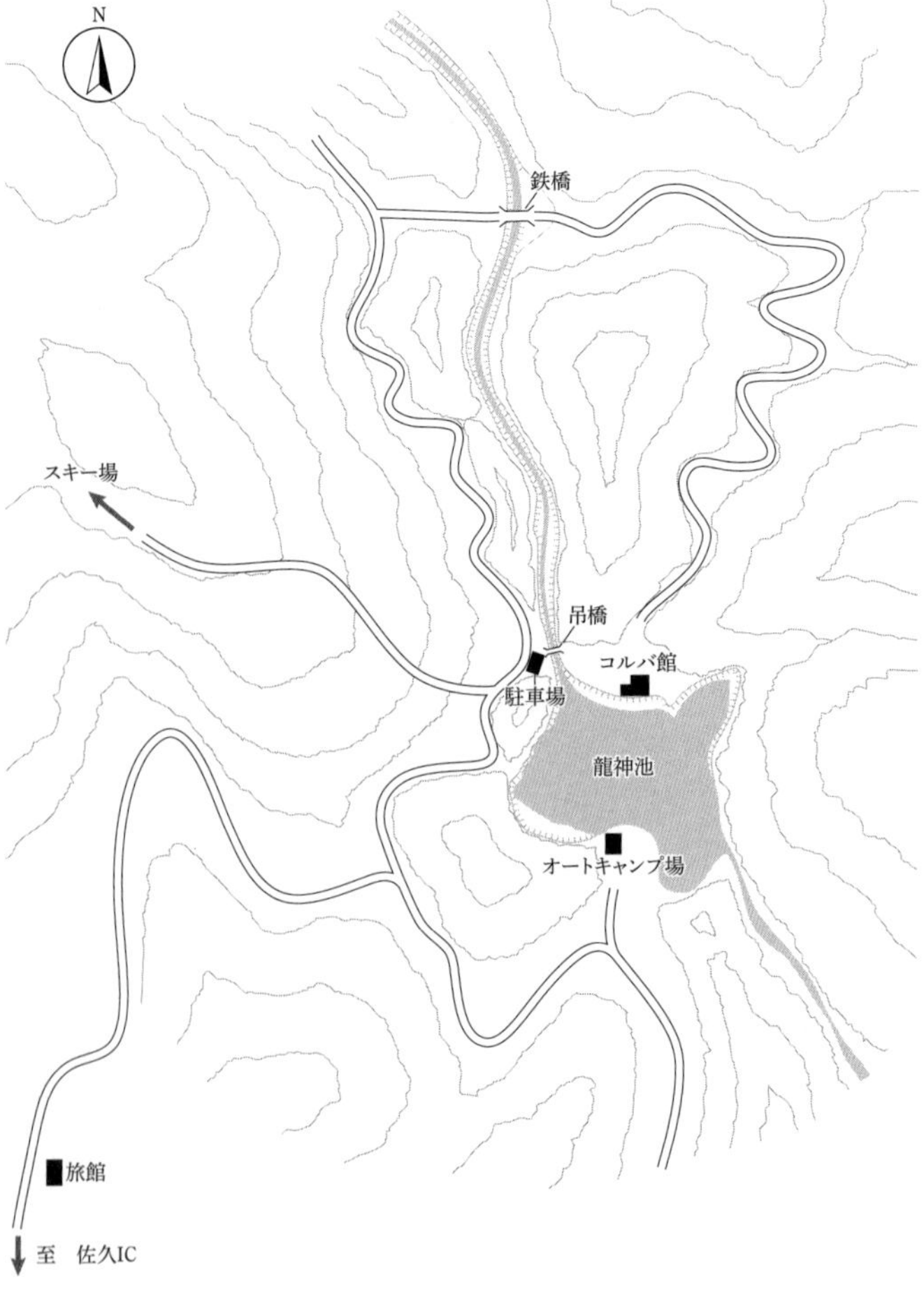

二

佐伯 徹　二二歳　建築業の場合　［野黒美ルポ］

「あれっ、まあ、やだねぇ」

「へえ……、何がだい？」

「誰かが、粗大ゴミ、……炬燵《こたつ》かいな？　うっぽっとるわ」

「そんなことないべ。あたしゃ、昨日もここに山菜を採りに来てるけんど、そんなもの、なかったべ」

「よう、見てみ。あそこの木陰だよ」

「……あれっ、ほんと」

「な、そうやろ」

「けんど、変な卓袱台《ちゃぶだい》やねえ。――いんや、ありゃあ、壊れた子供用のベッドか何かや、なかっぺ」

「いや、いや、テーブルよ。今どきの若者の間で流行ってる前衛的なテーブルに違いないよ」

「――の、割には、卓が小さいっぺよ」

「若者の間では、変なものが流行るんよ」

「……でんも、あんなごつごつした卓じゃ、お茶碗も置かれんべ」

「なーに、ちゃんと、何か置いてるよ」

「……そうけぇ？」

「ええから、ちょっと行って、見て来よ」

「……それにしても、脚が不揃いだべ」

「ええから、早よ」


〔国道一四〇号から二〇分ほど車で走った秩父山中の雑木林の中で、人間テーブルとでも形容すべき死体遺棄事件が発生した。発見者は、山菜採りに来ていた地元の主婦の二人組で、そのうちの一人は無残な異形の死体に、ショックのあまり現在も口をきけない状態にある。

〝異形の死体〟というのは、コンクリートで造られた板の上に、切断された生首が置かれていたからである。しかもただ置かれたのではなく、転倒しないためにだろうか、まずドリルの刃をコンクリート板に直立するように埋め込み、そのドリルの刃を軸に生首を突き刺した状態であったのだ。さらに、その天板を支える四本の脚が、切断された人間の両腕と両足だったためでもある。

被害者は若い男性で、直接の死因は現在調査中であるが、後頭部が陥没していたことから、鈍器で殴られたことが推測されるが、それが直接の死因であるかは、現時点では不明である。また、胴体を始めとした残りの遺体は、人間テーブルが発見されたところから、一〇メートルほど奥まった藪中で発見された。別段隠そうとした形跡はみられず、ただ無造作に放ってあった。殺人はこの雑木林の中で行われ、解体され、無残な人間テーブルも同じ場所で造られたと予測される。ドリルの刃の長さは三〇センチ、径は一五ミリである〕

【二〇一〇年七月新聞報道抜粋】

＊ライター野黒美

最初の被害者は、佐伯徹《さえきとおる》、二二歳、建築業の男だった。

ドリルキラーが最初に起こしたと報道されている二〇一〇年七月の猟奇殺人死体遺棄事件だ。頭部を支える軸に電動ドリルの刃が用いられ、傍に遺棄された胴体には、そのドリルで貫通した痕が十数か所も残っていた。ドリルキラーと称される所以《ゆえん》だ。

そして、その後、二ヶ月ばかりの間に三人の女性が殺害されることになるのだが、それに関する詳述は後に譲ろう。

とにかくこのドリルキラーが関与したと噂される二〇一〇年初夏〜晩夏の計四件の殺人事件に共通しているのは、その名の通り殺害に電動ドリルが使われ、そのドリルの刃が現場に残されていることだ。わざわざ残していくということは犯人による何かのメッセージなのだろうか、それとも別な理由があるのだろうか。

さらにもう一つの共通項がある。それは死体がコンクリートを使って何らかの細工――悪戯《いたずら》がなされているという点だ。コンクリートの取り扱いが事件によって各々異なるものの、この半永久的に存在し続けるコンクリートを使って、犯人はどのようなメッセージを伝えたかったのか。この点を突き詰めて考察したい。

佐伯徹殺害事件――もちろんこのときにはまだドリルキラーなる呼び名では呼ばれていなかった――が、ドリルキラー最初の殺人と言われるのには、理由がある。それは遺棄されていた佐伯の胴体には深くえぐるような傷跡だけでなく、多くの浅い（ドリルでできた）傷が残っていたからである。いわゆるためらい傷というやつだ。自殺者が残す傷のことを指してそう呼ぶのだと思っていたが、殺人者が残す傷のことも（真偽はともかく）業界ではそう呼ぶようだ。あんな猟奇的な死体遊びを行っていながら、何度もドリルを使って殺し損ねていたのである。

おそらくドリルキラーにとっても、佐伯徹は初めての殺しで、なかなか殺すことができず、ためらった上での殺害だったのだ。後頭部を鈍器で殴り昏倒させ、手足を縛り、何度も刺しながら、最後にとどめの一撃を心臓に突き刺して殺していたのだ。最後の一撃（ドリル）は、昏倒してから一時間も経ってからの出来事らしい。

俺には殺しそのものを楽しむ――いたぶるために生きたまま何度もドリルを刺したのだろうと思えるのだが、専門家が下した見解では異なるものらしい。そういうものか？

また、殺した後、死体を弄ぶ心理はネクロフィリアと呼ばれ、殺害とは別の心理が働くとのことだ。人間椅子を造ったことがそれに該当するようだが、やはり俺には別の意味、意志があるように思えてならない。いずれにせよ、精神医学の学者の考えることは素人には理解できない。

さてここで、人間椅子について触れておかなければならないだろう。使用されているコンクリートの板は薄いと言っても三センチほどあり、それなりの荷重はある。それを切断した人間の手足で支えることは難しい。死後二〇時間が経過したと考えられ、切断された四肢が自立することはあり得ないからだ。

　そこで添え木として先端をねじ切った鉄筋棒が用いられた。これに切断した四肢を縛り付け、自立性を確保したというわけだ。ねじ切った先端はコンクリートの板に埋め込まれたアンカーに差し込まれ固定された。

　またコンクリートの板には、土や枯れ枝や落ち葉が混入・付着していないことから考え合わせると、どこか他所《よそ》で造られ持ち込まれたものであると考えられた。

　実はこの詳細は、報道等ではなされていない。独自の詳報だ。こういった情報を得るのが、ルポライターとしての腕なのだ。もちろん情報源を明かすことはできない。裏情報にかなり精通した者がいることは否定しないが、それ以上は口が裂けてもいえない。言ったら最後、二度とこの商売はできなくなる。人間の心理を利用し熱意をもって行動すれば、聞き出せない情報はない、と理解していただければ幸いだ。

＊＊＊

　俺はフリーのライターをしている野黒美《のぐろみ》という。変わった名前だが本名だ。ライターといってもほんの駆け出しで、まだまだライター一本では喰っていけない。この春一〇年勤めた会社を辞めたばかりで、その時代の預金で食い繋いでいる状態だ。

そんな俺がライターとして、金を稼げるようになったのが、殺人鬼ドリルキラーなのだ。

俺はふとしたことから、この殺人鬼を追いかけて記事にするようになった。いや、ドリルキラーの出現がきっかけで、ライターとして生きていこうという決心がついたといった方が正解かもしれない。現在あらゆるメディアがドリルキラーを取り上げているが、俺ほど突っ込んだ取材をしているものはいないと自負している。

後に詳述するが、江古田から現住の大泉学園へ移り住んで三ヶ月を過ぎたころ、あのドリルキラー第一の事件が発生したのだ。そしてその被害者、佐伯徹こそが、何を隠そう俺の住むアパートの住人だったのだ。なんという偶然か。

しかしそれがきっかけでライターの第一歩を踏み出すことになった。人生とは不思議なもので、必ず何かの糸で繋がっているものなのだ。


自己紹介が長くなった。話を本題へ戻そう。そもそも何のバックも持たないフリーライターの俺が、大メディアに勝てるわけがない。それでも俺の書く記事が広く世間に受け入れられたのにはわけがある。その秘訣は——ライターとして成功の階段を昇るきっかけは、タブーに挑戦することだった。これまで誰も書かなかった、触れなかった観点から記事を書いたのだ。

俺はまず被害者に目をつけた。被害者の悲劇を調査分析し、ドリルキラーの行為を糾弾しようと考えたからではない。正直、そんな殊勝な心根は持ち合わせていない。

俺が考えたことは、殺される側にも何らかの落ち度があるはずだ、ということである。そう、俺が踏み入ったタブーとは、殺された被害者たちの隠された真実に迫ったことだ。もっとはっきり言えば、殺される側の殺されるべき理由を探り出し、追及したことなのだ。俺みたいな経験・実績のない人間が、ライターとしてまがりなりにもやっていこうとすれば、今までにないことをやるしかないのだ。

日本人は——いや、日本人に限らず、誰も死者を傷つけるような発言はしない。それが倫理からなのか道徳からなのか、あるいは慣例なのか分からないが、それが現実だ。

だが俺はその慣例をあえて破った。そうしないと誰も俺の記事なんかには飛びつかないと考えたからだ。批判はあるかもしれないが、タブーを破るところから新しいものが生まれるものなのだ。それに被害者になった人たちの裏を暴けば、殺人者の姿が見えてくるというのは、あながち間違った考えではないと思う。

先日もバスの中ではしゃぎまわる幼児を、うるさいとばかりに首根っこを摑んで床に投げつけようとして捕まった男がいたが——これだけの報道を見聞しただけでは、男が悪い、って思う人がほとんどだろう。しかし、待てよ。よく考えて欲しい。バスではしゃぎまわる子供を迷惑だと思っていたのは、他の乗客だって同じではなかったのか。大勢の客が迷惑だと感じていたはずだ。頭の中では犯人と同じことを考えた人だっているはずなのだ。でも、行動は起こさない。罪を犯し処罰されることを恐れるからだ。単純な損得勘定に過ぎない。

もう一度この状況を想像してみて欲しい。このとき親は何をしていたのか。はしゃぎまわる男の子を、元気が良くてほほえましいとさえ考えていたのではないか。自分の子供は自由にのびのび育てたいとかいって、躾をしないというかできない親が増えている。この親もそんな親の一人ではなかったのか。自由に育てるということと、好き勝手に育てることは全く別の次元の話なのだ。馬鹿な親からは、他人に迷惑をかけても平気で独善的な人間しか育ちはしない。

こんな子供があと一〇年もしてみろ、電車の床に座って他の乗客の邪魔をしても平気な学生になるのではないか。さらに万引きや覚せい剤所持などに、気軽に手を染めてしまうのだ。そういう意味ではこの犯人は起こりうる犯罪の芽を潰そうとしたといえなくもない。

まあ、今のは、暴論だとしても、いずれにしたってこの親も何らかの罪は背負うべきなのだ。そうしないと日本の未来は真っ暗だ。子供が非行に走れば、なんでも学校のせい、暴力シーンを流すテレビのせい、ゲーセンを造ることを許可した行政のせい、みんな他者が悪いのだということになる。親である自分はまったく反省せずに。

俺はそんな思いから、今回ドリルキラーの被害者たちを綿密に調べることで事件を浮き彫りにしようと考えているのだ。出版社からは過激な表現には修正を求められる場合もあるが、俺の記事はなかなかの反響を呼んだ。やはり読者も俺と同じように考えていたのだ。

二二歳、建築業――佐伯徹　事件の詳細

都内の高校を中退し、しばらくプー太郎をしたあと、アパレルや自動車関連などいくつかの職に就いたが長続きせず、すぐに辞めてしまう。親の離婚がきっかけで、実家を離れ、今の工務店に高校のときの友人のつてで半年前から勤め始める。一ヶ月ほどは大工見習としてまじめに働いていたが、そ

の後は仕事場である三鷹の工事現場に来たり来なかったりという状態が続いていた。

事件があったのは七月一〇日のことだが、最後に現場に来たのが七月二日のことらしい。しかも七月の出勤はその日だけ、六月も僅か七日間の出勤らしいのだ。俺は佐伯を雇っていた親方に取材したことがある。そのときもこんなことを言っていた。

「佐伯君は休みがちだったようですが、注意はしなかったのですか」

親方は少し困ったように顔をしかめてから、

「もちろんしたさ。しかしあんたね、今の若い子は怒ったらすぐ来なくなっちゃうんだよ。俺のグループには徹と同じぐらいの年頃の子があと三人いて、その中のリーダー的な存在だったんだよ、やつは。そんなやつが辞めちゃうと、他の三人も辞めちゃうだろ」

「でも、それは仕方のないことではないですか。無断欠勤を許していたら、仕事も予定通り進まないでしょう」

「あんた、何も分かっちゃあいないな。俺はもう五〇だが、この世界じゃあまだ若い方だ。そんだけ、この世界には若いなり手がいないんだよ。あんなやつらでも戦力になるんだよ。それによ、長い目でみてやらなくっちゃあ。俺たちも若いときは無茶やったもんだ。でもよ、いつか分かるときが来るもんだ。このままじゃまずいってね。それを待ってやらなくちゃあならないんだ。やつにはやつの悩みだってあったんだよ」

「はあ、そういうものですか。でも、いつまで待つつもりだったんですか。彼はもう二二で、立派な大人ですよ」

「今の二十二はまだ子供だ。俺たちのころとは時代が違うんだ。何も分かってねえな。それに死んだ仲間をこれ以上悪くいわれる筋合いはねえ。帰《け》えってくれ」

職人の親方といえば、親よりも怖いと思っていたが……。甘やかしすぎではないか。

あんな男に悩みなんかあるわけがないんだ。悩んでなんかいるものか。それは隣人であった俺が良く分かっている。

佐伯徹は俺の上の階、四階に住み、俺の部屋の位置からは斜め上階にあたる。三日に一度は女の子を連れ込んで、ちょーうざいとか、やばくねえ、とか馬鹿っぽい言葉が連呼される。深夜だろうが洗濯機が回っているし、一人のときは携帯電話で、馬鹿みたいな大声で話す。とかく今日日《きょうび》の若いやつらの話し言葉は耳障りだ。

それに多分、仲間の大工見習の若い連中もやって来るようで、「今日みたく暑い日に働くと頭が親方みたいに禿げてくるわ」などと言ってもいた。あの親方に聞かせてやりたい。

週末は酔っているからなのか、わけのわからない歌を大声で歌っている。マフラーを改造したバイクで夜中の二時だろうが三時だろうが出かけるのもきっとあいつだ。いつだったか、頻繁に出入りしている茶髪の女と痴話げんかになって、窓からパイプ椅子を投げ落としたことがあった。下が駐車場でたまたま誰もいなかったから良かったものの、一歩間違えば、重篤な危害を加えかねない。エレヴェーターの中でも平気でタバコに火をつけ、壁に押し付け消す。部屋に戻るまでの僅かな時間が我慢できないのか。道徳だとか規律だとか小難しいことを言う気はないが、人としての最低限のマナーが守られていない。

調べられる限り調べたつもりだが、彼が殺されてみると、世間の誰もが納得できる明確な殺されるべき理由は突き止められなかった。どこにでもいるちょっと性質《たち》の悪い迷惑な若者としか思われないだろう。

だが、ここでまた良く考えて欲しい。当事者のつもりになって考えてみれば分かることなのだ。彼の素行のどれか一つでもあなたの身近で起こったとすれば、それが殺人の原因になりかねないであろうことは、想像できるのではないだろうか。クラクション殺人なんてその最たるものであろう。車のクラクションを鳴らしただけで殺されるのなら、佐伯の素行の数々の方が、殺されるのに十分な動機になると思われるのだが、如何なものだろう。

この後に起こる三人の被害者女性についても同じだ。自分は殺されるようなことはしていないと信じ込んでいたことだろう。だが、犯人側から考えてみて欲しい。殺人の動機なんてどこにでも転がっているのだ。ニュースを見ていれば分かるが、殺人犯を良く知る人物がインタビューに応じてなんて答えている？　いつも、「礼儀正しくて」「まじめで」「大人しくて」「ちゃんと挨拶をしてくる子で」「とてもそんな人には思えない」という言葉で溢れていないだろうか。殺人なんて小さな限られた世界で起こることであって、その動機を多くの人が理解できないでいるのが現実なのだ。

逆に言えば、どんな些細なことでも殺人の動機になり得るといえる。

ここで一応、読者の人に断っておかなければならないことがある。わざわざ記すこともないとは思うのだが、念のため。

それは、わたくし、野黒美人志《ひとし》は決して佐伯徹を殺害してはいないということ（笑）である。証明してみせろといわれれば——していないことを証明するのは悪魔の証明といわれるもので——とてもできないが、信じていただくしかない。私は神に誓って、佐伯徹を殺害してなどいない。

被害者の近所に住み、すなわち動機が存在し、事件の詳細を知っているのは、犯人だからではないのか、そう疑われるのは仕方がないことだ。現に警察から任意の事情聴取も受けた。だが、俺は殺害犯ではない。それは、佐伯徹の死亡推定時刻には俺のアリバイが証明されたからである。その辺りの詳細は書けない——書けば警察の捜査に支障を及ぼすことと、ひいては協力者の信頼を失うことにもなるからだ——が、現在も俺が捕まらずに活動できている事実こそが、俺が犯人ではないことの裏付けになるだろう。俺は隣人の殺人事件に触発され、ドリルキラーに関心を持ち、ドリルキラーを追って、ルポを書いているだけなのだ。

三

二〇〇五年夏　吊橋崩壊す　［宮村 記］

「専務、あそこですね」

運転手、番店長の視線の先――道がゆるくカーブしているその脇に小さな空き地があり、そこだけ舗装が施《ほどこ》されていた。目的の駐車場だ。すでに社長神谷明のアウディと見知らぬ赤いＲＶ車が並んで停まっていた。

「あ、あん、あの隣に停めてくれ」

津田専務はその赤い車を指さした。

バスを降りると夏の強い日差しが照りつけた。信州とはいえ、今年の異常な暑さは処を選ばないらしい。舞は日傘を取り出してさすまでに、五回〝暑い〟を繰り返した。

「コルバ館はどこですか？」

寛子は大き目のバイザーにさらに手をかざして辺りを見回すが、一面の緑と天にぽっかり空いた丸い空の青だけで、どこにもそれらしい建物は窺えない。

「ここから少し歩くんだよ」

「えーっ」舞が持っていたトートバッグをわざと足元に落としてみせる。

「あ、歩くったって」津田は慌てて、「あとほんの少しだ。そこの灌木を抜けるとすぐ吊橋がある。

それを渡ればすぐなんだよ」と駐車場の東隅を指さす。その先には、樹木でできたアーケードがあり、トンネルのような暗い入り口をかたどっていた。

「ここから見えないだけでね、もう目と鼻の先なんだ」そして、急に何かを思い出したように専務は、「黒江店長、先に行っていてくれないか。僕はバーベキューの材料を持って行かなくちゃならないんだ」

黒江が点頭するのも確認せず、背を向けて慌ててバスに戻ろうとする。

「それなら、私たちみんなで手伝います」と黒江が言うと、

「いや、いや、そんなことをさせたら、僕が社長に怒られる」専務は両手を払うように振って、「いいから早く行って、分かるだろ。あまり社長を待たせたくないんだ」

津田の言うことは嘘ではない。神谷は自称フェミニストだ。女性に対してはアルバイトの店員に対しても優しい。その反動ではないのだろうが、男性に対しては厳しい言葉を投げつける――罵詈雑言を浴びせるといった方が分かりやすいか。その対象が専務の津田なのだ。立場上仕方ない面もあるが、いつも何かにつけ怒られているようだ。少なくとも私は、怒られている姿以外見たことがない。

組織を運営して行く上で、いわゆる怒られ役というものが必要であるということは、分からなくもない。しかし、それにしても神谷社長の津田専務に対する言動は度を越していた。些細な書類上の表記ミスでも「お前は馬鹿か。いつもこんな調子だ。漢字の変換ミスだったから良かったものの、これが請求書だったら、一〇万払えば済むものを一〇〇万払ってしまうんだろうな、まったく何を考えているんだ、お前は。一事が万事だよ。この間も――」といった具合に過去のミスまでも論《あげつら》われ「そんなことだから、女房に逃げられるんだ」と最後はプライバシーにまで踏み込まれてしまう。

拡張する店舗に合わせて、私がコルバカフェ本社に顔を出すことは多いが、部外者の私に遠慮することもなくパワハラまがいの言動が繰り返されている。もはや誰も神谷を止められないのだ。

もちろん津田の方にも問題はある。何を言われても、ただ、薄ら笑いを浮かべながらぺこぺこと謝るだけなのだ。頭を下げることに抵抗がなさ過ぎるように感じる。というよりそれが彼の処世術なのだろうが、あまりにも専務としての主体性がない。直属の部下である丸島《まるしま》にタメ口で話しかけられるのは如何なものか。彼が特段横柄というわけでなく——どちらかと言えば色白で寡黙な男——そんな部下にまで軽んじられる専務の方に問題があると思う。他の部下たちに与える影響を考えるべきだ。

コルバカフェとはそんな神谷天皇が君臨する組織であるが、例外もある。それが番だ。彼の何かにつけての要領の良さがそうさせているようで、男性社員の中で唯一社長に対し親密に接することができる。

神谷が女性に対し、怒ったことがないというのは事実だが、決して甘い顔をするという意味ではない。仕事に関しては実にシビアで、ノルマはきっちり下達され、上下期連続で業績下落にでもなれば、降格というはっきりとした形で反映される。叱責される方がある程度の猶予期間が与えられている、という意味ではありがたいのかもしれない。

客商売である以上、巷の風評には敏感で、もし客からのクレームが社長の耳にでも入れば、直ちに呼び出され二時間以上の、社長の訓話という名目の説教が続く。その間叱責するような言葉がない分余計堪える。罵詈雑言を浴びせられてもいいから早く解放して、と叫びたくなるとは舞の言葉だ。にこにこ口元だけ笑いながら、優しい言葉を選びながら、厳しい指摘を長時間されるのである。その上、問題点とその対策を二四時間以内にレポートとして提出しなければならない。始末書を書けといわれる方がまだましだ。それが証拠に黒江の前の店長は胃に穴が開いて、四ヶ月でリタイアしたと聞くし、さらにその前の店長は業績伸び悩みを苦に自殺したという噂まである。


「よお、僕のかわいいエンジェルたちよ、遅かったな」

神谷は手入れの行き届いた緑眩い芝生の庭で白いベンチに足を組んで座っていた。麻のゆったりしたパンツに淡いブルーのシルクのシャツが涼しげで、こういった芝居がかった大げさな表現がなんのてらいもなくできる。

「おはようございます」店長たちは声を合わせて挨拶を返す。

その背後には堀木《ほりき》が、ベンチの背もたれにそっと手を添えるように立っていて、軽く頭を傾げにっこりと微笑む。赤いRV車の主は彼女だったようだ。

この堀木優《ゆう》こそがコルバ全店舗の内外装設計を手がけているインテリアデザイナーで、派手な原色を使ったポップな渋谷店、黒を基調にしたモダンな青山店という風に一つとして同じものを造らない。二〇店舗ある建物がすべて同じデザイナーの手によるものとは思えないほどである。こうしたチェーン店化していないところもコルバの人気の一つで、彼女のコルバに対する貢献度は高い。

私が建物の基本設計——構造設計、法的対応、諸官庁手続きを主な業務としているのに対し、彼女は内外装、いわゆる見栄えをコーディネイトする、という棲み分けはできている。とはいえ、燃えやすい壁クロスを内装に使おうとしたりするとき、法的に不燃材でないと認可が下りませんと、注意をするのが私の仕事になったりする。そのとき彼女は決まって不服そうな顔をする。

年齢は私より一つ上のはずだが、幼い顔立ちと、スリムな体型、それにピンクのラメ入りニットに白色のストレッチパンツという着こなしが、彼女を一層若くみせていた。ただ、傍らには杖が立てかけてあり、見ると、右足首が白い包帯で包まれていた。怪我をしているようだった。

「すみません、社長。この堕天使が道を間違えまして、遅れてしまいました」

「おお、番君か」神谷はそう言うと組んだ足を解き、

「気にすることはない、今日は僕がホストだ。君たちは来賓なんだぞ」と立ち上がる。

そして、番の肩を抱くようにぽんぽんと叩き、「君は堕天使なんかではなく、さしずめエンジェルを誘導する水先案内人だな。僕にとって特別な存在——さしずめエル・ランティだよ」

詳しくは知らないが、神話の中に出てくる神の一人だと思う。そういった極端な喩えも平気で口にできる。部下の一人が神であるエル・ランティなら、社長はさしずめ万物創造の主ということになるのだろうか。

「本物の堕天使は彼だな」

と言う神谷の視線の先から、

「いや、いや、いや遅くなりましたあー」

津田がクーラーボックスを両脇に抱えて、重そうに小走りでやって来た。

「わざわざ走ることはない。歩いたってそんなに変わりゃしない」と唾を飛ばし、「転んで中身を駄目にしてしまうというリスクは考えないのか」と吐き捨てるように続けた神谷の顔からは笑みが消え

ていた。

津田は何も聞こえていない風で、愛想笑いをしたまま、庭に設えられたテーブルにクーラーボックスを置くと、「いやあ、大変、大変」と言い、「今度は炭を持ってこなくちゃ」と言って、取って返した。

「首から担げば、もう一つ荷物が持てるだろう」

とそれは専務本人には聞こえないように神谷は呟いた。気を使ったというより、今日ぐらいは怒らないでおこうという意志か、言っても無駄だとの諦めによるものだったろう。

私はなんだかかわいそうになり、津田の手伝いをしようと足を踏み出した。

「宮村先生、彼に任せておきなさい。君はお客さんだ」

すると、津田は急に立ち止まったかと思うと、またこちらに駆けて来た。

「あっ、そう、そう。それより黒江店長、これを――」とズボンのポケットから鍵束を取り出した。

「各個室の鍵です。それで皆さん、部屋に入ってください」

鍵は六個あり、ナンバーが記されたキーホルダーがついていた。

「部屋割りは決まっているんですか」黒江が訊く。

「二階だ。角部屋は私が使っている。君たちには南側の日当たりの良い部屋を空けてある。君たちで自由に決めればいい」

代わって神谷が答え、津田に向かって早く行けとばかりに、追い払うような手振りをした。

津田は「それじゃあ、よろしく」と言ってまた来たときと同じように小さな歩幅で、ひょこひょこ

〔コルバ館 1階平面図〕

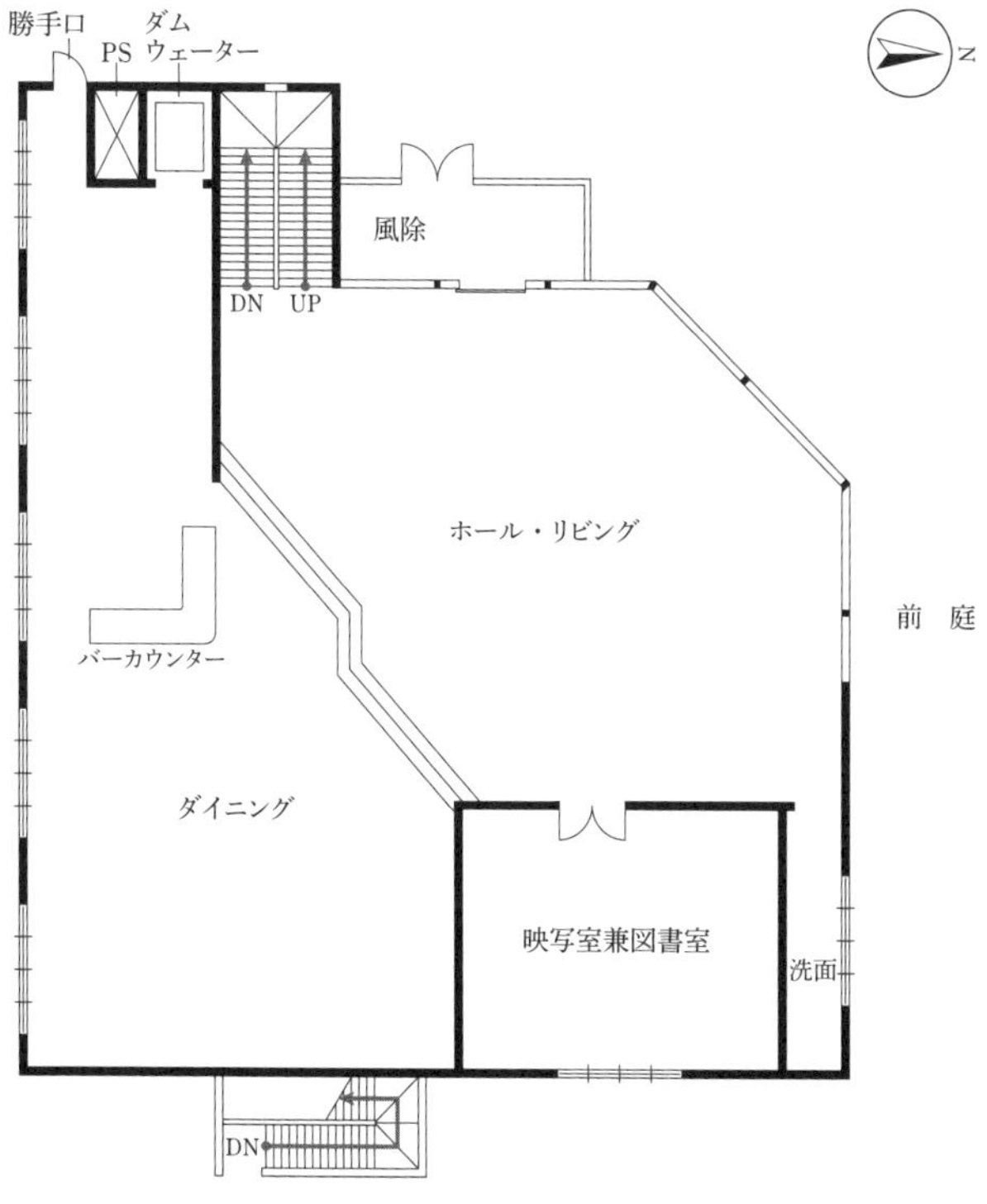
勝手口
PS
ダム
ウェーター
N
風除
DN
UP
ホール・リビング
前　庭
バーカウンター
ダイニング
映写室兼図書室
洗面
DN

と駆けて行った。――と思ったら、またまた戻って来て、「あと玄関とかの戸口の鍵も、預かっておいて」ともう一つの鍵束を手渡した。

「え、でも――」

「萌音君、気にすることはない。マスターキーは私が持っているから大丈夫だ。専務は自分のことをよく分かっている。任せていたらどこかに無くすのが関の山だ」

結局、黒江が鍵の管理を任されることになった。

「あ、はい、分かりました。――それでは先に荷物を置いてきます」

黒江萌音を先頭に、私たちは揃って社長に会釈をすると建物の中に入って行った。

【コルバ館一階平面図】参照

一階のホール・リビングは十分な広さで、オーク材の板壁に、ウォールナット板のフローリングがヘリンボーン模様に敷き込まれ、ロッジ風の内装で統一されていた。前庭に面したガラスサッシ辺りには、鳥の子色をした藺を象った複数のソファが鉢植えの観葉植物を挟んでゆったりと配置されている。

舞は手荷物を一番手前のソファに投げ出し、辺りをぐるり見回し「木の香りっていいね」とどんどん奥に進んでいく。三段ほど上がった奥がダイニングになっていて、黒メープル材の四角いテーブルが五つ、その各々にソファと同じ帆布を座面に用いた木製の椅子が四組組み込まれていた。右手にはステンレスとガラスで造られたバーカウンターまであった。南側にも大きめのサッシが一面にはめ込まれていて、眼下に紅碧《べにみどり》色をした龍神池が一望できる。

「これならレストランもできるね」舞が椅子を引き出し、腰掛ける。

「それより早く部屋に行きません」

桐村寛子は私の後ろで腕組みしていたが、言うほどの思いがあるわけでもなく、天井から吊り下がる、星屑をイメージしたかわいいガラスピースをちりばめた照明機器を見つめながら、顔はほころんでいた。彼女もまたこの空間を楽しんでいるようだった。

「ねえ、あそこはなんなのかしら」

舞は言うが早いか、私の傍をすり抜け、ホール・リビングへ戻り、北東角に間仕切られた部屋の扉を開けた。

「ははん、映写室兼図書室っていうやつね」

舞の後を追って、中を覗くと、天井から吊るされたプロジェクターと一二〇インチはありそうなスクリーンが目に入ってきた。壁一面には、やはり壁と同じ板材を使った書架が全面に設えられていた。棚はまだ空っぽだったが、いずれここにＤＶＤと、一万冊を超える神谷の蔵書が納まるのだろう。映画と読書が神谷の趣味だったからだ。

私は踵を返してホール・リビングに戻り、改めて空色のクロスの貼られた高天を見上げた。ダイニングの暗めの配色と色使いで区分けしているようだ。

ホール・リビングは吹き抜けになっていて、二階の部屋の戸口が全て見てとれる。ダイニングと映写室兼図書室の真上が客室になっていて、部屋数は全部で七つ、跳ね出し廊下がそれらを繋ぐ。階段は向かって右側に一か所あるだけだ。

「ねえ、宮村君、君ならどういう内装にする」振り向けば、そこに杖をついた堀木がいた。

「やっぱり改装するために、僕たちは連れて来られたんですね？」

「そうよ、当然でしょ。あなたと私は慰労される立場にあるわけないじゃない」

「確かに二階の廊下の内壁なんて、昔の旅館のような聚楽塗りだし、引き戸も学生寮のような武骨さですしね」

「一階だってひどいわよ。今どき原木を素材にした内装なんて、昭和もいいとこ。若干、喜んでいる娘もいるみたいだけど」

　再びダイニングに戻って、すべての窓から眼下に広がる龍神池を眺めては嬌声をあげる舞のことを指しているようだ。だが、個人的には一階のロッジ風内装に関しては私も好みだったりする。――だが、その言い方からすると、

「一階の内装は、堀木さんは絡んでいないのですか」

「当然よ。一部の家具と照明だけは急遽手配させていただきましたけど。こんなになるくらいだったら、もっと早く相談してくれればよかったのよ」

「でも社長のことだから、福利厚生施設に、そんなにコストをかけないのではないですか。だから専務も地元業者に任せたんじゃ――」

「何言ってんの？　社長はここをレンタル別荘にするつもりなのよ。オフシーズンには社員にも開放

するっていうだけで、社員のための福利厚生施設なんてとんでもないっ。専務の勝手な勘違いよ。だから社長の逆鱗に触れたわけ」

なるほどそういうことだったのか、私は改修が中途半端に終わっている訳を理解した。

「いい、宮村君。今日はそのための試泊。一泊したうえで皆の意見を集めるつもりなのよ」

そう指摘されて初めて目が覚める。堀木の言うとおりだ。全てにおいてシビアな神谷が、上期の決算を控えたこの時期に慰労会など開くわけがないし、社員のための専属施設など構えるはずもない。

「――レンタル別荘ですか？　聞きなれないですね」

「知ってると思うけど、ここより奥にスキー場が開設されるでしょ。それに併せて大手のリゾートホテルも建設されるわ。すると中小の宿泊施設も進出してくるでしょうね。そこで目をつけたのがレンタル別荘よ。別荘を持つには価格的に負担が大きい、おまけに使用頻度のわりには維持に手間がかかる。けどホテルって自由度が低いし、中期の滞在には不向き――」

「そこで、レンタル別荘ですか」

「そう、中流から上流未満の世帯をターゲットに、最短二泊からシーズン毎のレンタルに設定するみたいよ。頭いいわよ、神谷明って」

なるほど、そういうものか。たくさんの金を稼いでいる人の発想は違うものだと、私は感心していた。

「少なくとも二階は、全部ぶっ壊しちゃうつもりだから、そのときはよろしくね、宮村君」

堀木は私の組んだ腕に大判の茶封筒を押しつけると、踵を返した。

中身はこの建物の原設計図だった。

「舞さん、地下は後で観よう。先に部屋を決めようよ」

番は地下へ降りようとする舞の手を取って、二階へ誘う。舞も番の言うことなら素直に従うようで、抗うでもなく、引っ張られるままに二階へ上がっていった。

その流れに引っ張られるように、私たちも階段を上る。

室内は研修者宿泊施設として使われていただけあって、窓際に縁側があり、そこに籐の応接セット、あとはただ広い畳敷き和室——昭和の旧い旅館のようだった。

誰かの落胆するため息が聞こえた。

階段を上がったすぐの部屋から桐村、番、新谷、黒江と並び、角部屋が神谷で北へ折れて津田、私と、大した揉め事もなく、部屋割りは決まった。どの部屋も同じような和室で誰も興味が湧かなかったからだ。

黒江はそれぞれの部屋の鍵を渡した。

「えーっ、トイレと風呂が共同なの」

私が一番奥の、自室に辿り着いたとき、そう叫ぶ舞の声が館内に響いた。

【改修前コルバ館二階平面図】【改修前コルバ館二階平面詳細図】参照

私は荷を解き、手渡された図面を一見した後、パーカーに着替え、社長の待つ前庭に向かった。階段を下りるとき、食材の入ったボックスを担いで地下へ下りていく津田の後ろ姿が目に入った。

前庭に、専務を除く全員が揃うと、神谷は、

「バーベキューの用意ができるまで、ゆっくりしていればいい。ワインを飲みたい人はご自由にどうぞ」

とベンチに座って、葉巻をくゆらしながら読書——子供向けの椅子の写真集を見ていた。仕事に関係するものらしかった。

「私　料理を手伝ってきます」黒江が切り出す。

「いや、止めておきなさい」神谷は視線を上げ、「邪魔になるだけだよ。あれが専務の仕事だ。彼の仕事を奪っちゃあいかんな。それに料理といったってバーベキューだ。材料を切り揃えるだけのことだ。まあ、テーブルセットのときだけ手を貸してやればいい」

「はあ……」

「今日は君たちの慰労会だ。客なんだぞ。客は客らしくしておくものだ」

神谷はそう言って金色に輝く腕時計に目を移してから、

「いま四時だから、専務には五時には開始だといってある。それまで自由にしていて良いぞ」と視線を再び本に戻した。

「萌音さん。辺りを散策して来ようよ」舞が黒江の腕を引く。

「ああ、だが、見るところは余りないぞ」視線を上げずに神谷が答える。

「龍神池の辺に降りるには、どう行けばいいんですか」黒江が問う。

改修前
〔コルバ館 2階平面図〕

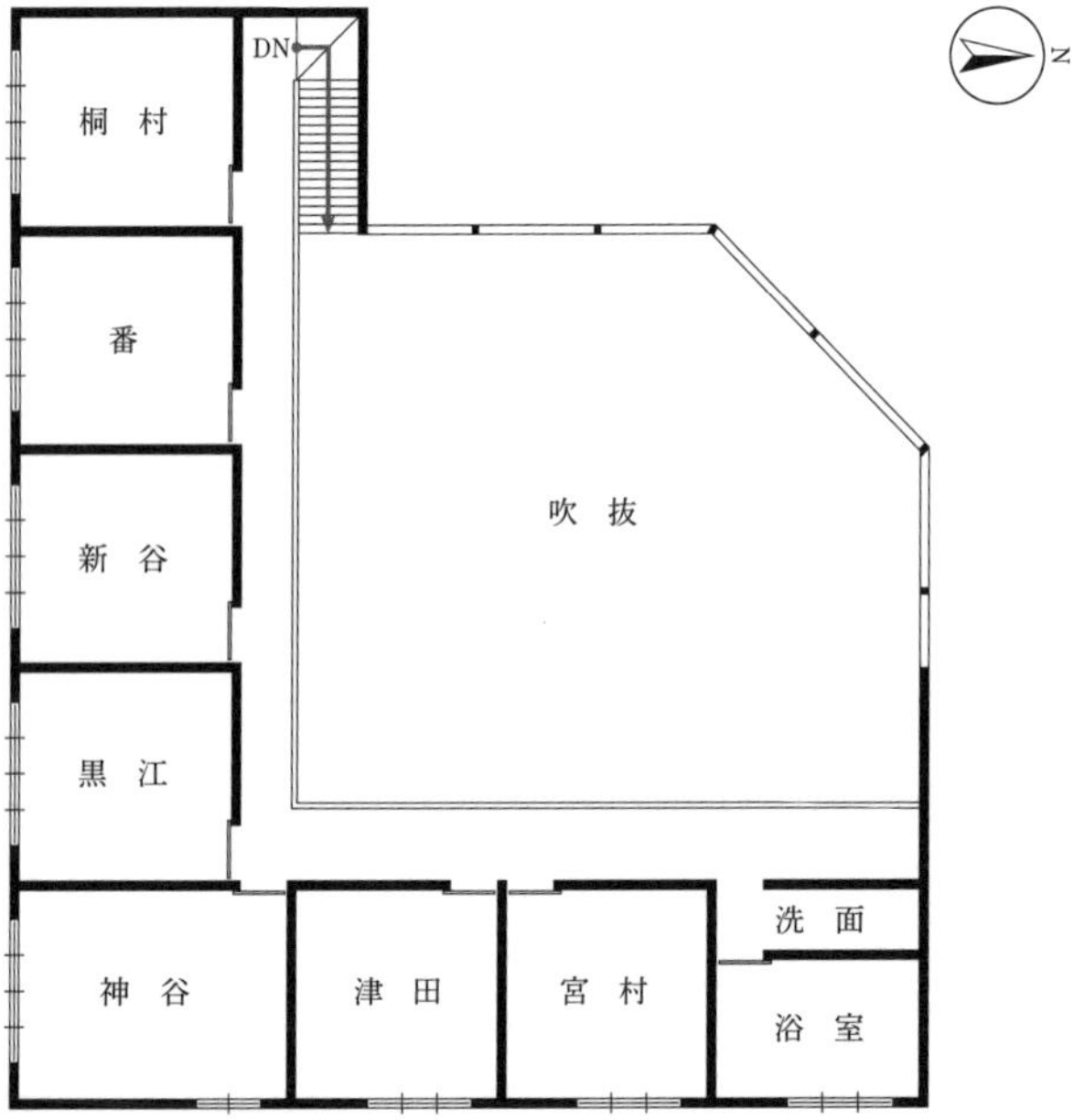

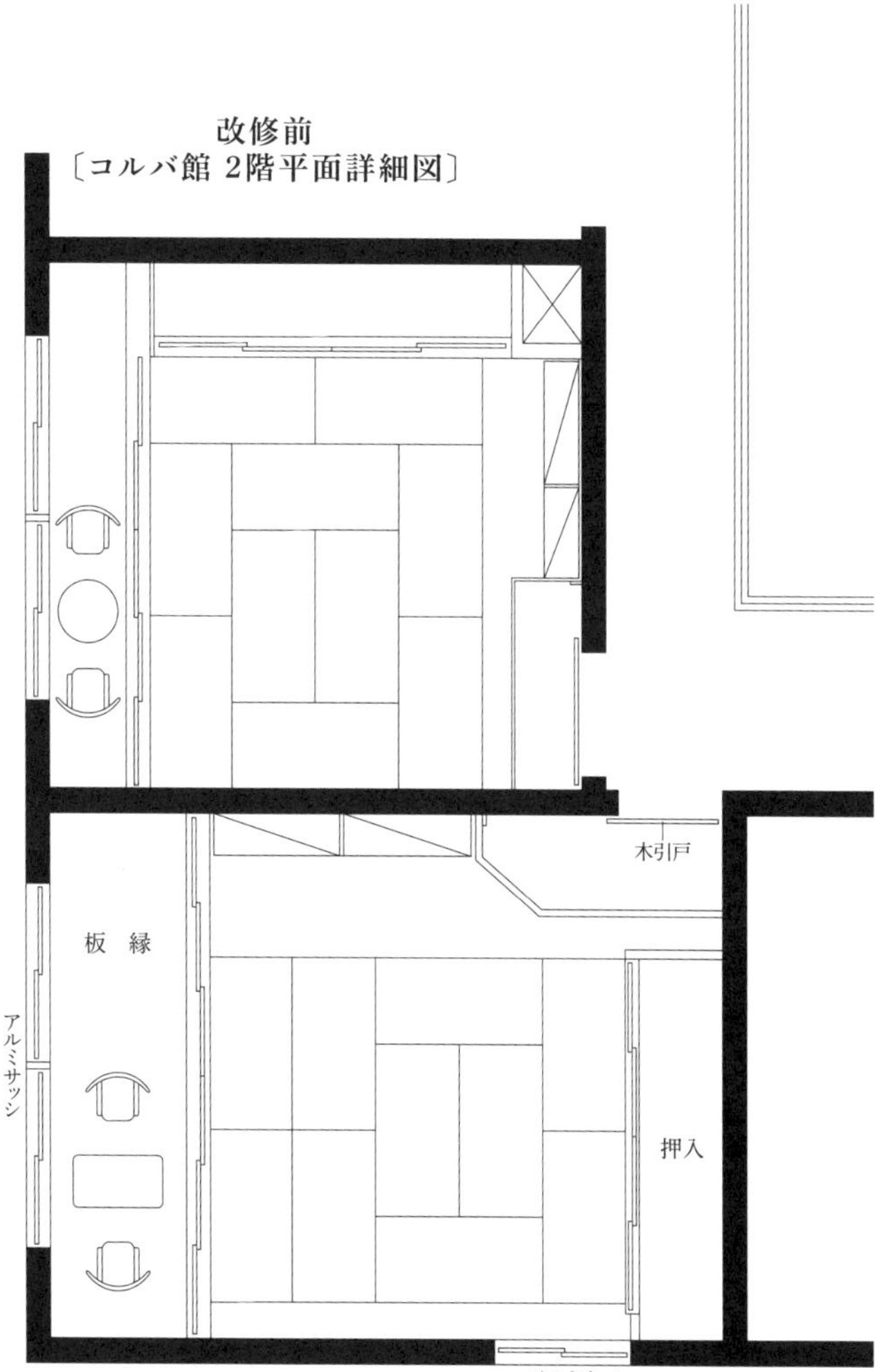
改修前
〔コルバ館 2階平面詳細図〕
木引戸
板　縁
アルミサッシ
押入
アルミサッシ

「ここからは無理だ。かなり急な勾配になっているし、崩れやすい崖だからな。行くのなら、車に乗って反対側のオートキャンプ場まで戻るしかないな。だが、今は止めておけ。車でも一五分はかかるから、すぐ戻って来なくてはならなくなる。明日にでもするんだな」

「あー、舞は無理、無理。あの吊橋をもう一度渡るなんて、考えただけでもぞっとする。今度渡るときは帰るときだけよ」

舞は黒江に向かって大げさに身震いしてみせる。

バスを停めた駐車場からコルバ館へ来るには、狭いが深く切れ込んだ谷を渡らねばならなかった。そこに架けられた、人しか渡れないさびれた吊橋のことを舞は言っていた。高所恐怖症らしく、渡り始めるまでに五分間の説得、渡り切るのに五分間の勇気付け、渡ってからも五分間、腰の抜けた舞が回復するのを待たなければならなかったのだ。

「社長、他に道はないんですか。あんな吊橋、隙間だらけで――、死ぬ思いをして渡らなければ来られないなんて、舞には絶対無理です」

「へえー、鬼の舞君にも弱点があったんだな」

神谷は膝の上に本を伏せ、しげしげと舞の顔を眺めた。

「鬼って、失礼ですよ。社長。こんな華奢な私をつかまえて」

「はは、ごめん。鬼というのはあくまで仕事に対する姿勢のことを言ったんだ。見た目だけなら、君は妖精だよ」今度はニコニコしながら自慢の顎鬚を撫で、「別の道ならこっちの山側にもあるがね」

神谷は庭先から延びるうっそうとした木々の間を縫うように続く道を指さす。

「そうですよね。駐車場からここまで五〇メートルぐらいありますからね」と頷き「ほら、萌音さん。言ったとおりでしょう。建物を建てたんだから、建築資材を積んだ車が横付けできないのはおかしくない？　って、ね。あんな吊橋を、資材持って渡れないいんだって」

舞は得意げだ。吊橋を渡るより、山道をもっと奥まで進めば、必ず館まで到達するんだ、と彼女は譲らなかったのだ。

「だがな、舞君。あのおんぼろバスでは、駐車場から先の山道は登れない。俺のアウディでも腹を擦っちまって途中までしか行けないいな。車高のある本格的な4WD車でないとだめだ。おまけに次の橋はもっと奥まで行かないとなくてな、ここに着くまでさらに一時間近くかかるんだ。歩けば半日コースだ。残念だったな。かっ、かっ、かっ」

神谷は笑った。そして、心底嫌そうに頬を膨らませた舞を見て、

「帰るときは、俺がおんぶして渡ってやるよ」

神谷はまた笑った。


私は黒江と舞と一緒に周囲を散策することにした。寛子はタイトなスカートなのでひとりコルバ館の中に戻っていった。番はすでに社長と堀木とテーブルを挟んで腰掛け、なにやら話し込んでいる。神谷はテーブルに身を乗り出して耳を傾けていた。

私たち三人はそれを横目で見ながら、前庭から建物の東を回った。

そこにも小さな庭があったが、足を踏み入れなかった。手入れが行き届いておらず、雑草が足首を

隠すほどに伸びていたことと、二日前に通過した台風でぬかるんでもいて、舞が下ろしたてのスニーカーが汚れるのを嫌がったからだ。館の東壁には芝刈り機や、熊手などの掃除道具などが立てかけてあった。

もう少し進むと、池に向かって岬のように突き出ているところがある。そこに行きつくと僅かながらコルバ館の南側を見ることができる。

館の南側はすぐ崖になっていて、急勾配の斜面が建物の外壁に迫っていた。ダイニングの南側のサッシが、ガラス張りで開放的なのに嵌め殺しである理由が分かる。万が一そのサッシが開き、一歩でも踏み出そうものなら、そのまま崖下に転落するからだった。

視線をさらに下に落とすと、斜面の先は龍神池の水面に続いていた。かなりの距離というか高さがある。

「ねえ、萌音さん」店長になったのもほぼ同時で、年齢も近いせいか、舞は黒江を、親しみを込めてこう呼ぶ。

「萌音さん」もう一度呼ぶと「これってやばくない」舞は彼女の腕をぐっと引き寄せながら、右手のコルバ館の建つ崖を指さす。瓦礫を張り付けただけのような地肌剝き出しの急斜面だ。申し訳程度に人間の背丈ぐらいの松が数本生えてはいるが。

「この崖、崩れちゃったらさ、館ごと崩れるんじゃない」

「そうね。怖いわね。まるで、スキーのジャンプ台に立っているみたい」

「なに言ってるの。そんなもの距離も勾配も倍以上よ。これなら丸ビルの屋上と変わらないわ」

黒江のジャンプ台の喩えは十分ではなかったが、舞の丸ビルの喩えは十二分すぎた。

「それより、ねえ、これって本当に崖が崩れたんじゃない？」

舞は南側のサッシの足元を指さし、「ほら、あのサッシってダイニングルームのサッシでしょう。なのにほら、その二メートルぐらい下まで外壁が剝き出しになっているじゃない。あれは、地下室の外壁だわ。きっと崖が崩れて、あそこまで露出したんだわ」

舞と黒江は二人揃って私を見つめた。設計士として帯同している以上、いずれ問われるのだろうと覚悟はしていた。

「崖に関しては崩落防止措置を施していますから問題はなさそうです。それに杭が深く建物を支えていますから、見た目は不安定かもしれませんが、問題はないです。さっき設計図を確認しましたから」

ふーん、と舞は舐めるように私を見て、「何よ、その崩落防止措置って」

「いえ、何というか、その原設計図に、そう表記してあっただけで、具体的には……」

「えーっ、しっかりしてよ、宮ちゃん」

「まだゆっくり設計図を見たわけではないので……。ちらとしか――」そう答える私の肩に、小さなこぶしを打ち込む。

「舞さん、宮村先生を責めたら可哀そうよ。さっき堀木さんから渡されたばかりなのよ」と黒江がフォローしてくれた。

「でも、大丈夫ですよ。よく見てください。ほら、その地下にもサッシがあるじゃないですか。崩れて外壁が剝き出しになったのなら、サッシは付いていないわけですから――」

ダイニングにある大型ガラスの嵌め殺し窓の下に長さ三メートル高さ一メートル五〇センチ程度のサッシが三か所取り付けてあった。私は崖から身を乗り出すようにして､右手を斜め下方に指さした。

「何言っているの。あれは、崖が崩れてきたから、後から新しく取り付けたのよ。そうして、ここは安全な建物ですよと騙して、高く売りさばいたのよ。それをまんまと買わされた――。早速社長に知らせなくっちゃ」

「二人とも危ない」と黒江は右手で私、左手で舞の手を引っ張り、「社長が簡単に騙されるはずがないわ。でも、後で中に入って見ましょう。そうすれば分かることでしょう」

外からでは南の外壁には近寄れず、これ以上遠目で見ていても判断がつかなかった。


【コルバ館断面図】【コルバ館半地下一階平面図】参照

私たちは散策を切り上げ、館内に戻った。私だけは急いで原設計図面をとりに自室へ行き、地下へと向かう舞と黒江に追いついた。

半地下階は一階の半分ぐらいの広さしかなくて、一階ダイニングの真下辺りの、右半分――ちょうど寛子と番の部屋の真下――が厨房になっていた。ステンレスの調理台、シンク、オーブンに冷蔵庫と最低限の調理機器は揃っているようである。

目的のサッシは、南側の天井に近い高さにあった。床から一メートル五〇センチぐらい上がって取り付けられているのが、半地下階であることを物語っている。

早速、南壁に近づき、触ってみる。

サッシにはどこにもおかしなところはなかった。後から取り付けたことを窺わせるような継ぎ目や痕跡なども見当たらない。

「きっと綺麗に誤魔化しているのよ。今の建築技術は精巧だからね」舞は自説を譲らない。

「いえ、これが当初の設計図ですけれど、このサッシは最初からあるものですよ」

私は青焼きの図面を拡げて見せる。

「他の窓と同じように適度に古びているわよ。あのサッシだけ新品のように新しければ、舞さんの意見に賛成だけれど」

「んー、そう言われれば、……そうかな」黒江の意見には舞は耳を傾ける。

しかし二人とも私の拡げる図面は見ようともしない。

「内部の仕上げもきれいなコンクリート打ち放しよ。補修した跡なんかないわよ」黒江の言葉が終わったとき、

「そうですよ。ここは元のままですよ」振り返ると、エプロン姿の津田が包丁と剝き身の鶏を持って立っていた。「おや、まさか、バーベキュー開始の一時間が待てないというのですか？　おなかが空いたのなら、何か作って差し上げましょうか」

「いえ、大丈夫です。それより何かお手伝いしましょうか？」と黒江。

「いえ、いえ、本当に結構ですよ。あとは食材を切り分けるだけですし。飲み物はたった今冷蔵庫に入れ終わりましたからね。一時間というのは、炭をおこす時間と飲み物が冷える時間なんですよ」

「えっ、専務、バスに積んであった二ケースもあるビールを一人で運んだんですか」と舞。

〔コルバ館 断面図〕

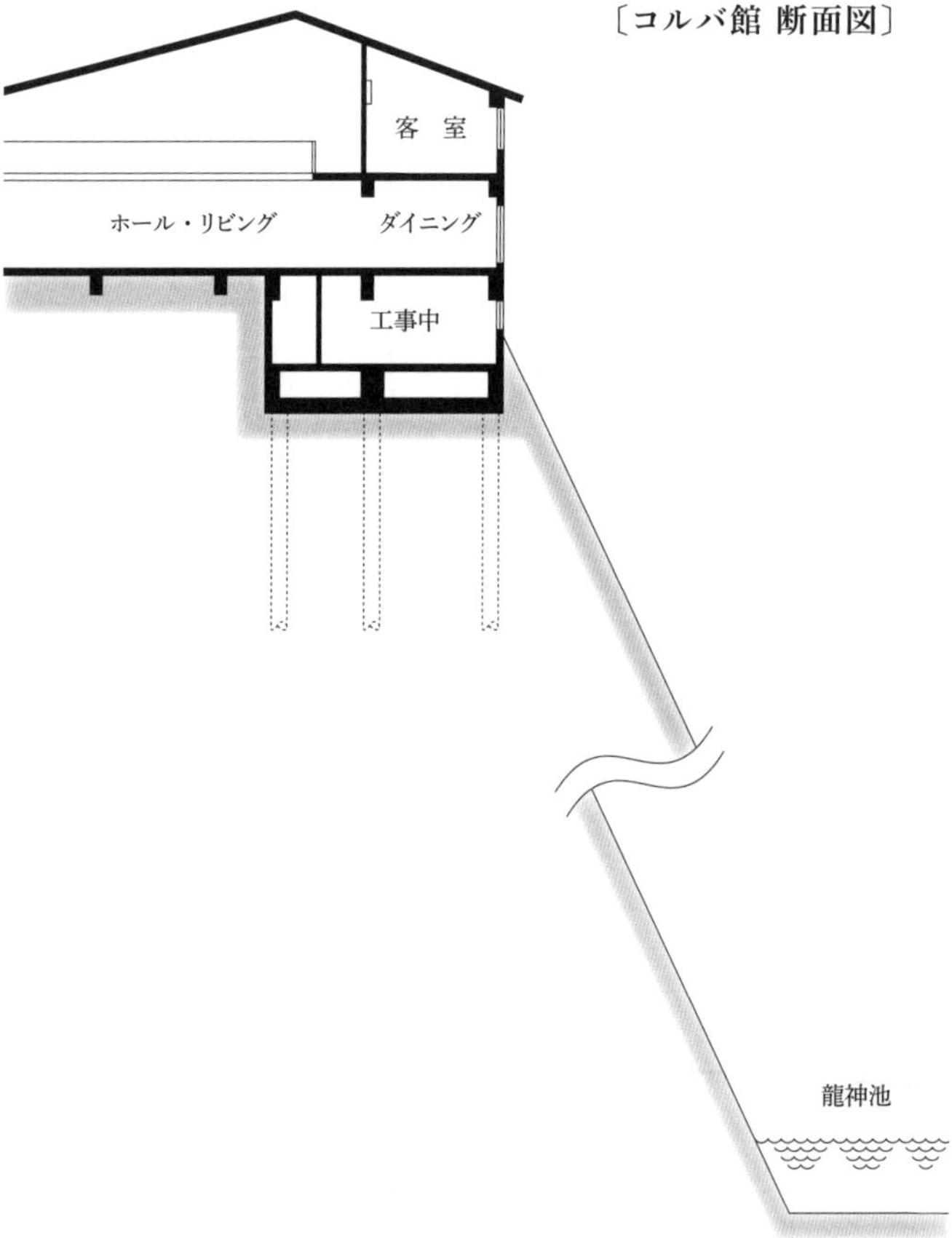
客 室
ホール・リビング
ダイニング
工事中
龍神池

〔コルバ館 半地下1階平面図〕

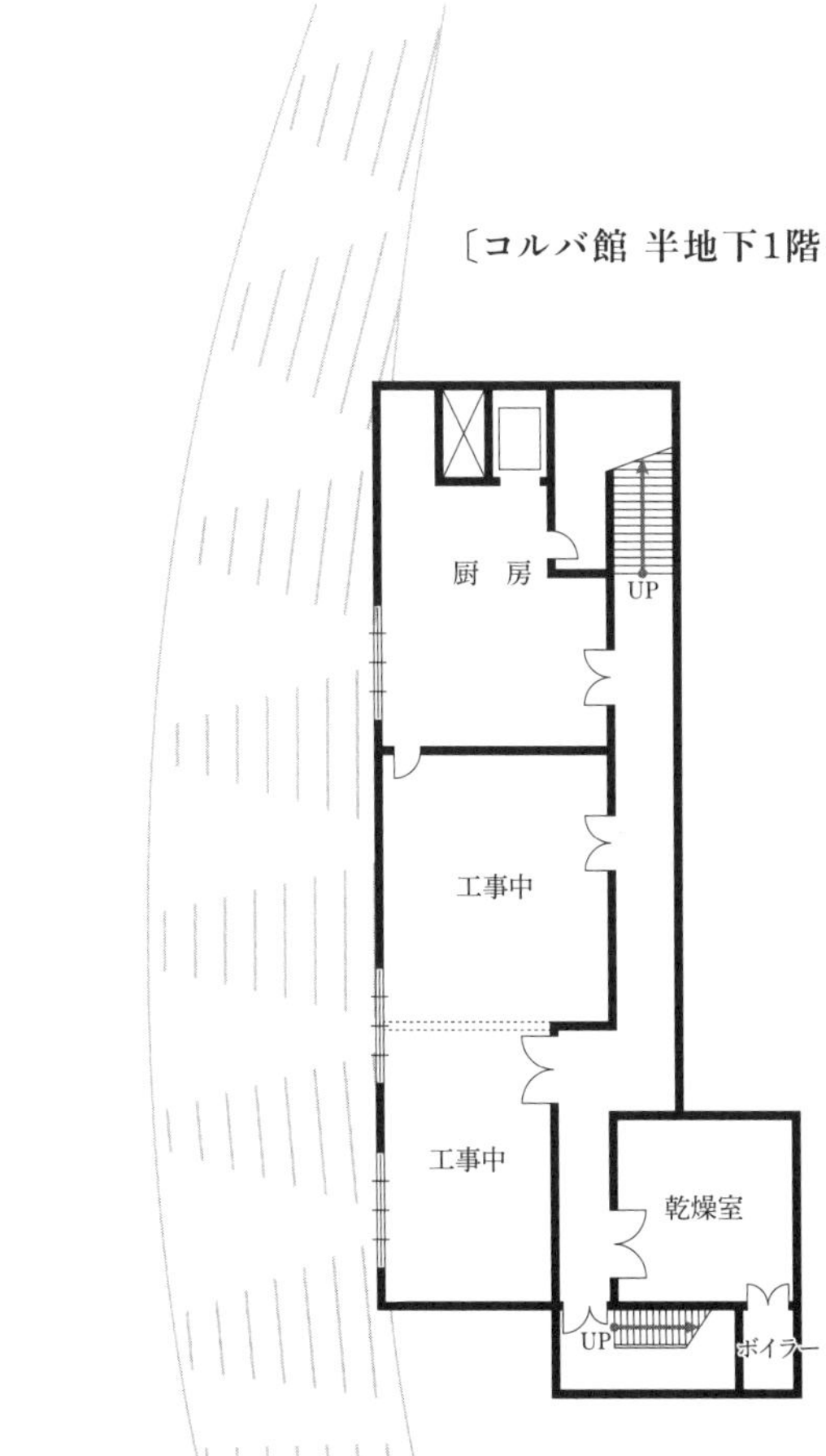

「三ケースだよ。三ケース目はワインだけどね」

「すっごーい」舞は両手を拡げて驚いている。

「なーに、大変なのは吊橋を渡るときだけですよ。あとは台車とダムウェーターがあるからね」

舞は、小首を傾げたと思ったら、すぐに合点がいったらしく、ぽんと手を打ち、「ああ、あれね。ちっちゃいエレベーター」戸口側の隅を指さす。

一階ダイニングのカウンター内にもダムウェーターがあり、厨房で作った料理を上階へ運ぶのだ。津田は勝手口からダイニングに入り、カウンター内に設えられたダムウェーターを使ってビールを厨房に運んだのだ。

「それじゃあ、舞たちには、もう手伝うこともないですね」

「いいよ、いいよ。私の仕事です。あなたたちはゆっくりしていればいいんですよ」

「そうですかぁ。すみません。それじゃあ、お言葉に甘えて」

舞はくるりと黒江の方に向き直ると、舌を出してみせる。


廊下へ出て、奥の部屋を覗く。工事が途中のまま放置されているという例の部屋だ。物置だった部屋を娯楽のための部屋に替えるらしい。

部屋の内部は、窓際付近に使用予定のボードが山積され、何かの燃料だろうか、色の違うドラム缶が四缶、大小の工具箱、エアコンプレッサーなどの機械類、足場板、梯子に脚立などの仮設材が雑然と置かれていた。なぜか縄梯子もある。いざというとき三〇メートルはあろうかという崖を下りろということか。その半分のさらに半分にも届きそうもない短いものと思われるのに。

厨房と続く同じ外壁面には、同じような細長いサッシが、やはり二か所付いていた。

「ねえ、何、あのもこもこした壁は？」舞は眉をひそめて言う。

外壁にあたるコンクリート内壁は、厨房と違ってコンクリート打ち放しではなく、表面が凸凹したベージュ色をしていたからだ。

「あれはねえ、断熱材よ。冬は部屋の熱を逃がさないように、夏は外の熱気が入ってこないようにしてあるの。最終的にはあの上にボードを貼るから、仕上がったら見えなくなるわ」

「だって、厨房にはないじゃない」舞の言うように厨房はコンクリート打ち放し仕上げで剝き出しだ。

「厨房は水を使うからボードは貼れないし、居室――いつも人がいるところじゃないから断熱しなくてもいいのよ」

「へえー、萌音さん、すごいね。知らないことってないんじゃない？」

舞はしげしげと黒江の顔を見つめる。

私も同感だった。このコルバ館改修に関しても店長会議で何度か議題に上がっているから、知っていて当然なのだが、殆どの店長は、自店の営業報告が無事済むかどうかにだけ、神経を使っているので、その他の議題には全く上の空だった。

かくいう私も今日ここへ来るまで、コルバ館改修のための試泊だなどとは露ほども考えていなかった。内装の改修だから、出番はほとんどないとたかを括っていたのだ。

その点、黒江店長だけはやはり別格だった。議題に上がったことは忘れていないし、また気になったことはよく調べてもいた。神谷社長も一目置いているらしく、将来的な幹部候補生であるという噂も根拠のない話ではないようだ。

「たまたまよ。私の弟がマンションを買うので、工事中のマンションを見に行ったのね。そこで教えてもらった」

「あっ、今度結婚する弟さんね。いいなあ、新婚で新築マンションかぁ」

舞の目は虚空を泳いでいた。

「でも、この部屋は何に使うのかしら」黒江は私を見て呟いた。残念ながら私には情報は入ってきていない。いや、忘れているだけか。

「カラオケルームかビリヤードか、まだ、決めかねているみたいですね。ちなみに向こう隣は乾燥室だよ。他にご質問は？」

声のする方を振り返ってみると、戸口に番が立っていた。

「乾燥室って？　スキーとかの」

「ああ、そうさ。ね、宮村さん」

私は苦笑交じりの笑顔で頷いた。

「社長ってウィンタースポーツ派だったっけ？　マリーン派だとばかり思っていたけど」舞はそう言ってその場でくるっと一回転し、「いいわね。冬はスノボ、夏はサーフィン、いや社長ならヨットよね。やっぱ金持ちにならないとね」

番はにっこり微笑み、「なんだ。舞さん。ここが社長の別荘か何かだと思っているの」そう言って舞に近づいてきた。

「違うの？　だって、社長そう言ってなかったっけ？　だから、私たちにも無料で貸してくれるんでしょ」

「は、は、あり得ませんよ。舞さん。社長はスキー、スノボのロッジとして経営するつもりだよ。登記上はコルバのN店になっているんだよ。ね、宮村さん」

私は歪んだ笑顔を戻せずにいた。

登記上の手続きは建築事務所の主要代行業務だから、建物用途等については先に問い合わせがあるが、外部の人間である私には、必要最小限のことしか話してくれない。社長がその詳細について、一番に相談するのは堀木優、次に番耕一郎ではないかと思っている。

部屋の用途によっては内装制限が厳しくなる場合があり､決まった仕上げ材が使えないこともある。例えば、ガスコンロを使う部屋では和紙を内装には使えないといった具合にだ。火災原因になるからだ。

しかし、それでも、優先するのは内装上の美観だ。デザイナー堀木優が最優先となる。法的なことや検査は宮村先生に任せるから何とかしてくれ、とここで初めて正式な依頼がある。消防設備を替えたりしなければならないこともあって､大掛かりな追加工事が発生してしまうことも間々あるのだが、そこは躊躇いがなく豪気だ。但し、オープン予定は変更なしというのが条件となるので、私は、行政手続きはもちろん施工業者との交渉でへとへとになるのが常だった。

「税金対策なの？　番ちゃん」と舞。

「それもあるかもしれないけど、ロッジ経営は真剣に考えているよ。そうじゃなきゃ、あの社長が無駄な投資をすると思いますぅ？　今日だって試泊のつもりなんだよ」

「し、は、く……？」

「試験的に泊まるっていうことですよ。慰労会なんてあとで取ってつけた理由ですよ」

「でも、番君。近くにスキー場なんてないじゃないの」

番は両手で長い髪を掻き上げ、「へぇー、萌音さんでも知らないことがあるんですね」と少し得意げに続ける。

「この山側にスキー場ができるんですよ。来シーズンからですけどね。道も広くなって、うちのおんぼろバスでも走れるように舗装もされる。もちろんこの情報はまだ公にはなっていません。裏で動いている情報ですからね。こういった情報をいち早く仕入れ、人より先んじることがこれからは重要なんですよ」番はあたかも自分で行政を動かしているかのようだった。さらに、「この辺り一帯がスキー場になれば、ここは龍神池を目指して滑降してくるスキーヤーの格好の溜まり場となるんです」

番は自分の言った駄洒落が気に入ったのか、にたにた笑っていた。神谷の傍にいることの多いこの男は、かなりの情報を隠し持っているようだ。

半地下の廊下の突き当たりは、観音開きのスチールドアになっていて鍵がかかっていた。サムターンを回してドアを開けると、一階東へ出る外階段になっている。その段裏のデッドスペースに長さ三・五メートル程のアルミ単独梯子が横にして置いてあった。

陽が陰り、前庭にはレンガ造りのコンロを中心に、円形のテーブルが三つセットされていた。ビールで乾杯したあと、バーベキューパーティーが始まった。

津田は馴れた手つきで串を裏返し、「そろそろいい具合に焼けましたよ。皆さんどうぞ」

金串に刺された食材が焼け、食欲が促される。

「さあ、食べろ、食べろ」と神谷が皆を促す。

一通り肉が行きわたり、ビールが順調に減っていく。

「今日の社長、機嫌が良いわね。このまま過ぎてくれればいいんだけど」

舞が私のそばに来て、肘で小突く。

「乾杯のあとの挨拶が短いときほど、逆になんか怖いわね。いつ豹変するか分からないし」

「そうですね……」私はあいまいに返す。

「実体験を踏まえた訓話――自慢話のオンパレードにならないことを祈るだけだわ」

「しっ！　舞さん、止めといたほうがいいわ。その話は」

黒江も傍にいて舞の声が大きくなるのを制した。

バーベキューパーティーも進み、そろそろ満腹感を覚え始めた頃、

「それにしても、丸島さん遅いわね」黒江は誰にともなく呟いた。すると津田が、

「さっき電話があってね。なんでも子供が熱を出したらしくて、病院に連れて行ってから来るので遅くなるって」

食材が焦げ付き、煙が目にしみたのか、涙を流しながら教えてくれた。

「奥さんに任せておけば良いんじゃないのかな」

番は串から具を引き抜きながら話に参加してきた。好き嫌いの激しい自称ベジタリアンの彼は肉類を避けているようだった。

「そうじゃないですよ。番店長。こういうときこそ、世の旦那さんはがんばらなければいけないんですよ。こればっかりは結婚してみなくては分からないね」

「失敗した君なんかの結婚観を押し付けちゃいかんよ、専務。要はこれまでの教育がなっていないからだ。常日頃から奥さんサービスをしていれば、そんなことにはならないんだ」

専務は社長の言葉に首をすくめるだけだった。

教育――こういう台詞が何の抵抗もなく口にできるというのは、似非《えせ》フェミニストたるゆえんなのだ。夫婦とは平等であるべきだ、と私は思う。独身ながら。

「そういえば、なんか奥さんとうまくいっていないってこぼしていたわ。養子だから肩身が狭いんじゃないかな」と舞。

「丸島君の奥さんって、元ミスS高原らしいね」津田がグラスのビールを飲み干して言う。

「へえー、ミスS高原？　なんだか微妙だな」と番。

「それがね、かなりの美人なのよ。一度見かけたことがあるんだ」と舞。

「本当？　だとしたら、丸島先輩にしてはやるな。一体どうやって落としたんだろう」

「ああみえて結構スポーツマンなのよ、丸ちゃんは。スキーだって人に教えられるくらいの腕前だっていう話だし」

「全く想像できないな。あの体型から」痩身の番ならではの評だ。

「昔はもっと痩せていたのよ。それで、スキー場でナンパしたんだってさ」舞は何も刺さっていない金串を指揮棒のように回す。

「私もインストラクター級の腕前を持っていると聞いたことあるわ」黒江が言う。

「そう、そう、でも、自己流だって言っていた。秋田の生まれで子供の頃から、冬といえばそれしか遊びはないからって」

「ふーん、でも」と番は何かを思い出したかのように話題を変え「丸島さんが来たら泊まる部屋、どうするんですか」

「津田専務の部屋にはベッドが二つ用意してある」

神谷の言葉に専務も頷いた。二人の間ですでに合意がなされているようだった。

「でも、舞さん。丸島さんのこと、ずいぶんお詳しいんですね」

耳まで真っ赤に染めた寛子が、会話に割り込んできた。普段口にしないワインを一口飲んだからだ。ワイングラスを持つ手がゆらゆら揺れている。お代わりを催促しているようにも見える。

「情報に敏感なだけよ。変な言い方やめてよね」

「情報は選ぶべきではないかしら」

番が二人の間に入って、寛子のグラスにさらに赤ワインを注ぐ。

「あら、それって逆じゃない。アンテナを拡げていれば、全ての情報が入ってくるわけ。その入ってきたものを取捨選択するのであって、最初から情報を選ぶなんて、アンテナを拡げていないことと一緒よ。つまり、視野が狭いってこと」

と言って、舞は頬を膨らませた。

「わたくしは余分なものが入ってきた時点で、デリートしますわ。いつまでも不要な情報を持っているほど暇じゃないの。他に考えることがいっぱいあるし——」

寛子は半眼のまま舞を見つめる。ワイングラスの中の赤い液体を長い人差し指でかき回しながら。

今度は舞の顔が紅潮してくるのが分かった。舞は持ちかけたウーロン茶の入ったグラスをテーブルに置き、口を開きかけたが、叶わなかった。

「仕事と一緒だ。日々、明日はどうなる、一週間後はどうなる、一ヶ月後はどうなる、そして一年後はどうなる、ということを常に考えて行動しないからだめなんだ。俺は二〇年前からそれをしている。だから今の俺があるんだ」

神谷には舞、寛子——二人のやり取りは聞こえておらず、津田に向かってひときわ大きな声で喋りだしたのだ。それで二人も口論をやめ、神谷の話に聞き入らざるを得なくなった。

「君の、生きていく目的とは何だ」

「いや、それは、あの……」専務は口ごもる。

「ほら、すぐに出てこんだろう。俺は、一〇代のころからすぐに答えられたぞ。目的意識をもたず、ただ、のんべんだらりと生きてきた君と、常に目的意識をもってきた俺の二〇年の差が、いまこうしてあるんだよ」

辛らつな言い方だった。津田は手にした箸を置いて神妙に聞き入っている。

「黒江君。君が働く目的は何だ。君というか、君たち全員が、だが」

神谷が急に視線を店長たちに移した。

「生活するためです」

黒江は腹を決めて間髪容れず答える。

「そうだ、正解だ。ここで、生きがいだとか自分のやりがいだとかいうのは、嘘だ。そんなやつがいたら、そいつはただのおべっか使いか嘘つきか、はたまた単なる馬鹿だ」さらに、「この三つの中だったら何て言われるのがいい」ジョッキを持つ手を止め、「どうだ、専務」と肘を大きく張り出す。意地の悪い質問だ。

「……、そ、」

「嘘つきだよ」端《はな》から専務に喋らせる気などなく、社長は再び店長たちをなめるように見た。

「詐欺みたいに法に触れてはいかんが、自分を高める嘘ならどんどんつくべきだ。人間をやっていて、嘘をつかないやつなんていない。相手を傷つけない嘘なら、誰だってついたことがあるだろう。だが、俺が言っているのはそんなつまらない嘘じゃない。目的遂行のためにつく嘘のことを言っている。この世の中で生き抜いていくためなら、嘘も必要だ。騙される方がぼんくらなだけだ。え、舞君。なんだったら俺に嘘をついても良いんだぞ。騙せる自信があればな」

神谷は残りのビールをくっと一気に空け、

「だが、俺は騙されんぞ。俺を騙せるようになれば一人前だ。もう俺のところから旅立って、どこでもやっていけるというもんだ。かっ、かっ、かっ」

そう言って大声で笑ったあと、牛肉のブロックをほおばった。

「それじゃあ、私はそろそろ失礼いたします。明日、早朝から打ち合わせですので」

バーベキューもそろそろ終わりに近づいたころ、突然、堀木が切り出した。

「おお、そうか、そうだったな」神谷は立ち上がり、「残念だが、頑張ってきてくれ」わざわざ堀木に歩み寄り両手をとって握手する。

「諸君、堀木君はこれから名古屋に向かう。いよいよ中京地区へ進出する。その足がかりとなる店舗の打ち合わせだ。本当は来週の予定だったんだが、先方の急な予定の変更でな」

「それではお先に。今晩中にホテルにチェックインしておきたいものですから」

堀木はそう言ってにっこり微笑んだ。パーティーが始まってからウーロン茶ばかり飲んでいたのは、車の運転をしなければならなかったからなのだろう。

杖をついて歩く後ろ姿が痛々しかった。

「彼女、足どうしたんでしょうね？」番が呟く。

「あら、聞いてないの？　珍しいね」

「よしてくださいよ、舞さん。女性なら誰でも話し掛けるみたいな」

「違ったっけ？　スレンダーで、可愛いお洋服着ている女性って、番ちゃんの好みのタイプじゃない」

「細くて可愛い系の服着ているだけなら、舞さんも好みのタイプに入っちゃうじゃないですか。止めてくださいよ」

「どういう意味、それっ」舞が絡み始めた。

「とにかくですね、彼女は何を訊いてもはぐらかすタイプなんで、苦手なんですよ」

そういえば、私もパーティーが始まってから、殆ど彼女と言葉を交わしていなかった。常に一定距離を保ちつつも、比較的誰とでも接触する立場の私でさえ、やはりなんとなく避けているのだろうか。

「二センチある杉板を真っ二つにした代償だよ」

神谷が口を挟む。番と舞のやり取りを聞いていたのだ。確か堀木は神谷に誘われて、一緒に空手の道場に通っているとのことだった。

「見た目と違って根性あるぞ。全治二週間の捻挫だが、一言も痛いと言わなかったからな。あれだけ腫れていたのに。翌日には診断書を持ってきて、休むのかと思ったら、そうじゃない。『ただの証明です。仕事に穴はあけません』と言い切りやがった。見上げた根性だよ」

神谷はそう言うと辺りを見回すように、視線を左右に振って、

「もう一度募集しよう。一緒に空手をやらんか。今からでも遅くないぞ。美容にも健康にもいいんだぞ」

皆、視線を落としてしまった。趣味を同じにすると、時間も社長と共有することになるからだ。

堀木の退席をしおに、前庭でのバーベキューパーティーが一段落すると、場所をダイニングに移し、カクテルが振舞われた。

「龍神池っていうのは、その名のとおり龍神が棲む池ということなんですかね」

バーカウンターに入った番の、シェイカーを振る手つきは、馴れたものだった。

「日本全国にあるよね。龍神様が棲んでいるという池は」そう加えて、ブルーの液体が鮮やかなカクテルを舞の前に差し出す。〝舞スペシャル〟だそうでアルコールは抜いてある。

「三国岳って知ってる？　私のおばあちゃんの家があるんだけどね。福井、岐阜、滋賀の県境でさあ、そこの夜叉ヶ池にも龍神伝説があるわ。干ばつに耐えかねた農民が娘を龍の嫁に出して、雨乞いをするの。そうすると龍神が雨を降らせてくれるという話」

「わたくしの実家は新潟ですけど、似たような話がありますわ」

「そうか、寛子さんは新潟の出身なんだ」

番がそう言って、ほお杖をついてとろんとした目つきの寛子の顔を覗き込んだ。

「龍神が棲む池や沼なんてのは、日本全国にあって、この間なんか地元の埼玉で全国の龍の祭りがあったくらい。初めて知ったんだけどね」

と舞は舞スペシャルを口にした。

「あれって、瀧の流れが、昇天する龍の姿にダブるんだろうね」

番もカウンター内で、自分で作ったカクテルを一飲みする。

「でも、みんなさあ、娘を差し出せば、代わりに水の恵みを与えてやるよっていうことでしょ。どうして女ばかりなのよ」と舞。

「それが事実だったからだ。逆にいえばそれほど干ばつは、死活問題だったわけだ」

神谷が話に加わってきた。

「日本は農耕民族だからな。水がなければ作物が育たずみんな死んでしまう。干上がって水の流れがなくなれば、それは瀧の流れ、すなわち龍がいなくなるというわけだ。だから生娘を捧げたわけだ。男手は労働に必要だし、子供を産んだ女では役にたたん。さすがに龍神様に失礼だろう。はっ、はっ、はっ」

神谷は上機嫌に大笑いした。セクハラ発言全開だ。

「ところで、社長。地下室は何に利用するおつもりですか？」

黒江が話頭を転じた。不愉快な状況であっても、笑顔さえ添えて話しかけることができるのが彼女の聡明なところだが、同時にその笑顔の奥に、怒りを秘めていることも手に取るように分かる。

神谷は一瞬黒江をじろっと睨んだが、

「外階段寄りの一角は乾燥室で決まりだが、残りはカラオケにしようと思っている。カラオケなんぞ大嫌いだが、老若男女が誰でも共通の関心事となるとこれしかないだろうというのが結論だ。個人的にはビリヤード場にしたかったんだけどな」

やはりここをロッジとして、レンタルか何か分からないが、商売として経営しようとしていることは間違いなかった。

「あと、庭にもデッキを張ってオープンカフェにできればとも思っている。今日バーベキューをした辺りだ」

神谷もアルコールが入って饒舌になってきていた。

前庭には今も津田がいて、一人で甲斐甲斐しくバーベキューの後片付けをしているはずである。

「でも、社長。その前に、この斜面補強した方がいいですよ。今にも崩れそうで」

舞が窓の方を、グラスを持った手で示す。

「ああ、あれか、心配すんな。あれで結構丈夫なんだ。基礎にはちゃんと杭が打ってあるから、仮に崖の土砂が全部崩れたとしても建物が崩壊することはない。ちゃんと調査済みだ。なあ」

と言って、私が遅れて首肯するのを確認してから、「まあ、それでも、来年春、種子を吹き付けて斜面を補強する工事を行う予定だ。客に無用な心配を与えてもいかんからな」

神谷はぐいっとグラスを空けると、一同を見渡し、「ところで、君たちは常日頃、管理する立場にあるわけだが、カンリという字は二つある。知っているかね」

神谷と目が合った寛子は頷いてみせる。

「では、その二つの違い――タケカンとサラカンの違いは何か分かるかね。桐村店長」

突然の問いかけに酔いも覚めたようで、見開いた目を激しく瞬きする。

神谷は意地悪そうに微笑んだ後、今度は舞に向かって同じ質問をする。

「サラカンって何ですか」

舞は平然と質問で返す。こういうことができるのが舞のキャラクターだった。

しかし神谷はそれを無視し、「萌音君、説明できるかな」と今度は黒江だ。

「はい、たけかんむりの『管理』とさらあしの『監理』の違いのことですよね」

黒江が答えると、神谷は深く頷く。

「じゃあ、その違いも説明できるな」

「あ、はい、たぶん」黒江は少し間を置いて、「どちらも取り仕切るという意味だと思いますが、たけかんむりの管理は、規格とか基準から外れないよう調整することで、品質や在庫の管理などという場合に使います。さらあしの監理はどちらかというとそういった結果をまとめて評価するというか取り締まるということではないでしょうか」

「まあ、外れてはいないが当たりでもないな。いつも本を読んでいるだけあって、それなりには理解しているようだ。だが、俺の言いたいのは辞書的な意味ではなく、あくまでも本質なんだ。いいか、簡単に言えば、タケカンは過程の管理でサラカンは結果の監理――ということになる。君たちに与えられた職務は、主にタケカンの管理だ。日々異常がないか管理してもらいたい。サラカンの監理は主に俺がやる。君たちは報告することが大事だ。君たちの判断で、これはこうだろうなんて結論は出して欲しくない。いや、出すべきではないんだ。俺がまだこのコルバカフェを立ち上げた当初――」

神谷の話が熱を帯び始めた、そのとき屋外で物凄い音がした。何かが崩れるような音だった。最初はこの建物の南側の崖が崩れたのかと思ったが、もしそうなら、館に何らかの振動があるはずなので、すぐにその考えは否定された。

私たちは迷わず外へ飛び出した。前庭ではバーベキューのコンロの焦げを落としている津田がいた。館から出てきた神谷たちと目が合うと、激しく首を振った。彼もまた何が起こったのか分からないようだった。

「橋の方じゃないですか」遅れて出てきた番が言う。神谷たちは駆け出した。

——吊橋が見事に崩壊していた。

イントルード

ボクは県道から林道へ入ったところで車を停め、リアハッチからA型バリケードを取り出して車の後ろに置いた。途中の道路工事現場に集積してあったものを一つだけ失敬してきたのだ。子供でも簡単に動かせる簡易バリケード。〝この先通行止め〟だの警告表示類は一切付いてない。これが良い。余計なものは要らぬ証拠を残す羽目になるからだ。

元々交通量の少ない林道で、平日の深夜でもある。やって来る車両はまずない。でも、万が一を考えて置いておく。このさり気なさが良い。通行止めの効果はそれなりに有し、誰かがいたずらで置いたのだろうとか、発覚しても言い逃れができる。

再び車に乗り、五分ほど林道を進むと、曲がりくねった道の溜まりに車を停めた。荷物を降ろし、今度は車を、予め切り落としておいた、葉の付いた枝で隠していく。

大判の風呂敷包みを左肩にかけ、右手には工具箱を持ち、道を外れ斜面を下る。風呂敷が肩に食い込む。数メートルも下ると目的の地に着いた。目の前にはこんもり盛り上がったブルーシートがある。風で捲れないように隅に置かれてある石や枯れ枝を足で蹴り除く。

一応辺りを見回すが、当然人の気配はない。

足でシートを捲る。

死体はちゃんとあった。ほっとする。

ボクは包みと工具箱を傍らに置き、さっそく作業に取り掛かる。ここからはあまり時間をかけない方が良い。縦長の工具箱を開き、糸鋸《いとのこ》を取り出す。結局これに落ち着いた。肉だけでなく骨をも切断するのなら——、という考察に基づく。とはいえボクにも初めてのことなのだ。やってみなければ分からないことも多い。だから、一応電動カッターも持参しておいた。

効率を考えれば、電動工具を使用した方が優れているだろうが、一番の弱点は音がすることだ。それに電動工具は故障の危険がある。人肉には脂肪も繊維質も含まれている。回転刃が絡まった場合のリスクを想定したのだ。

糸鋸の替え刃は一〇枚用意している。脂肪を拭きとるタオルも余分にある。

——抜かりはない。

ナイフを使って衣服を剝ぎ取ると、腕の切断から取り掛かる。関節は避け、肩のすぐ下部で切断する。足は膝関節の少し上だ。

四肢の切断は思ったより早く完了した。替え刃は二枚の使用で済んだ。

ボクは風呂敷包みからはみ出している鉄筋棒を引き出す。

次はその四肢に鉄筋棒を埋め込む作業だ。

再びナイフを手にすると、腕の腹を縦に切り裂く。骨まで達するように。魚のはらを切り裂くときの作業に似ているなとボクは感じた。

割いて露になった骨に添えるように鉄筋棒を埋め込み、結束バンドで割いた腕を塞ぐ。鉄筋棒は掌に沿うように先端に行って九〇度に曲げてある。掌を床につくように、切断した腕を立て、椅子を支える脚の一本になるわけだ。もちろん風呂敷包みの中はコンクリート板である。

ボクは完成形を頭の中で描き、天を仰いだ。若月が笑っている顔のように見えた。

四

二〇〇五年夏　密室殺人　［宮村 記］

吊橋は完全に崩れていた。橋を吊る主ロープが切れたらしく、切り立った対岸――駐車場側の崖に、垂れ下がり、瀕死の蛇がのたうっているかのように揺れていた。

「えっ、やだっ！……どういうこと？」橋の手前で立ちすくんだ舞は華奢な両肩を抱きかかえた。そんな舞を尻目に、

「ひゃーっ、すげえっ」と番は切り立った崖の先端まで進み、「ついていたんだな、俺たち」と眼下に流れる白糸のような渓流を覗き込む。

番のすぐ後ろでは、「すごい！」と寛子も目を丸くして下を覗き込んでいた。

地を切り裂いたような渓谷は、とても下りられるような崖ではなく、切れた反動で不規則に揺れ動く吊橋が、今もパラパラと瓦礫を岩肌から削り落としていた。

「かなり老朽化していましたからねえ」津田が舞の肩に手をかけ、おずおずと付け加える。

「早いうちに落ちて良かったな」という声に、店長たちは振り返って、神谷を見つめた。

「ここにバンジーを造ろうと予定していたのだ。出来上がってから落ちたのじゃ洒落にならんからな」

そう言って腕を組み、顎を撫でる。

そして、「ちゃんとした橋を渡してからだな」私の方を指さし不敵に微笑んでみせる。

知っていたの？　という黒江の視線を受けて、私はとんでもないと首を振る。

おそらく神谷はたった今閃いたのだ。駐車場側の崖にぶら下がる橋を見てバンジージャンプを連想したのだ。それが神谷という男だ。不幸でしかない事故にも泰然とし全く動じたところがない。それどころか新しいビジネスに発想転換してしまう。誰もやったことのない新しい業態を仕掛け、コルバをここまでにした経営者は、私たち一般人と考え方からして違うものなのだ。

「でも、社長。いったいどうするんですか、帰れなくなっちゃいましたよ」舞が詰問するように言う。

「山道を歩くなんて、――私、死んじゃいますよ」

「は、はっ、はっ、心配せんでも、丸島君もじきにやって来る」

「でも、たしか、丸島さんの車は普通のセダンだったはずですよ。対岸の駐車場までは何とか来られても、その先の山道はさらに悪路みたいですから登れないのでは」

「黒江君も頭が固いな。いいか、方法はいくらでもある。丸島に四駆をレンタルさせてきてもいいし、誰かが山道を歩いて、麓に行ってもいい。最悪、警察に電話して助けを求めるのもいい。いずれにせよ大騒ぎするほどのことじゃない。人が渡っているときに、落ちたのではないんだ。俺たちは運がいいということだ。さあ、戻って飲みなおしだ」

神谷はどこまでも落ち着いていた。

「ねえ、やっぱり携帯は通じない」館に戻ると、舞は早速携帯電話を操作したが、圏外だったようで「この役立たず」と携帯電話にやつあたりしていた。

「ホールの固定電話から、丸島君に電話してみますよ」津田はそう言い、「でも、やっぱり通じないんだろうなぁ……」とため息交じりに加える。

それでも津田は、プッシュボタンを押すことに専心し、しばしの沈黙の後、やがて受話器を置いた。

「通じないな。やっぱり。残念だが、彼がここに着くまで待つしかないな」

津田にしては断定的な言い方だった。

「どっちにしたって、丸島さんはここ――駐車場に来るしかないから、そしたら橋が落ちていることも分かるでしょう。彼なら気を利かして、一度、麓に戻って、ここへ電話を入れてくれますよ、きっと」と番。

「警察にでも連絡したらどうですか」寛子が不安げに口を開く。

「やめとけ、こんな夜中に電話したら、ゆっくり寝てられなくなる。連絡するにしても、それは最後の手段だ。まずは丸島の到着を待つことだ。彼に任せる。万が一、丸島が来なければ、津田専務、早朝、君が山道を歩いて行きたまえ」

「――は、はい、社長。分かりました」

「でも、歩いていたら、駐車場に辿り着くまで四、いえ五時間以上はかかるのではないでしょうか」

黒江が言い直したのは、山道が一昨日の大雨でぬかるんでいると判断したからだった。

「そんなものだが、それがどうかしたのかね」

「それより警察に依頼した方が――」黒江は津田に同情したようだった。

「面倒な調書と時間をとられるだけだぞ。明日の渓流下りは中止だし、警察が橋を直してくれるわけでもない。いいことは何もない」神谷は両手を広げ、口元を歪めてみせる。

「いいんですよ。黒江店長。私は、元々渓流下りには不参加ですし――。日付が変わったらここを出発すれば、早朝には駐車場です。そこからマイクロバスを運転して麓に降りて、四駆を借りてくれば、到着はちょうどいい時間帯になると思います」

黒江はもう何も言わなかった。


ダイニングでは、いつしか麻雀が始まった。神谷の趣味の一つである。

「やっぱり地下室は麻雀ルームにするのが良いですね」津田が牌《パイ》を取り出しながら、神谷の顔を窺う。

「何を聞いていたんだ。カラオケにすると言ったばかりだろ」

「専務は前庭で後片付けしていましたから聞いてなかったんですよ」番が助け舟を出す。

「そんな些細なことはどうでも良い。少し考えてみれば分かるものだ。専務、きみねえ。俺はここを、夏は渓流下り、冬はスキー客相手の宿泊施設にするつもりなんだ。いくら麻雀が好きだといっても、需要が少ないことは承知している。私的欲求を挟み込む気などない。俺がそんな公私混同をすると思うのかね」

「はっ、申し訳ありません。おっしゃるとおりで」

「いいから、早く点棒を配りたまえ」神谷は卓上の牌を交ぜ、「まあ、普段はカラオケだが、この全自動卓は整備しとけ。たまには社員間コミュニケーションとして使うからな」そう言って笑う。

サイが二度振られ、席順が決まった。ゲームスタートの親が東で、反時計回りに南西北と席が決まる。親は神谷で南が黒江、西が舞、北が津田となった。寛子と番は、今回はは ずれ、飲み物を作ったりする役回りだ。半荘《はんちゃん》ごとに集計し二着が抜け、番が代わりに入る。そしてまた半荘が終わり、そのときの二着が抜けると寛子が入る。私は傍観者だ。社員ではないし、ルールを知らないし、覚えたくもない。が、実は全く知らないわけではない。ただ、知っていることを悟られたくはない。いつ参加を強要されるか分からないからだ。

「――でも、社長。橋は早いうちに復旧された方がよろしいと思いますが……」

黒江は崩壊した橋のことが気がかりな様子だった。

「その点に抜かりはない。あの吊橋はこのコルバ館の、前の持ち主の私物なんだよ。ここを買うときに一緒に買ったものだ。二束三文でな」

怪訝な顔をする黒江に、「もう、すでに耳に入っているだろうが、この山にスキー場ができる。それに伴いホテルも建設される。ここより山のほうだ。そして川には橋が架けられる。ちゃんと車が渡れる橋だ。しかも今の吊橋よりわずか十数メートル上流にだ。川幅から地盤の強度を考慮に入れるとそこしかない。もちろんこれらの情報は然る筋の間違いのない情報だ」

「架けられる、というのは――」

「もちろん公共工事でだ。われわれはただ、見守っているだけでいいんだ。だからバンジーの件はそれまで黙っておくように。今知られると建造費の一部を負担させられかねないからな。田舎の役所は金がないから寄付という名目で平気でたかってくるからな。は、は、はっ」神谷には橋が落ちることも想定の範囲内であるようだ。

「お、舞。それだ。ロンだ」

神谷があがりを宣言する。舞は思いっきりしかめっ面を返した。

神谷は鼻歌を歌いながら、牌をツモっていく。引きがいいようだった。

「麻雀というのはだ、流行らない、旧いだとか、廃れたギャンブルだというやつが多いが、これほど知的なゲームはない。　たった三十四種類の牌で、これだけ多くのあがりのバリエーションがつくられる。　一生を通しても経験できないあがりがあるかもしれないんだ。こんなゲーム、他にはない」

「トランプにも同じようなゲームでセブンブリッジというのがありますが、トランプみたいな薄っぺらい、文字通り薄っぺらいゲームとは違いますね」津田が雷同する。

「当たり前だ、一緒に論じるな。一番違うのは捨てた牌や、その順序で相手の待ちを予測し、放銃を避けながらあがる、この醍醐味だな。まあ、いうなれば、駆け引きを楽しみ、相手の手の内を推理するゲームだ。トランプでも多少味わえなくもないが、麻雀に比べれば問題にならない。まさに頭脳を使う知的ゲームだよ。だが、頭がいいから強いというものでもない。ドラが絡めば役はアップするし、裏ドラだってある。だから、素人でも上級者に勝つこともありうる。なあ、舞君」

舞は自分の手だけ見つめている。彼女は黒江と同じくらいの経験があると聞いているが、どうしても自分の手だけにとらわれすぎて、放銃が多い。

「だから、今度こそはって、嵌まって、負けがドンドン膨らんでくるんですよ。初心者をとことんまで追い込む破滅ゲームですよ」舞はそう言って牌を強打する。

「はっ、はっ、はっ、破滅ゲームか。うまいことを言ったな。でも舞君、君は確実にうまくなっているよ。それと、肝心なのは、麻雀をやっていると——、人の性格というか癖というか、そういったものが見抜けるようになるものなんだ。いや、見抜けるものが勝者になると言い換えてもいい。だから、麻雀を学ぶことは人を見抜くという意味においても、大変ためになるものなのだ。はっ、はっ、はっ」

神谷はのっていた。麻雀の話にみせて、自身の人生訓や処世術を披露しながら、一人勝ち続けた。しかし、稀に津田から「ロン」と言われると、何でそんな安い手で上がるんだ。これはイーピンを落として——、と相手の手に関して、講釈批判を垂れるのだった。

「明日は渓流下りやるんでしょう」二一時を回って舞が呟いた。

「舞君にいわせると、船頭付きの木造和船に乗って観光下りをするように聞こえるが、正確にはラフティングだ。ゴムボートに乗って下るやつだ。観光船のやつとは違って、ちゃんとしたスポーツだからな。日本ではまだ知名度は低いが、欧米では一般的だ」

神谷は欠伸をしながら答えた。

「だから、ウエットスーツがいるんですか」

「水の中に飛び降りることもあるからな」

「私、水苦手なんですけど」と舞。

「大丈夫だ。任せておけ。ここを買うまでに何度も調査検討した結果だ。ここの渓流はライフジャケットさえ着けていれば、泳げない人間でも安全だ」

神谷は番に作らせたカクテルグラスの赤い液体を一気に空けた。

今回の慰労会はそのテストを敢行する目的もあるようだ。社長は年間を通してこの館が機能するようにしたいのだ。

その後、二巡して麻雀は終わった。神谷の一人勝ちだった。同時に一人だけ酔ってもいた。あがるたびにカクテルを空けていたからだ。時刻は二二時まであと少しといったところで、明日のラフティングに備えて寝ることとなった。

舞は先頭に立って二階へ上がった。足早なのは一人負けで、苛ついていたせいだ。

続いて寛子と番がその後を追うように上がっていった。続けて私である。階段を上がり切ったところで、一階のホール・リビングで、酔って足元がふらついている神谷に肩を貸している津田と黒江が見えた。

「社長って、意外と酒に弱かったのね」

廊下で立ち止まった舞が、下階まで届かない音量で呟いた。

「あれだけお飲みになれば、酔っ払うでしょう」と寛子。

「番ちゃんがキツメのを作ったからね」

「え、舞さんだって強めの作ったじゃないですか」

「みんな思いは一緒なのよ」舞はいたずらっぽく笑う。

割り当てられた部屋の前まで来て、「あれっ？」と舞が声を上げた。

企業の研修施設だった二階の各室は、真っ黒な木製の引き戸で、傷むたびに何度か塗り直されたようで表面はごつごつしていて、掘り込み引手がどこにあるか、一見では分からなかったのだ。だがすぐに探り当てると半分ほど戸を引き開けて、

「宮ちゃん。ドアはホテル並みに変えるんだよね」

「ええ、もちろんです。そうしないと外の客を呼び込めませんから」私は苦笑した。

引き戸は簡便な鎌錠で、内側からつまみを回すと鎌形の金物が出てきて、枠に彫り込まれた受金物に引っ掛かる構造だった。外からは鍵を差し込み鎌形の金物を引き込むことで解錠される。引き戸という構造上、プライバシーもセキュリティもあってないようなものだった。

「この完全昭和風和室も洋室にするんだよね」

「そのはずです。内装は堀木さんの仕事ですから、詳しくは知りませんけど」

「そのための試泊でもありますから、舞さんのご意見を社長に伝えてもらえれば……」

「何よ、無責任ね」

「こんなの、試泊しなくても分かるじゃん」

「……そう、私に、言われても……」

私の後ろには、一旦部屋に入ったはずの寛子と番も顔を揃えていた。

「あと、バスとトイレも是非個室に設けてください」寛子の目は据わっていた。少し怒っているようにもみえる。二人ともトイレに行きたかったようで、目的の共同トイレが廊下の突き当たりにあったため、廊下のコーナー手前で渋滞を生じていたのだ。

「もちろんトイレ、バスとも個室に設けるはずです。その分部屋は少し狭くなると思いますけど」

寛子はポニーテールになびかせた後ろ髪を、鞭のように振り回すと、

「一〇畳もある広い和室で、一人で何をするというのですか。家族旅行ではありませんし——。失礼」

と言うが早いか舞は、私の横をすり抜け、共同トイレへ歩を進めた。

「桐村店長、その前に、シャワーの順番決めとかない」と舞が引き留めた。

「ええ、そうですね。殿方もいらっしゃることですし」

「僕たちは最後でいいですよ。ねえ、宮村さん」番の提案に「もちろん」とだけ答えた。浴室にシャワーは二つあるので、男同士はかち合っても問題はない。が女性陣は男の考え方とは違うようだ。

「桐村店長からお先にどうぞ、私は後で構わないわ」

「あら、そうですか。それなら、お言葉に甘えさせていただきますわ」

「二〇分あればよろしいかしら」舞は笑顔を添え寛子の口調を真似る。

「いいえ、一〇分で結構です、舞さん。浴槽に浸かる気はございませんから」

昭和を彷彿とさせるモザイクタイル張りの浴槽は不人気のようだ。おまけにいまから湯を張っていたら時間もかかる。

「舞さんも一〇分で宜しいかしら」

寛子の質問に舞は怪訝な顔をしてみせたが、

「黒江店長にもお知らせしなければなりませんから」

納得の舞は笑顔で頷き、「いいわ、萌音さんには、私から言っておく」そして、「じゃあ、女性陣三人は各一〇分、なので男性陣は二二時半を越すまで浴室に入らないでちょうだい」

私は番と顔を見合わせて大きく頷いた。

その後、各自、トイレを済ませて部屋に消えた。


少しして、津田と黒江に両肩を担がれるようにして、神谷が階段に向かっていた。フラフラの千鳥足で、かなり酔っているようだ。

「暑苦しい。お前は触るな。俺は萌音に運んでもらうんだ」

と喚きながら、神谷は階段をやっと上り、いや、上らされ、二階の廊下へと進んだ。

女性の黒江では、酔った男を支えられるわけもなく、津田が代わって神谷の体を引き寄せようとする度、「気持ち悪い。触るな。あっち行け」と反対に彼女に体を預ける――そんな行為を繰り返しながら、やっと部屋の前に辿り着いた。

私はその様子を自室前の廊下に出て見ていた。何か手伝えることはないかと、神谷の部屋の前まで歩を進めたのだが、狭い廊下では下手な手出しは邪魔になるだけだった。それに、神谷は黒江に甘えているようにも見えたからだ。

部屋に入るときもひと悶着あった。

狭い戸口に三人が並んで入ることはできないので、一旦引き戸を外さなければならなかったのだ。入る間も「おい、暑苦しいぞ、専務」と専務を左手で突き出し、黒江に抱きついていた。黒江は顔を真っ赤にしながらも、黙って耐えている。ワンマン社長で成り立つ組織で生き抜いていくためには、セクハラにもパワハラにも耐えていかなければならないのだろう。いつまでこういう時代が続くのかと思いながら、私はただ見ていることしかできなかった。

社長をやっと寝かしつけ、二人してそそくさと外に出てから、津田は外した戸を元に戻した。そのとき黒江と目が合った。彼女の顔には安堵の色が窺えた。

私が部屋に戻って、しばらくすると、辺りは静寂に包まれた。神谷もやっとご就寝らしかった。時計が二二時半を指し、男性陣の入浴時間になったので、さっそくシャワーを浴びた。その途中で番と一緒になった。部屋に戻り、館の設計図を開いたが、のどの渇きを覚えたので、部屋を出た。出たところで、ジャージ姿の黒江も廊下にいて、同じように一階へ行くつもりなのだ。広いだけの部屋ですることはない。

黒江の後を追うように一階へ下りると、階段の下り口でダイニングから出てきた津田とすれ違った。

「宮村先生ものどが渇いたんですね。舞さんもソファでくつろいでいますよ」

「専務は何をなさっているんです？」

津田のエプロン姿を見て私は訊ねた。

「明日の準備ですよ。みんなの朝食を用意しているんです。でも、もう終わります」

そう言って地下へ下りる階段へ消えた。

一階のホール・リビングでは舞がソファの上で胡坐を組んで座り、缶ビール（ノンアルコール）を飲みながらテレビを観ていた。彼女も黒江と同じように髪をタオルで包んでいる。そして、同じようにジャージ姿だった。

「萌音さんも宮ちゃんも、やっぱ、風呂上がりは炭酸だよね」

舞はうれしそうに笑むと、缶ビールを手渡してくれた。

「そうね」黒江はタオルの上から頭を掻きながら、「こんなに早く眠れないわよねえ」とプルトップを上げた。

「ねえ、宮ちゃん。貧乏学生のアパートってあんな感じなの？」舞は視線を上に送る。二階の個室のことを指しているのだ。

私が返答に困っていると、

「あら、舞さん。それは失礼よ。宮村先生は学生の頃からしゃれたマンションで生活していたのよね」

「いえ、そんなことはないです。似たようなものというか、もっと狭い六畳一間でボロアパートでした」

これは嘘である。私は自宅通学の学生で、六畳一間に住んだ経験があるのは蜘蛛手である。しかし、話の流れでこう言わざるを得なかった。

蜘蛛手の若い頃の貧乏話を用意していたが、舞は話を振った割には、その返答など無関心で、

「全和室の一〇畳間って、うら寂しいだけだね。これならみんな一緒に泊まったほうが楽しいわ。布団も同時に四組楽勝で敷けるしね」

「みんなって、全員は無理でしょう。どう分けるの？」

「もち、男女別、だけど……」舞は大きな瞳をぐるりと回して「やっぱ、桐村は無理。萌音さんと番ちゃんなら、あと、宮ちゃんもＯＫね」

「馬鹿なこと言わないの。宮村先生の方でお断りですよね」

黒江は缶ビールを翳して私を上目遣いで見た。エキゾチックな瞳が魅力的だった。

「いえ、いえ、そんなことはないです」気の利いた受け答えができない。

「ねえ、萌音さん、そんなことより、ここやっぱりやばいんじゃない」

「え？」黒江は缶ビールの動きを止めた。

「さっき崖崩れがあったのよ。社長は杭をしっかり打ち込んであるから、仮に崖が崩れても建物が倒れることはないと言っていたけど、やっぱりねえ」

「そう？　気がつかなかったわ」

「二〇分ほど前のことよ。シャワーを浴びていたころだから気づかなかったのよ」

私の部屋は崖から一番離れているせいか何も感じなかった。

「もし崩れたら、二階の舞たちの部屋が一番やばいよね。だからあんまりいたくないんだよね」だから、ここにいるのと言わんばかりだ。

「考えすぎでしょう。そんなことはないと思うけど」黒江は常に冷静だ。

「大丈夫ですよ。杭は三〇メートル下の固い支持層まで達していますから」

「図面上はね。誰も確かめたわけじゃないでしょう」

舞の言う通り、確かめることは不可能だ。

「それにさあ、せっかく静かなところなんだけど、ボイラーを直してもらいたいよね」

「ボイラーって？」と私。

「モーター音のようなものが聞こえなかった？　三〇分位前かな。シャワー浴びる前だけどね。ときどきカスッ、カスッ、という断続音と一緒に。舞のマンションもそうなのよね。東京でならあまり気にならないけど、ここじゃあね。だって、静かすぎるもん」

「そう？　私は気にならなかったけど」

黒江はビールを一口流すと、私を見た。私も彼女と同じで首を振るだけだった。ボイラーなら乾燥室の隣にあり、位置的には私の部屋が一番近いのだが、これといった異常音は感じなかった。


「それにしても専務は一生懸命働くわね」黒江が話頭を転じた。

「さっきからずっと厨房とダイニングを行ったり来たりよ。一生懸命というか、段取りが悪いだけなのよね、たぶん」舞は容赦ない。

「言いすぎよ。ひょっとしたらこのあと、寝ずに山道を歩いてもらうかもしれないのよ」

「大丈夫だって、丸ちゃんがじきやって来るわよ。それよりもさあ、朝から立派な朝食になるのかな？」

舞は、朝食は野菜サラダとヨーグルトだけなんだけどな」

「残念ね。さっき見に行ったんだけど、鶏のから揚げと卵焼きが作ってあったわ」

「うっ、朝から、から揚げ」舞は口に手を当て、嗚咽をしてみせる。

「お昼の弁当の分まで作っているんだって。きっとその分よ。心配しないで、ちゃんとサラダもヨーグルトもありましたよ」

舞は大げさでなくほっとした表情を見せ、「それにしても、丸ちゃん、遅いわね。電話番号忘れたんじゃないのかしら。結構ボーっとしているところがありそうだから」

「そうかしら、普段のんびりしているように見えるけど、あれで結構しっかり者だと私は思うわ。何か事情があって遅れているだけよ。遅くなっても必ず連絡を入れてくるわ」

「へえー、萌音さんは評価しているんだね。舞はそう思えないけど」

ビールを空けたところで電話音が響いた。私は辺りを探した。しかし初めてのところなので、ホール・リビングにあるはずの電話のありかが瞬間分からず、もたついているうちに、二階廊下に寛子、地下から津田が現れた。

観葉植物の陰になっていた電話を見つけ、受話器を上げると、はたして丸島だった。

「皆さん無事ですか」丸島の声はどこか興奮していた。

「ええ、大丈夫ですよ。みんな揃っています」

「よかったぁ。吊橋が落ちていたから心配しましたよ。何があったんです」

私は経緯を説明した。

「そうですか。そうだったんですか、大変でしたね。駐車場から先の山道は悪路すぎて僕の車じゃとても登っていけないんで——。いま麓の旅館からかけているんですよ。もう少し早く電話をかけられたんですが、そこの電話番号を書いたメモがなかなか見つからなくて……。それで、どうしたら——」

津田がやって来て、いきなり私から受話器を奪う。

「私だ。津田だ。明日、４ＷＤをレンタルしてこっちまで来てくれ。そして、店長たちを運んで欲しいんだ」

「えーっ、だって……宮村さん、萌音さん、舞さん、寛子さん、番君でしょ、もちろん社長と専務、七――、八人乗りの車で四駆ですかぁ?」

辺りが静かなのと、津田がみんなに聞こえるようにスピーカーホンに切り替えたので、会話が全員に伝わった。丸島も興奮のためか声が裏返っている。

「僕は渓流下りしないから――。歩いていくからいい」

「でも、それでも七人ですよね」

「馬鹿だな、君は。君も車だけ運んだら、ここに残るんだよ」

私はその後を察して「分かっています。僕も残ります」と専務の耳元で囁いた。

「女性三人と社長、運転手の番君、五人乗りでちょうどいい」

「……それで、専務、そのあとは……」

「私と一緒に、歩いて山を降りるんだ。いいウォーキングだ」

はあーっ、丸島のため息がはっきりとホール・リビングに響いた。

「――あ、それより専務。社長に火急の用事があるんですが」

「社長はご就寝だ。いま何時だと思っている」

「でも、相手は例の名古屋の取引先からで、何時でもかまわないとおっしゃっていて」

「何っ、それを早く言え」津田は受話器を外して、「黒江店長、すまないが、社長を起こしてきてくれないか」日常業務ではみられないような瞬時の判断と的確な指示だった。私は津田を少し見直した。

黒江は階段を駆け上がり、二階の廊下を足早に進む。廊下に姿を出していた寛子の前を通り過ぎ一直線に社長の部屋に進む。

上機嫌で就寝したばかりの社長を起こすのは気が引ける。しかし得意先からの電話とあっては起こさざるを得ない。

「ノックなんかしなくていいから、部屋に入って揺り起こしてくれ、重要なお得意さんの件なんだ」

津田は電話の相手がさもその得意先でもあるかのように、受話器をぎゅっと握り締めていた。

「社長、すみません。緊急なご用事です。起きてください」と言うが早いか、どんどんとノックをする。しかし返ってきたのは静寂だけで、全く反応がなかった。

次に「失礼します」と掘り込み引手に手をかけ、横に引く。「だめ、開かない。鍵がかかっているみたい」黒江は体重を左にかけ、二度三度と力を込めているが、びくともしないようだ。その間にも「名古屋の大事なお客様から火急の電話です」と戸越しに繰り返すことは忘れなかった。

しかし、静寂は続いた。

「マ、マスターキーは？」という津田の問いかけに、「社長が持っています」黒江が即答する。「……で、ど、――どうするんですか」命令する側が逆に質問している。いつもの優柔不断な専務に戻ったのだ。やはり彼には限界があるようだ。

「壊してでも開けます」と黒江。「えっ、でも――」と言う専務に、「でも、っとか言っている場合じゃないでしょ。これだけ呼んでも起きないってことの方が重要なの。あの仕事の鬼の社長が、どれだけ酔っていたって、――無反応なのはおかしいわ」

社長の次に決断力、実行力があるのはやはり黒江だった。

黒江は即行動に移した。二、三歩身を引くと、ためらうことなく肩から戸に体当たりを喰らわしたのだ。一度でダメならばと、二度目はかなり強く当たった。がたんと音は立てるものの戸は開かない。それならばと、黒江は後ろに来ていた番を退かせて助走をとると、スピードに乗ったステップで体重をかけた足刀横蹴りを引き戸に放った。堀木の空手は見たことはないが、黒江の方が、数段威力があるのではと思えるほど強烈な一撃だった。

黒い木製の戸はガチャンという破壊音と共に室内側に倒れた。


やがて訪れた静寂の後、黒江はその場にしゃがみこんだ。

足を痛めたのか、中の様子が見て取れたせいなのか。

続けて番が、首だけ部屋の中に入れたあと、たっぷり十数秒が過ぎたような、長い感覚がした。

「ひゃっ」番は廊下に飛び出ると腰を抜かし、階下の私を見つめ、

「し、死んでいる。背中から血を流して――、社長が死んじまった」そう叫んだ。

私は階段を駆け上がった。

津田は「社長が殺された」とだけ受話器に向かって言い放ち、追いかけてきた。

五

真鍋美紀　四七歳　主婦の場合　［野黒美ルポ］

「ダメよ。デップ。そんなに引っ張らないで」

「だめ、ダメだって。そっちはお散歩コースじゃないでしょ」

「あっ、——痛い！」

「もーう、ジャージに穴が開いちゃったじゃない」

「まだ買ったばかりなのに」

「デップ、どこ？　どこに行ったの。もう帰るよ。デップ。——デップってば。早く出てきなさい。出てこないと置いて帰っちゃうぞ」

「ワン、ワン、ワン」

「どこ、どこにいるの」

「ワン、ワン、ワン」

「早く出てきなさい」

「ワン、ワン」

「出てこないなら。こっちから行くよ」

「ワン、ワン」

「もう、こんなところに――」

「あっ、いた。見つけた。デップ」

「おいで――」

「何興奮しているの？」

「蛇でも見つけたの……。前みたいなのは嫌よ」

「あれっ、デップ。鼻が赤いわよ、何、付着《つ》けているの？？？？？」

「えっ、血！」


主婦真鍋美紀《まなべみき》（四七歳）の異形の死体が、茨城県つくば市の解体中の家屋の作業現場で発見された。発見したのは同市の女子中学生で、柴犬を連れて日課の早朝散歩をしているときだった。

柴犬が何かを感じ取ったのか、いつもの散歩コースから外れ、防音シートで囲われた工事現場の中に入っていったのだ。リードは外していた。レンガ造りの旧いドライブインの解体現場で、早朝のため、作業員はまだ集まっていなかった。

犬の名を呼んでも激しく吠えるだけなので、少女は後を追ってシートの隙間から中に入ってみると、上屋解体はほぼ終わっていて、家屋の基礎のコンクリートが掘り返され、細かく砕かれている状態だった。

瓦礫の山に向かって吠え続ける犬をなだめようと抱き寄せてみると、鼻の頭に血痕らしきものが付着いていた。怪我をしているようにもみえなかったので、辺りを見回していて、被害者の死体を発見した。

死体は全裸で、うつ伏せ状態で発見された。

異様なのはここからで、被害者は背骨に沿って肉を割かれ、肋骨を露にするように左右に捲られていたのである。さらに両足と両手が一つのコンクリートのブロックに埋め込まれてもいた。その詳細は、両足は膝から下、両手は手首から下が、厚さ二〇センチ（横五〇センチ×縦一一〇センチ）のコンクリートで固められていた。

工事現場は廃棄処分場の手続きミスから、一週間ほど前から工事が停まっていて、少女が犬を散歩させていなかったら、発見は遅れた可能性が高かった。また被害者の喉に貫通された穴が見られたが、直接の死因は後頭部の殴打が原因だとみなされている。

そして、事件との関係は不明だが、被害者はペットであるヨークシャーテリアの死体を抱えるように死んでいた。

またその後の調査で、瓦礫の中から血の付着いた電動ドリルの刃が発見された。ドリルの刃は長さ三〇センチ、径は一五ミリである」

【二〇一〇年七月新聞報道抜粋】

＊ライター野黒美

さて、実績も文才もない俺の記事を買ってくれているのは、ＺＺ出版という大きな本屋には置いてないような風俗を主とした雑誌を出している出版社で、過去に差し止めや訴訟騒ぎを何度も起こされている、いわくつきの出版社でもある。それでも俺のようなライターが生きていくにはなくてはならない存在だ。

場所は北千住の駅から歩いて一〇分ほどの、車がやっと通れるほどの細かな路地を何本も入っていった住宅街にあって、右隣が私立幼稚園、反対隣が駐車場を挟んで福祉関係の会社。道路の向かい側は予備校と耳鼻咽喉科医院とファッションヘルスが軒を並べている。ゆりかごから墓場まではないが、こんなに用途の異なる建物が一か所に集中している処は最近では珍しい。旧い時代からの既得権がそれらを可能にしているのだ。新しく建て替えるとなれば、そうはいかない。現在では条例によって認可されない仕組みになっている。性別や人種別に拘らない多様性を受け入れる社会を目指すのであるならば、街づくりにおいても、健全不健全を織り交ぜた方がより先進的、寛容的だと思うのだが。

俺がサラリーマンを辞めたきっかけは、俺が就いていた上司が社内の派閥争いに敗れたからで、巷ではありふれた話だ。別に俺が責任を取って辞めたなどとは言わない。三〇そこその俺が重要な役職に就いていたわけでもないし、実際、辞める必要などなかった。しかし、なんだか、面倒くさくなったのだ。実力主義だ、成果主義だ、なんだといっても、所詮、日本の社会は、力を持った上役にうまく取り入ったやつが出世する。我慢してついていっても、就いた上司が失脚すれば、もう浮かび上がれないのだ。俺はそんなサラリーマン生活に見切りをつけた。元々、工芸専門学校を卒業した身だ。やりたい仕事だったわけじゃない。

今ではライターとして何とかやっていけそうな俺だが、ここに至るまでは不運続きだった。最近の出来事では、会社を辞めて家に帰ったその日、妻に何と言って切り出そうか迷っているときに、逆に妻の方から離婚届を突き付けられてしまったことだ。ちなみに二度目の離婚になる。

俺が浮気していることもうすうす知っているようだったが、慰謝料は請求されなかった。ただ五歳になる娘がいて、親権は元妻がもっていった。それは構わなかったが、養育費として月々五万円を払わなければいけないことの方が痛い。資産家の父を持つ妻には俺の養育費など必要ないはずで、俺に対する嫌がらせに他ならない。

そんなわけで、おれは江古田のタワーマンションを出て、西武池袋線沿線の大泉学園の、一ＤＫのぼろアパート――名前はドリームマンションだが――に移り住んでいる。

住まいの格は下げたが、それでも車だけは手放さなかった。やっと手に入れたランドクルーザーということもあるが、車まで手放すと何か自分が惨めに思えて手放せなかったのだ。それに、これからライターとしての仕事が本格化すれば車は必要不可欠だ。取材で悪路を走らざるを得ない場合もあるだろうし、帰省の際には必ず雪道を走破しなければならない。だから四駆も譲れない。今もドリルキラーを追って取材するとき、死体の発見場所が山林地帯にもあるので、ずいぶん活躍してくれている。もちろん車中泊もざらで、生活に必要なものを車内に揃えるためにもランドクルーザーは重宝している。万が一、地震や火事でアパートがなくなったとしても、この車さえあれば生活できる。

但し、出版社へ出向くときは、電車移動が基本だ。都内の移動に関しては電車に勝るものはない。時間とガソリンを消費してしまうばかりでなく、駐車料金だって馬鹿にならないことはもちろんだが、道が狭いために辿り着いた先で駐車のトラブルも多いからだ。

四七歳の主婦――真鍋美紀殺害事件の詳細

ドリルキラー第二の殺人だ。

つくば市は大学や各企業の研究施設を誘致し始めてから、人口が増え始め、開発が著しい新興都市である。学校に病院もでき、大型ショッピングモールも建設中だ。遺体発見現場は、その新興住宅街の外れに位置し、宅地開発が活発に行われている場所である。

真鍋美紀も五年前に駅から徒歩一〇分のマンションに転居してきた専業主婦で、子供はおらず、研究施設に勤める夫との二人暮らしだった。

俺は真鍋美紀がいつもヨークシャーテリアを連れて散歩に来ているという公園にやってきた。大きな池があり、散策コースやジョギングできる歩道も整った大きな公園だ。俺も以前ジョギングに来たことがある。ひょっとしたら出くわしているのかもしれないと思うと何か感慨深いものがある。

その日は休日ということもあって、家族連れやカップルなんかで賑わっていた。俺は同じように犬を散歩に連れてきている主婦を探した。犬を飼っている連中はどこか連帯感があり、顔見知りの可能性が高いと考えたからだ。

二時間かかって――一〇人に声をかけてやっと、真鍋美紀と話をしたことがあるという女性を発見した。しかも真鍋の飼い犬と同じヨークシャーテリアをベビーカーに入れて散歩していたのだ。

その女は三〇代の独身で、日曜日にしかここへは来ないと言っていた。

「真鍋さんも同じヨークシャーテリアを連れていたんですよね」

「ええ、うちのスタークはダークスチールブルーですけど。ねっ、スターク」

そういう名称の体毛色なのだ。

「真鍋さんのテリアは確か白でしたよね」

「ええ、ご本人はシルバーだとおっしゃっていましたけど――」

白より青灰色の方が高級らしい。シルバーはさらにその上位色なのか。

「でも、テリアはテリアですよね」

女はテリアに向けていた顔を上げ、眉根を寄せる。

「ええ、同じオスの一歳半でした――だめよ、大人しくしなさい」女性は興奮する犬を抱きかかえ頭を撫でる。

「以前からお知り合いでしたか」

「いえ、ここへはもう一年以上来ていますが、話をするようになったのは最近のことです」

「いつ頃からです」

「二ヶ月になっていません。――はい、はい、すぐ終わりますからね。もうちょっと待っててね」女性は犬の顎をつまみ、今にも口づけするのではないかとばかりに顔を近づけた。

「でも、前から顔見知りでは」

「ええ、顔は知っていました。私たち愛犬家はよく話はするのですが、真鍋さんはあまり私たちとは打ち解けようとはしなかったですね」

「どうしてでしょうね」

「さあ、それは良く分かりませんけど」

そう言って頭を下げ去っていこうとするのを「かわいいワンちゃんですね」と引き留め、

「真鍋さんのテリアは、毛並みもスタークより艶がなかったようだし、真鍋さん自身、あまりマナーが良くなかったと聞いたんですが――」

俺は誘い水をかけてみた。女性は少し困ったような顔をしてみせたが、俺が笑顔で頷くのを見ると、

「亡くなった方を悪くいうわけではないのですが」と前置きして、「あの方は、チュロちゃん――真鍋さんのとこの子の名前ですが――、ウンチの世話をしなかったんです」

愛犬家は飼い犬のことを家《うち》の子と呼ぶ。いつからこんな時代になったのだろうか。

「犬を散歩させる方はみんな、スコップとコンビニ袋をお散歩バッグに入れていますよね」

「ええ、あの方も道具は一応持ってはいましたが、あの方の場合――、コンビニ袋はいつも一枚でしたし――」

怪訝そうな顔をする俺に、

「テリアは小出しにウンチをするものです。ですからお散歩に出るときは、いつもコンビニ袋は、三

枚は持って出ます」

「へえー、そうなんだ」

「でも、それだけならまだしも……」

「どうしたんです？　そのままほったらかしにしていたんですか」

「同じようなことでしたね。あくまでフリを装っているだけで――。チュロのウンチをとるふりをして腰をかがめ、スコップを扱っているように見えたんですが、実際は土をすくって、ウンチの上にふりかけているだけでした。その証拠にコンビニ袋はいつも空でしたから。それに――」

「それに？」

「袋に何かが入っているときは、あの人がいつも食べ歩いているハンバーガーでしたから」

そう言って女は犬を相手に「そうよね」と話し掛ける。

「さすがに、食べ物と犬の排せつ物を同じバッグに入れることはない、ですよね」

女はそれには答えずに、頰を思いっきり膨らませて、スタークに向かって首振り人形のようにおどけてみせる。だからあんなにぶくぶく太っていたんだといわんばかりだ。

「なるほど、それはマナーに反しますね。で、そんな彼女とどうして知り合ったというか、言葉を交わすようになったのですか」

「インスタに上げている、うちの子が着ているお洋服がとても素敵だといわれて、どこで売っているのか訊ねられたのがきっかけでした」そう言って女はスマホを見せてくれた。写真には赤い屋根の小さな犬小屋をバックに、白いフリル付きのベストを着たテリアが写っていた。

「これって、犬小屋ですね」

「スタークハウスですわ。あーっ、真鍋さんも同じハウスを持っているって、それで意気投合したのです。今思い出しました」

今や犬小屋はただのインスタ映えするアイテムで、しかも室内に置くものらしい。

「その日のスタークは今日と同じ白色フリル付きの可愛いベストを着ていたのです」

「なるほど」それで今日は頭のリボンも白色に合わせたのか。しかも飼い主とお揃いで。

「私は同じような服はやめた方がいいと思ったのですが――」

「それはどうしてです」

女性は苦笑しながら、「真鍋さんもワンちゃんと同じ柄の服をいつも着ていらしたからですわ」と予想どおりの答えが返ってきた。

お前も一緒だろと突っ込みたくなるのを抑え、「参考になります。ありがとうございました」

弛んだ体軀に犬と同じグレンチェックの服を着た真鍋の姿が、俺の頭に浮かんだ。

若いやつらに限ったことではない。分別あるはずの年齢に達していても、だめなやつはだめなままなのだ。真鍋美紀は、佐伯徹の母親に当たる年代だ。子が子なら親も親だ。同じなのだ。真鍋のような親から佐伯のような子が育つのだ。義務を果たさず権利だけを主張し、自由とわがままをはきちがえている。――そんな若者のなれの果てが真鍋なのだ。

俺はこれ以上ここにいても有力な情報は得られないと考え、公園を後にした。背後でテリアが吠えていた。犬には好かれないらしい。

六　神谷明殺しの捜査　［宮村 記］

神谷明は畳に敷かれた布団の上で、白い毛布を被せられ、うつ伏せに死んでいた。赤い血を吸い込んだ毛布が、日の丸を背負って倒れ込んだ競歩の選手のように映った。赤いしみの中央がくぼんでいるのは、そこに凶器が刺さっていたからだろう。もちろん凶器は見当たらない。

「寝かしつけたときのままだ」

津田の呟きに黒江は点頭で応えた。

その言葉を信じるなら、二人が泥酔した神谷を運び入れ出てきたわずかな時間から判断しても、神谷はそのまますぐに眠りに落ちたと思われる。

いま神谷の部屋の中には黒江、番、津田の三人と私がいる。寛子は廊下で座り込んだまま動こうとしない。舞は一度覗きに来たが、凄惨な状況を見た途端、部屋を飛び出し、一階にいて電話をかけている。

「だから、住所なんて知らないってば。龍神池畔のロッジっていったら分かるでしょ」

警察相手にかなり興奮している。

黒江は頼もしく思えるほど終始落ち着いていた。毛布の一部を捲り、顔を確認したのも黒江だった。

部屋中央に仁王立ちとなり、ゆっくりと視線を部屋の隅々に這わせている。何か異常なものがないか、犯人の残した痕跡がないか精査する刑事のようだった。

津田は外れた引き戸を邪魔にならないように戸口に立てかけた。蹴破った板戸は押入れの壁に当たり、その反動で部屋の中程まで飛んだらしく、神谷の下半身に被さるように倒れていたからだ。番は押し入れにもたれかかるようにして、未だ呆然と動かぬ主を見つめていた。長髪が光って見えるのは、シャワーからまだ十分な時間が経っていないせいだろう。

私は板縁に続く磨りガラス戸の、開いている一枚から板縁に出ると、

「鍵はここにありますね」小さな籐製テーブルの上を指さした。

「部屋の鍵とマスターキーね」答えたのは黒江だった。

キーリングに二つの鍵が光っている。

「宮村先生、窓のクレセントは？」

「しっかり下りています。仮に開いていたとしても、窓下は崖と形容してもいいくらいの急勾配ですから、脱出は、まず不可能でしょう」

「専務、そちらの窓はどうですか」

黒江は東側にあるもう一つの小窓を指さした。カーテンが閉まっていてクレセントは見えなかったからだ。津田はカーテンを開け、振り返り、「クレセントは上がっていますね」その声は上ずっている。

「つまり開いている、ということですね」

私の確認に、津田はサッシに手をかけ窓を開け、そしてまた閉めてみせた。開けるとき少しまごつ

いたのは、サッシが古く滑りが悪かったからだろう。

「犯人の逃走経路はその窓からね」

黒江が考えていたのは、それだ。出入り口には鍵がかかっていた。しかも鍵は室内にある。南の窓はクレセントが下りていたうえに、開いていたとしてもその下は脱出困難な崖でもある。とすれば残された脱出経路は東の窓しかない。二階からなら飛び降りることもできる。

「その前に」黒江は小声でそう言うと、番を指さす。背後の押し入れの中を調べろということらしい。

番は腰を引き気味に、襖を開けた。もし犯人がまだこの部屋にいるとすれば、隠れられるのは（あとは）そこしかなかった。しかし、内部は神谷のアタッシュケースと予備の布団が収まっているだけで何もなかった。

「犯人は潜んでいなかったようだね」津田の声は落ち着きを取り戻していた。

「何度も言うけど、吊橋が落ちているんだから、ちゃんとした四駆の車で来てよ。時間がかかるんだから早くしてっ」舞の金切り声が二階まで響き渡る。

黒江は部屋の中央で腕組みをしたまま、

「これ以上あまり触らない方がいいでしょうね。現場保存だったかな。警察の捜査の妨げになってもいけないから」

「凶器は、いったいなんなんすか。刃物ではあるんでしょうけど」と番。

「津田専務、厨房から包丁か何かなくなっているということはないでしょうか」

私は頭に浮かんだことを言葉にする。何かを想定して口にしたわけではない。

「それはない。さっきまで厨房にいて調理をしていたんだ。明日の朝食と昼の弁当の用意をしていて――」

「全く厨房を離れなかったのですか？　専務」

「そ、それは、たしかにずっというわけでは……。一階のダイニングと行き来していましたし――。でも、宮村先生。社長を殺した犯人はその東側の窓から逃げたのは間違いないことでしょう。凶器を持って――」と津田は斜に構え、顎を引いて私を見返した。自分の目で確認してみろと言いたげだ。

私は東の小窓まで近づき、開けて外を見た。窓は建付けが悪いせいか、左のサッシしか動かなかった。外階段は外壁に灯された灯りで昼のように明るく良く見渡せた。

「飛び降りた形跡はないですね。ここから見る限りですけど、飛び降りたのなら、コンクリート階段の踊り場ではなく、その横の地面の方でしょうが、ぬかるみにその痕跡は見当たりませんし、雑草が伸びているところにも乱れはないようです。コンクリートだと怪我をしかねませんし」

「おそらく、梯子を使ったのでしょう」津田の声は少し上ずっているように聞こえた。

「梯子を立てかけたような跡も残っていなそうですから、立てかけたとしたら、やはりそのコンクリートの踊り場からでしょうけど、そうなると勾配が緩くなって梯子の先が室内に残り窓を閉められない。カーテンもですけど」私は私見を述べた。

「半地下階から立てかければ――」

「遠すぎて、きっと届かないでしょう」半地下に置いてあるアルミ単独梯子は、三・五メートルあるかないかだ。数時間前に確認したばかりだ。

「外へ出て、調べてきましょう」専務は積極的だ。

「いえ、今は止めましょう。警察に任せた方がいいです。それより……」

「それより、何です？……。何をお考えですか、宮村先生」

黒江が怪訝なまなざしで問いかける。

「いえ、逃げた経路は、仮にそうだとしても、……どこから入ったのかなと思って」

「逃げたところから入ったんじゃないすか？　あ、飛び降りたとしたら無理か」と番。

「飛び降りたとは決まっていませんよ。半地下にある外階段室の梯子を使用したに違いありません。手すりの上に立てかければ、窓横の外壁に立てかけられ、ちょうどいい高さになります」

専務は鼻息が荒い。しかし彼の言うことは、技術的に無理があり、検証が必要だった。

「まあ、それは警察が精査してくれるでしょうけど……」と私。

「でも、飛び降りたのではないのなら、梯子を使って脱出したとしか考えられませんよね」

黒江は身じろぎもせず私を見た。

「――そうした場合、犯人は窓を閉めることができない。どうやって閉めたのでしょうか」

私は再び同じ疑問を呈した。

「梯子を回収するときに、梯子の先端を使って閉めることも可能ですよ――」

と津田は言い、三度《みたび》窓に触れかけたので、

「待ってください。サッシの滑りの状態を調べてもらうまで触らない方がいいです」私は制した。

「専務、宮村先生の言う通りよ。もう触らない方がいいわ。後は警察に任せましょう」

黒江の冷めた声が響いた。続けて、「先生のお考えですと、逃走は窓からだとしても、侵入したのは戸口からではないかとおっしゃるのですね」

私の主張は言い換えれば、犯人が誰かは別にして、その犯人を手引きした人間が内部にいるということになる。黒江はもちろん津田、番、そして戸口から顔を出した寛子も、私が何と答えるのか注目しているようだった。

「い、いえ、確信があるわけではありません。犯人の心理として、外から窮屈な侵入をするよりも、最初から部屋に忍んでいて、チャンスを窺っていた方が確実ではないかと思っただけです」

私は慌てて両手を振った。（こういうとき蜘蛛手ならどう対処するのだろうか？）

「犯人——殺人者の心理？　ですか」と黒江。

「すみません。相棒の共同経営者が、探偵事務所を併設しているもので……つい」

私は咄嗟に嘘をついた。いや、厳密には嘘ではない。設計も探偵業務も本来は相棒の生業であり、私自身はその手伝いでしかない。しかし、現実には私が稼ぎ、かろうじて事務所を維持できている。

相棒はここ数年、海外を放浪し、正確な居場所さえつかめていない。

「……ですが、こんな山奥に、この部屋に、見知らぬ殺人者が潜んでいて、半日も待ち、殺人を犯して、深夜また山奥に逃げ込んだという状況が、頭に映像として浮かび難いというか……」最後は何を言いたいのか自分でも分からなくなっていた。我ながら情けない。

「専務と一緒に社長をお運びしたとき、人が隠れているような気配はありませんでした」

黒江は専務を見やりながら断じる。

「う、うん。あの時、部屋に他の誰かがいたなんて、調べたわけではないが……、誰もいなかったと言える」

津田の断言は感覚的なものだったのだろうが、確信に満ちていた。


私たちは部屋を出るとドアを閉め、鍵をかけた。現場保存だ。

廊下に出ると、寛子もあとをついてきた。

階段を下り切ったころ、

「名前は新谷舞。新しい谷に踊りの舞よ。分かった？」

舞は殴りつけるように受話器を置いた。

「一昨日の台風で、道が荒れているから時間がかかるんだって。殺人事件だっていうのに呆れ――」

「舞さん。あなたは桐村さんとホールにいて、部屋全体を見張っていてくれないかしら。犯人はまだ、この館にいるかもしれないの。私たちはちょっと地下を見てくる」

黒江のこの発言と行動力には驚きと共に頼もしさを感じた。犯人がそう遠くに逃げていないことは分かっていたが、ひょっとしたらまだ館に潜んでいるかもしれないという可能性を考慮していたのだ。

社長が亡くなった今、（実質）ＮＯ２としての責任感からか、事後対応に抜かりはなかった。

厨房は揚げ物をしていたからか、ごま油の香ばしい香りが、若干の熱気と共に残っていた。調理台の上は整頓されていて、器に盛られた料理が、洗ったばかりのまな板やお玉、そして包丁などの調理器具と一緒に整然と並べられている。

「なくなったものはなにもないよ」

専務のこの言葉を信用するしかない。

物入れやダムウェーターの内部はもちろん、冷蔵庫の中まで確認したが、人は隠れていなかったし、それらしき痕跡もなかった。

「ついでに隣も見てみますか」番に促されて廊下へ出る。

工事途中の部屋は変わらず雑然と資材が置かれたままで、外壁に取り付けられたサッシ窓は厨房と同様、しっかりと閉まっていた。乾燥室もボイラー室も内部は空っぽで異常なしだった。外へ続く階段室の重いスチールドアを開くときだけ少し緊張が走った。

そこにはアルミ製の単独梯子が横倒しに置いてあり、見る限り泥では汚れてはいなかった。使った形跡があるともないとも判定できない。

「ここからなら、全然届かないですね」番が二階の窓を見上げて言う。

そのまま外階段を地上まで上ったが、東の土面にもそれらしき痕跡は見いだせなかった。

私たちは、また外階段を半地下まで下り、来た廊下を戻り、内階段で一階へ上がり、不安げな面持ちで迎えた舞と寛子に、異常なしだと首を振って答えた。

続けてダイニング、映写室兼図書室と見て回った。舞と寛子にはその間もホール・リビングにいてもらった。そこからなら、もし犯人がこの館のどこかに隠れていても、二人に目撃されずに逃げ出すことができないからだ。

　はたして一階もまた異常なしだった。

「あとは二階の部屋だけね」舞が言う。

「ちょっと、誰かが犯人をかくまっているとでもいうんですの」寛子がヒステリックに詰め寄る。

「まあ、あくまでも確認のためだよ。知らないうちに押し入れにでも隠れているとも限らないからね」

　津田が割って入る。押し入れにでも、という一言が効いたのか、寛子はそれ以上何も言わなかった。

それに、警察がやって来るまでにはどんなに急いでも一時間はかかる。全てを調べておけば安心して待つことができる。

「よし、全員で見に行きますか」津田の提案に誰も異を唱えなかった。

　寛子の部屋も内装から家具の配置まで一緒で、結局何も異常がなかった。続いて番、舞、黒江と調べたが結果は同じだった。神谷の角部屋は飛ばして、津田、私の部屋、これも異常なし。そしてトイレ浴室とも、やはり何もなかった。


　私たちは再びダイニングに会し、舞がコーヒーを淹れ、黒江がカップを並べた。

「警察が到着するまで、まだ時間がありますね。どうっすか、専務。建物の周り、もう少し調べますか。前庭とか――」番が場違いな陽気さで訊いた。

　コーヒーが熱かったのか、津田は口に含んだ途端、「うっ――」手で口元を押さえ、

「い、いや、止めておきましょう。犯人がまだこの辺りをうろうろしているとは思えませんが、無駄

でしょう」先ほどまでの積極性は消え失せていた。

「でも、何か見つかるかもしれませんよ」と私。

「何かって」寛子はカップを手に持ったまま私を見つめる。

「例えば凶器とか、ですね」

「先生。仮にそうだとしても、それは警察の仕事です。われわれはそうでなくてもいろいろ動きすぎた。館の中もあまりいじるべきではなかったと思うんだ。今更だけど。警察がやって来たとき怒られるかもしれない」

「証拠を荒らしたということですか」

私の質問に津田はカップをテーブルに置き、足を組み直して頷いた。

「ひょっとしたら外に、何か痕跡はあるかもしれませんが、それを踏み荒らすような真似はしたくない。あと三〇分程度なんだから、ここは警察の到着を待つ方が賢明です」専務はさらに背中を丸めた。

「それに万が一ということもありますわ」

寛子は犯人がまだこの辺りに潜んでいる可能性を示唆した。

その後、一行は沈黙のまま三〇分のときを過ごした。決して沈黙を好んだのではなく、共通のある一つのことを考えたかったのだ。それは、

——そう、もしかしたらこの中に犯人あるいはその協力者がいるのかを。

警察が到着したのは予想より遅れて二四時を二〇分過ぎていた。その中に丸島社員の姿があった。

グレーのTシャツが汗で滲んでいる。

津田が代表して警察関係者との対応をしている間、丸島と話すことができた。

「びっくりしましたね。いきなり社長が殺されたなんて聞かされて、それっきり電話が切れてしまうんですから。これでも慌てて飛んできたんですよ」

言葉とは裏腹に妙に落ち着いたテンションで丸島が喋る。普段の経理処理を行っているときと変わらないと言えばそれまでだが、人としての何かの情緒が欠落しているのではないかと、このとき初めて感じた。

丸島の話をまとめるとこうだ。

吊橋の崩壊を目にした丸島は、麓に下り旅館から電話をかけた。社長殺しを聞かされた後、まず堀木に連絡し、続けて警察にも電話した。警察では舞から事件の通報を受けたばかりだったので、説明はスムーズに進んだ。館の関係者であることから、同行を求められたので、そのまま旅館で待機し、警察車両で運んでもらった——ということである。


神谷明の死体が搬送されたあと、私たちはダイニングに集められた。事情聴取が始まるようで、ダイニングの二つのテーブルに男女が分かれるように腰掛けさせられた。舞、寛子、そして黒江。もう一つのテーブルに津田、番、丸島、そして私。そのテーブルと正三角形の位置に藤堂《とうどう》と名乗る体格の良い警部と、身長の高い小高《おだか》という刑事が立った。

事情聴取が始まった。口を開くのは主に藤堂の方だった。

一通りの聞き取りが終わり、一時間が経過した。

「これまでの話をまとめると、皆さんが部屋に戻ったのはほぼ一緒で二二時過ぎ、ですな」

藤堂はそう言って私たちを一人一人値踏みするように見つめ、「その後、女性陣から順にシャワーを浴びた。そうですな」

誰も異論を唱えるものがいないと分かると藤堂は、「死体が発見された経緯は……、えーと」と丸島を見つめる。彼に時間を言わせたいらしい。

「僕がコルバ館の津田専務に電話をかけたのは二二時五〇分です」

「そうでした、丸島さん。それから番さんと黒江さんが社長の部屋に入ったわけでしたな」

黒江は頷くだけで口は開かない。

「そしてすぐに発見した」

番も口を閉じたまま藤堂の質問にただ頷くだけだった。なぜならこれまでに同じ質問が三度も繰り返されたからだ。

警察は生きていた神谷を最後に見た二二時から死体として発見される二三時までの、私たちのアリバイを確認したいのだ。つまりこの中に犯人がいると考えているということだ。

「警部さん。何度聞かれようとも答えは同じです。桐村、新谷、私――黒江の順でシャワーを浴び、その後、宮村先生と番君がシャワーを使いました。その間、廊下を見渡せる位置には誰かがいたのです」

「シャワーを浴びてから私は、すぐに一階のソファに陣取ったわ。そこからなら全体が良く見える」

と舞。

「私は地下の厨房と一階のダイニングを行ったり来たりしていました」専務も話に加わる。

「二階の社長の部屋は角部屋とあって、一階からでも廊下の手すり越しによく見えます。誰かが社長の部屋に入っていけば、気がついたはずです」

藤堂は困ったように頭を掻き、津田に向かって、「ところで、神谷社長は酒に弱いのですか」

「あまり良くは知りません」

「社長と専務の関係なら、一緒に飲まれることはあるのでしょう？」

「いいえ、私がお供をすることはありませんでした。どちらかというと、一人でお出かけになる方でしたので……」

藤堂は首を傾げたが、それ以上は追及しなかった。

「でも、今日はいろいろなカクテルを飲んでいましたから、そのせいではないかと……」と津田が続けた。

「誰が作ったのですか」

警部の質問に津田は視線を送りながら、「私も作りましたが――」

「僕も一杯作りました」と番。「私も」と舞と寛子もシンクロして答えた。

「そうですか」藤堂は白いワイシャツの袖をめくり、「新進気鋭の企業の社長とあれば、さぞ敵も多かったのでしょうな」

外部の人間である私に矛先を定めた。

「さあ、どうでしょうか。ただ、事業を拡大していくにあたって、様々な障害をクリアしなければならなかったということは想像できます。その過程でいろいろな軋轢はあっただろうと予想はできますね」

私は一般的な事象を、どういう風にでも解釈できる小難しい言い回しで切り抜けた。

藤堂はもう一度頭を掻くと、話題を変えた。

「明日の渓流下りは社長が言い出したことでしょう。その言い出しっぺが、ふらふらになるまで飲むものですかねえ」

藤堂はせっかくめくったシャツをまた元に戻して、袖のボタンを留めながら、その腕を今度は津田に突き出してみせた。

津田は視線を落とすと、ただただ、分かりませんと首を振るだけだった。

「それより外は調べないんですか」黒江が訊ねた。

「もちろん調べていますよ。鑑識がいるのは二階の部屋だけではありません。但し、外は暗いですからな、効率を考えれば、本格的な捜査は夜明けを待ってからになるでしょう。そうすれば何かが分かるかもしれません」

「そんな悠長なことを言っていていいんですか」舞が噛み付く。

「東側の窓下には、少なくとも誰かが飛び降りた跡はありませんでした。同じく梯子を立てかけた跡も残っていませんでしたよ。あなた方が考えたようなね」

聞き取りに専心していたはずの小高刑事が初めて口を開いた。事情聴取の間、時折、鑑識から耳打ちされていた内容は、そういったことも含まれていたのだ。

「半日もすれば検死の結果も出るでしょう。それと、皆さんのことも少しは分かるでしょう」そう言う小高は、今度は腰を折ってなにやら藤堂に耳打ちする。

すると、その藤堂の頬が緩んだようにみえた。

「刑事さん。私たちの中に犯人がいるような口ぶりですね」

焦《じ》れて口を開いた黒江に、藤堂は何を今さらといわんばかりの大きな頷きを一つ入れると、「この先の」そう言ってホール・リビングのガラスカーテンウォールを指さし、「山道には、奥に橋があるのですが、鉄骨製の立派な橋です。そこに木が倒れていましてね。二、三日前の台風で倒れたのでしょう――車は通れなかったのですよ。だから来るのに我々は男手総勢一〇人で倒木を撤去しなければならなかった。お仲間の丸島さんにも手伝ってもらいましたがね。それもあって遅れたのですよ」

「車で逃げたとは限らないのではないですか」

「徒歩で渡ったという可能性はありますが、考え難いでしょう？　例えばあなたが犯人だったとしたら、どうです？　車を使うでしょう。早く逃げたいでしょうから」

藤堂は片方の眉根をこれ以上は上がらないと思えるぐらい吊り上げて黒江を見つめた。

「そういえば、吊橋が切られていたんでしたな」

何も答えない黒江に痺れを切らしたのか、ただ単に目が疲れたのか、藤堂はゆっくり瞬きをしてから津田に向きあった。

「あ、はい、古い吊橋ですから、老朽化していたのだと思います」

「本当にそう思いますか」

「……」

「――偶然に？　社長が殺された日に偶然に、吊橋のロープが切れたというのですか」と、今度は舞へ視線を流す。

「そ、そんなことは分かりません。だから、早く調べたら」と舞。

藤堂はフムフムと頷くだけで、それには答えなかった。

「もう一度確認しますが、津田専務、あなたが二二時に社長を部屋に運んでからの行動は」

二度目どころではない。少なくともすでに三度は同じ話を繰り返している。津田は疲れ果てたかのように四度目の話を繰り返した。

「そのまま、厨房に、いえその前に番君の部屋に行って話していました。明日のラフティングの打ち合わせです」

「ええ、専務はみえましたよ。二二時一五分くらいですかね。それから、しばらく話をして、――三〇分過ぎには、僕はシャワーを浴びに行きました」番が後を引き取って答える。

「津田さんはその間どうしていました」

「……厨房へ行きました。厨房とダイニングを何度か行ったり来たり。――料理に使うお酒を取ってきたのです。それはそこにいる新谷店長と黒江店長が見ています」

黒江と舞はそれを裏付けるように首肯した。

「番さん……、でしたかな、二二時から一五分まではどうしてました？」

「部屋に入って数分もした頃でしょうか。黒江さんがやって来ました。相談事があって呼んだんです」と番。

「はいそうです。店舗経営について少し悩んでいたようでしたので、彼の部屋で話をしていました。といっても元気づける程度の話で、一〇分ほどで終わりました」

「その後、黒江さん、あなたは？」

「シャワーの時間が迫っていたので、自室に戻り、支度をしてシャワーを浴びました。その後はホールで舞さん宮村先生とビールを飲んでいました」


私の頭の中はめまぐるしく動いていた。窓からの侵入の可能性がないとすると、考えたくないが、犯人は私たちの中にいる。

社長は二二時まで生きていた。

シャワーは各人が予定通り、各一〇分、寛子が二二時一〇分、舞が同二〇分、黒江が三〇分、私に至っては烏の行水で三五分過ぎにはシャワーを浴び終わっていた。番は少し長くて、それでも四五分過ぎにはシャワーを浴び終わって自室にいた。それは二二時四〇分前からホールにいた私が知っている。舞の言葉を信じれば、二二時二〇分過ぎにはソファにいて結果的に社長の部屋を監視していることになる。

つまり犯行時間は二二時から二二時二〇分までの間になる。

津田は一五分には番の部屋にいたと証言している。その後、津田は厨房やダイニングに行くのを舞に見られている。わずか一五分の間に殺人を犯し、そのまま番の部屋に行ったとは考えにくい。

　番だけは黒江、津田と続けて話をしているのでこれはアリバイが成立している。

　すると犯行の可能性があるのは、黒江と寛子と舞か。しかし、舞が犯人だとすると、彼女は自らの証言で黒江、津田、番のアリバイを証明していることになり心理的に矛盾する。ということは残ったのが黒江と寛子だ。しかし寛子は最初の一〇分間はシャワーを浴びている。残り一〇分で殺害したことになる。殺人には五分とかからないだろうが、濡れた髪を乾かす間もなく殺人という行為を犯すものだろうか。計画的な犯行であるなら尚更だ。

　最後に黒江だが、彼女は、殺害時間とされる二〇分間の内、一〇分ほど番と話をしている。その前後に殺害をすることは可能かもしれないが、纏まった一〇分間が確保できているわけではない。五分＋五分という分断された時間で、殺人という行為を犯せるものだろうか。これも考えにくい。

　となるとコルバ館滞在者の中には、誰も該当者がいなくなる、完全にではないが。

　私には、もう一つ気になることがあった。それは誰が吊橋を壊したかということだ。駐車場側に垂れ下がっていたのなら、館のある側から壊されたということになる。警察の言葉からすれば、ロープが切られていたと言っていた。とすれば、やはりこの中にその犯人がいる。犯人は吊橋を切っておいてから、殺人を犯したことになる。その心理は何だ。殺人犯なら、殺して、いの一番に逃げることを考えるのではないか。

　さらに、誰が吊橋を切ったのだ。橋が落ちたとき、津田を除く全員がカウンターバー付近にいた。その津田でさえ、前庭にいて片付けをしていた。全面ガラス戸越しで隠れるところはなく、いなくなった時間帯があったとも思えない。その前庭から吊橋まで五〇メートルは離れている。走って行って、切って、また走って帰ってくるなどそんな時間があったとは思えない。古い吊橋といえ、太いロープが短時間で切れるとも思えないし——。

するとこの点でも誰も該当者がいないのだ。

「あの、刑事さん。一つ質問してもいいですか」番が軽く手を上げた。

刑事たちが視線を同時に向けた。

「凶器はなんなんですか」

「おそらく、大型の鋭利な刃物でしょう。傷は胸部にまで達していましたから」と小高。

「具体的には？」というさらなる番の問いかけに、

「さあ、今はなんとも——。皆さんの部屋も調べさせてもらいましたが、事件に関係ありそうなものは発見されませんでした」

「荷物も調べたんですか」舞の声には非難が込められていた。

「ええ、そう言ったはずですが。でもそれをしないと犯人は捕まりませんよ」

小高はさも当然と、抑揚のない声であっさり答え、

「明日の検死が終わるまで、皆さんにはいてもらわなければなりません」

「あのお、僕もですか？」丸島が自分の顔を指さしながら訊いた。

「あなたは、一応嫌疑の外ですが、まあ、一緒にいてください」

七　捜査　翌朝　［宮村 記］

深夜二時に解放された私たちは、麓の旅館で仮眠をとり、再び館に向かう車中の人となった。今午前九時を過ぎたばかりである。移動と入浴と朝食の時間を除くと、実質三時間しか布団の中にいなかったことになる。

警察の車に乗せられ、コルバ館に赴く途中、鉄橋の手前ではチェーンソーで分断された倒木が集積されてあった。深夜の移動時には分からなかったが、朝日の下で見ると、一〇本近い数の高木が倒れていたようである。

「この木々が橋を塞ぐように倒れていたのですね」

私は運転している制服警官に訊いた。彼は軽く、「ああ」とだけ答えてくれた。

だとすると、神谷殺害の犯人が車を使って逃走したと考えるのは無理がある。仮に倒木がなくても駐車場のある辺りから登る山道は、さらに勾配が急になっている上に、轍が深くえぐられている箇所がたくさんあり、オフロードに適した本格4WD車でないと走破は難しいと思える。現時点で該当する車の存在は聞こえてこない。

事件は私たちにとって芳しくない方向――内部犯行説に向かいつつある、確実に。

警察は早朝から捜査を再開していて、すでに多くの係員が建物の周りを捜査していた。その中に堀木の姿を見つけた。名古屋からすぐまたここへ駆けつけたらしく、夜通しの運転で睡眠不足のためなのか、社長殺害でショックを受けていたためなのか、憔悴しきっていた。松葉杖姿が余計に哀れを誘う。

「大丈夫ですか？」私は堀木の体を支えるように傍らに立った。

弱々しく頭を下げた堀木に昨日の事件の概要を説明した。しかし事情は既に警察から聞かされていたらしく、特に驚いた様子は見せなかった。

「本当に、大丈夫？」黒江たちも堀木の傍に寄り、結局全員が一か所に集まる形になった。

「夜通しの運転が、きっと堪えたのですね」黒江の労いに、

「いえ、実は、名古屋には行っていないの」と意外なことを口にし、「事故ってしまって、今朝まで病院にいたのよ」と堀木は続けた。

堀木の話によると、館を出て佐久インターに入る手前で、眠気を覚えたので空き地に車を停め仮眠をとった。一〇分程度のつもりがそのまま寝過ごし、丸島から電話で起こされるまで眠ってしまった。殺人を知らせる電話だ。慌ててユーターンし戻ろうとしたが、気が動転していたためにガードレールにぶつけてしまった。大した怪我ではなかったが、一応救急車で運ばれ、念のために一晩入院していたのだそうだ。

「痛めていた右足で踏ん張っちゃったので、また痛めただけなの」

それが、ステッキ杖から松葉杖に変わっていた理由だった。そういえば包帯も幾分大きくなっている。

「それより、宮村君。吊橋は何者かによって人為的に切られたらしいわ。さっき刑事さんたちが話していたの。――あれ、驚かないのね」

「えっ、……そういうわけではないですけど」私は言葉を濁した。

殺人のあった日に切れたのだ。事件に関係ないはずがない。しかも吊橋は駐車場側に垂れ下がっていたのだから、館側から破壊された。つまり、ロープを切った犯人は館側にいた人間となるのだ。昨日からそのことが頭から離れなかった。コルバ関係者の中に殺人犯がいる――その事実がどんどん確定的になっていく。

しばらくして、私たちは再び取り調べを受けた。昨夜と異なる点は、個別に受けたことだった。個々に聞くことで、矛盾点を引き出そうとするものだろうと考えた。先に黒江が呼ばれ、次に津田専務、そしてなぜか私が指名された。

ダイニングに呼ばれ、窓際のテーブルの椅子を勧められる。向かいには藤堂が両肘をついて待っていた。

「昨夜は良く眠れましたか」藤堂は相変わらずの嫌味な訊き方をしてきた。

眠れるはずもない。殺人から、いや、厳密には解放されてからまだ七時間しか経っていないのだ。

「まあ、あんな事件の起こったあとですから、さぞ、お疲れでしょう。ですが、早く事件を解決したいのは共通の利害だ。何か思い出したこと、あるいは言いそびれたことでもありますかな」

私が無言でいたことに気を使ったのか、藤堂は初めて優しい訊き方をしてきた。よく見ると、藤堂の顔には白髪交じりの無精ひげが伸び、ズボンの膝も出ていた。徹夜で捜査を続けていたのだろう。

「いえ、……特には」

「そうですか」そう言って藤堂はシャツの胸ポケットからタバコを取り出した。

「あ、吸ってもいいですかな」タバコを口に咥えたまま訊いてきた。

「ええ、どうぞ」

「どうも」ライターを鳴らす。

「そう、そう、気になさっていた、吊橋の件ですが」炎の向こうで目が光る。

気にはしていたが、それを口にしたのは私でなく舞だ。

「吊橋がどうしたんですか」藤堂が煙を吐き出し切る前に訊いた。

「ごほっ、んー、吸いすぎだな」長いままのタバコを灰皿に押し付けるように消し、

「禁煙をしようと、事件が終了するたびに決意するんですがね。なかなか止められなくて」

まともには話をしてくれない。私も今度は相手が口を開くのをじっと待つことにした。

「吊橋を吊るロープは、細いロープを何本も編みこんだものでしてね。そうですねえ、断面積でいうと子供の、二の腕ぐらいあるのですが、その三分の二ぐらいに刃物――のこぎり状の刃物で切ったような跡があったのです。もちろんこっち――館側の方ですがね」

消えきっていなかったのか、灰皿の中でタバコがくすぶっている。

「どういうことだと思います」

そんなこと訊かれたってこちらからは答えようがない。

「事件とどういう関係があるのですか」私はあいまいな質問で濁す。

「そうですな。それが良く分からんのですよ。直接的には関係ないとは思うんですが……」

「ですが……、なんなのでしょう？」

「殺人の数時間前に切断されたのです。何か関係があるはずだと思われるんですが、良く分からんのですよ」

藤堂は真剣に悩んでいる風に首を傾げてみせる。全く煮え切らない。

「犯人にとっての最終目的が殺人であったのは間違いないでしょう。こんな辺鄙《へんぴ》なところで強盗でもないし。現に社長の部屋にあった財布や身に着けていたフランクミュラーの腕時計はそのままですからな。ましてや争った形跡もない。寝込んだところを一撃で殺されている。見事と思えるほど一撃でね。あれなら害者も苦しまないで死んでいけただろうなあ」

「どういうことですか？　吊橋の切断とどういう関係があるのですか」

「分かりませんか」藤堂はそう言って両の手を開いてみせる。

(分かっていても、こちらから答えられないから、訊いているのだ)

「犯人が吊橋をも切断したのだと仮定してみましょう。そうすればあなたにも分かるはずだ」

灰皿から煙が細い糸になって舞い上がる。

「逃走経路を断つような行為に矛盾があるのです。殺人を犯した犯人が次に取る行動は如何に早く外へ逃げるかです。嫌疑の外という意味も含んでね。唯一といっては語弊があるが、あの吊橋を渡ればすぐ道路だ。橋を切り落とすなら、追っ手を振り切る意味でも殺害した後ではないでしょうか」

「犯人は直接車に乗って山道を――」

（だめだ、木が倒れていて奥の鉄橋は渡れないのだった）

「日の出とともに調べてみたんですがね。山道には四輪に限らず、バイクも自転車も通った痕跡はなかったのですよ。あの台風のおかげで地面はすっかり流されていて、綺麗になっていたままだったんですよ。我々、警察車両が残した跡以外はね」

「それじゃあ、犯人は徒歩で逃げたと――」

「我々警察が早朝から入念に調べたのですよ。今言ったでしょう。綺麗になっていたとは鉄橋の周りに限らず、山道には、人の足跡も、何の痕跡もなかったということです。当然犯人が乗り捨てたような車両も発見されていない」

「でも、草地を選んで踏んでいけば足跡は――」

藤堂は腕組みをし、じっと私を見つめる。

「できない相談じゃないけどね」急に親しげな口調になり、「どうしても犯人が山道を通って逃げたことにこだわりますね」

（違う、そうじゃない。ただ、可能性を拡げていっただけで――）

「そ、そういうわけではありません」私は間違いなく緊張していた。耳たぶが熱くなっているのが分かった。

注意しなければいけない。完全に警部のペースだ。知らず知らずの内にこちらから質問をしている。その結果、あらぬ方向へ誘導されているのだ。

「吊橋を切断した犯人と殺人犯とは分けて考えるべきじゃないでしょうか」

「そう、そう、それを私も考えましたよ、宮村さん。眠らずにね。でも、そうすると二人の別の意志を持った人間が——吊橋を切った本当の目的は分かりかねますが——いたことになるんですよ。この六人の中にね。六分の二とは高い確率ですよね。学生のころ数学が苦手でね、確率なんて世に出てなんの役に立つのかと思っていましたが、これが結構、この商売をやっていると使うものなんでね。驚いてますよ」

「先ほどからお話を伺っていると、私たちの中に殺人犯と共犯がいると言わんばかりですが」

「えっ、言っていませんでしたか。それが一番順当な考え方でしょう」

煙は太い一本の線となり、天井でとぐろを巻いていた。

「まあ、話を本題へ戻しましょう。と、その前に消火、消火」

藤堂は再び火の点いたタバコを摘んで何度も灰皿に押し付けた。

「これでもう大丈夫だな」そう独り言ちて顔を上げると、「まあ、そう怖い顔をなさらずに、発見当時のことをもう一度順を追って話してもらえませんかね、宮村さん。あくまでも確率の問題で、高い確率のものから検証していくのが捜査の基本なんですよ。先ほどお伺いした、社長を部屋に運んだ方、えーと——、女性じゃない方の」

「津田専務ですか」

「ええ、そう。その津田さんと黒江さんについてお伺いしたいんですけどね——」

結局、藤堂は殺人があった昨夜の各人の行動を割り出したかったらしく、昨夜と同じ質問が繰り返された。個別に訊くことで、矛盾点を見出し、突破口にしたかったようであるが、昨夜の二二時から二〇分間が犯行時間であること。そして引き戸は鍵がかかっていて入れなかったことが明らかになっただけであった。昨日と同じように。

訊き終わって藤堂は背中を曲げ、落胆した風に見えた。が、すぐに顔を上げ、

「神谷社長の部屋には鍵がかかっていた——間違いないですか」

「ええ、だから、蹴破って突入する形になったのです。何度も申し上げてきたように」

「いえ、違うんですよ。それ以前です。二二時より前は、鍵はかかっていたのですか」

「えっ！……」意表をついた質問に、私はすぐに答えられなかった。記憶を呼び戻す。

藤堂もそれを待つように、二本目のタバコを持つ手を止めていた。

「かかっていなかったと思います。というのは、専務と黒江店長が肩を貸して社長を部屋に運び入れるとき、そんな動作——鍵を開けるようなことはしなかったからです」

「ということは、犯人は事前に部屋に忍び入ることができたということですね」

だが、それはつまり、

「私たちの中に犯人はいない。どこか別のところにいるということになります」

と私は答えたが、藤堂はただ、片方の口角を上げるだけだった。

しばしの鎮静の後、

「いやあ、大したものだ。あなただけですよ。きっかり時間まで正確に答えてくれるのは」

藤堂は今にも手を叩きそうになるのをかろうじてこらえ、そのまま手を顔の前へ持っていき、咥え

ていたタバコに火を点けた。

今度は断りもしなかった。

「ということはですね。犯人は事前に社長の部屋に忍び込み、社長が部屋に戻った二二時から新谷さんがホールに姿を現した二二時二〇分までの間に殺害し、逃走したということになる。鑑識の結果もそれを裏付けているんですよ」

私は頷くことしかできなかった。

「しかし、どこから逃走したのか？　東の小窓の外には、その痕跡はなかったことが証明されました、小高が言ったように。飛び降りた跡も梯子を立てかけた跡も、手すりに番線か何かで梯子を縛ることはできますが、その痕跡もありませんでした。残念ですが、窓からの逃走を裏付けるものはないのですよ」

藤堂はタバコを咥えたまま私を見つめた。私も煙にしかめっ面をしながら、睨み返した。

「密室ですね」私は言った。

いや、いや、と藤堂は頭を掻きながら、

「どうせならいっそ、すべての窓にクレセントをかけておいてもらえればすっきりするんですがね。小窓は開いていたし、引き戸も簡便な鍵です。何か方法があるだろうと思いますよ。ミステリー小説のようなことがそうそう、あろうはずも――」

私は藤堂の言葉を聞いていなかった。

不完全かもしれないが、密室は密室だ。犯人があらかじめ神谷の部屋に忍んでいたとすれば、それは通り魔的な殺人ではない。手引きした協力者が私たちの中にいるのだ。

次に、脱出。この方法が分からない。窓でないなら、戸口だ。協力者がいるのなら、飛び降りるなんていう危険を冒さず、戸口から逃げる方が安全だ。——誰だ？

そして、どうやった。


私と入れ替りで、舞の取り調べが始まった。

前庭に出てみると、ベンチに番と寛子が並んで座って話をしていた。辺りを憚るような素振りを見せなかったので、私は隣のベンチに腰かけて、今受けたばかりの取り調べの内容を忘れないようにメモすることにした。相棒の蜘蛛手に知らせるためだ。どこにいて何をしているのか分からないが。

「ねえ、番君。次の社長は誰になるの？　専務の昇格ってあるのかしら」

「ない、ない。絶対にない。あるわけないでしょ」

番は思いっきり否定する。

「社長の奥様は？」

「奥さんもない。専業主婦しかやってこなかったずぶの素人だからね」

「じゃあ、誰だと思うの」

番はしばらく考えた後、急に何か閃いたようで目を大きく見開いた。

「今度の新社長は、北欧の作家をマネジメントしているコペンハーゲン在住の神谷宏《ひろし》だ。間違いない」

「えっ、神谷って」

「弟だよ。株主の了解を取り付けられるのは彼しかいない」

私は手を止め、二人の会話を追いかけていた。

八

近藤里香　一七歳　女子高生の場合　［野黒美ルポ］

「ねえ、翔。あれ、見てよ」

「ん、何だ？」

「あれって、ひとりタイタニックやっているのかな」

「何だ？　タイタニックって」

「知らないの、あの名作を」

「本なんか読まねえしな」

「映画よ、映画。……本もあったのかも知らないけど」

「あっ、思い出した。沈没する船の話だろ。おふくろが言っていた。昔親父と結婚する前に見ていたやつだ。デカプリンが親父の若いときに似ているって、今でものろけている」

「プリオよ、プリオ、もお。そんなことより、その映画のワンシーンで有名なのがあるのよ。舳先にヒロインが両手を水平に拡げ、風を受けて立っているの。それをレオ様が後ろから支えるように抱きしめているのよ」

「それなら知ってる。それを真似たカップルが大勢いたって話だろ。それもおふくろが言っていた。ヨーコ、それがしたいのか」

「ばか。な、わけないでしょ。——にしても手が短いなぁ……」

「うーん、薄暗くてよく見えねえな。……ん、何だ？　恵方巻か何か咥えてんのか？」

「ばか、シーズンじゃないでしょ」

「知ってるよ、そんなこと」

「ちょっと、あまりじろじろ見ない方がいいよ」

「どうせ、捨てられたマネキンかなんかだろうよ。今どきタイタニックはねえべ」

「あーん、ダメよ。このまま通り過ぎようよ」

「なーに、構うもんか。ちょっと行ってみようぜ。ここは沼で、海は五〇キロも先だって教えてやらなきゃ。へ、へっ」

「汚い帽子被ってるしさ、頭のおかしな娘だったらやばいよ。さっきからずっとあのままなんだよ」

「いいから早く来いよ。——」

「あっ——。何よ、急に止まったりして。翔、ねえ、翔ったら——。どうしたの……、顔色悪いよ……？？？？」


［夕暮れどき、千葉県我孫子市の手賀沼の畔を歩いていた一〇代のカップルが第一発見者だった。砂地が途切れ、護岸ブロックが沼に突き出している場所で、都内に住む女子高生近藤里香《こんどうりか》（一七歳）の死体は発見された。発見者は初め、廃棄された人形に木枝が絡まったものに見えたと証言した。ところが近づくにつれ異形の死体であることに気付く。

十字の形に組まれた木材に、近藤里香は半裸状態で、有刺鉄線でぐるぐるに巻かれ固定されていたのだ。直立・自立していたのは足元が五〇センチ角、高さ三〇センチのコンクリートに、十字架の下端と共に埋め込まれていたからである。その上、両腕は水平に拡げた状態で肘から先が切断され、さらに、切断された右手は口の中に押し込まれ、左手は後頭部下の頸部から突き出ていた。

当然、腕が頸部から生えるわけはなく、まず長いドリル刃を喉から貫通させ、その刃先に切断した腕をねじ込んでいたのだ。右手も後頭部から刺したドリル刃を口の中に貫通させてから右腕をねじ込んだものだった。ドリルの刃は二本とも四〇センチを超えていた。心臓にも孔があったが、直接の死因ではないようである。死因は現在調査中とのこと」


【二〇一〇年八月新聞報道抜粋】

＊ライター野黒美

離婚して、生活が変化したのを機にジョギングを始めた。サラリーマン時代の不摂生な生活が祟って、肥満気味となっていたこともあるが、健康診断で生活習慣病だと診断されてしまったことがきっかけだ。まだ、三〇代だ。これからの人生は長いし、もう一度結婚もしたい。色気はまだある。このままふけるわけにもいかない。

それにライターは身体が資本である。今回の取材でもそれを痛感した。千葉や茨城にもノンストップで日帰りを行わなければならなかったのだ。健康とＲＶ車がなければできない芸当だ。

高校、大学とサッカーをやっていたこともあって、体重は一ヶ月もしないうちに二〇代の頃に戻った。おかげで身体が軽い。

生来飽きっぽい俺がジョギングを続けていられるのには秘訣がある。それは同じルートを辿らないということだ。路地一本変えることで目に飛び込む風景は変わったものとなる。この変化が新鮮で刺激を与えてくれるのだ。

それでも一ヶ月もすると、さすがに近所は鮮度を保てなくなった。最近では週末に限り、車で所沢辺りに出かけ、そこでジョギングしている。それもそろそろ飽きてきたので今度は川越辺りまで出かけ、そこでジョギングを始めようかと考えている。あそこには森林公園もあるし、当分飽きることはないだろう。どうせジョギングをするのなら、排ガス濃度が高い市街を走るのより、マイナスイオンで溢れた川辺や森林の方が心地良い。皇居ランより田舎の方が空気はおいしいのだ。しかし田舎にも欠点はある。それはマナー違反が往々にしてあることだ。視られているという意識が低いせいか、犬の糞の始末をしない輩も散見されるのだ。

これまでの、週末はゴルフ、平日は夜遅くまで酒を引っ掛け、帰りがいつも午前様といった生活とは全く一変してしまった。今は心身ともに健康で、からだを動かすことが楽しく感じる。嗜好まで一変してしまうとは、人間とはおかしなものだ。

アルコールをはじめ、飲食に消費しなくなったことは良かったのだが、逆にスニーカーを集めるようになってしまった。スニーカーと言っても結構高い。しかも高価なやつほど欲しくなる。だから金銭的余裕は相変わらずない。（笑）

女子高生——近藤里香事件の詳細

三人目の被害者だ。

このころから、ドリルキラーなる名を冠された殺人鬼が、新聞紙面を賑わし始めた。

近藤里香は中野区に住む都立高校の学生だ。いつも白いベレー帽を被り、男子アイドルグループを出待ちする小柄な女の子だった。父親は普通のサラリーマン。母親は専業主婦。たまにパートを行うこともある、平均的な中流家庭の一人娘だ。俺は同じ学校に通う彼女の友達を探し出しインタビューした。

「あのー、ちょっといいかな」

下校途中の二人の女子高生に背後から声をかけた。近藤里香と仲のいい友達との下調べをしていた二人組だ。同じ小さめのベレー帽を頭に乗せている。

振り向きざま、すぐに俺を値踏みしたかと思うと、「はあー?」と不愉快に語尾を上げる口調で返してきた。明らかに警戒と不機嫌さを露骨に表していた。

「ちょっとだけインタビューしたいんだ。殺された近藤里香さんについてだけど」

チェック柄のミニスカートにグレーのサマーベストという制服を着た少女らは、怪訝そうな目つきに不快感を加え、さらに見つめる。一人はガムをくちゃ、くちゃ、嚙みながら、一人はチュッパチャプスをほおばったまま。

「怪しいものじゃないんだ」

　俺はそう言ってスーツの胸ポケットから名刺を取り出した。名刺はＺＺ出版社の編集部となっていて、名前も変えてある。もちろん偽物の名刺だ。褒められたことではないが、この仕事をしている以上、複数の偽の名刺を持つことは、仕方のないことなのだ。

「けど、事件のことは知らないよ」ガムの少女がスカートのポケットに手を突っ込んだまま答える。

「知っているだけのことで構わないよ。彼女の日常を知るだけでいいんだ」

　二人は顔を見合わせてから、ガムの方が「で、何が知りたいわけ」

「それよっか、これ取材だよね」とチュッパチャプス。俺は頷き返す。

「じゃあさ、何か謝礼は出るわけ」チュッパチャプスが俺の鼻先でキャンディーを振り回す。

「ん、ああ、そうだな。そこのカフェで何かおごるよ」

　俺はとっさに目に付いたカフェを見て言った。二人は不満げだったが、交渉は成立した。ベリーのスムージーとワッフルが運ばれてきて、取材が始まった。

「君たち三人はいつも一緒に行動していたよね」

「いつもってわけじゃないけど」

「でも、帰りは一緒だよね」

「そうね、大体」

「一緒に池袋なんかにも行っていたんだよね」

「どうして知っているの」

「いや、だって西武池袋線の終点だからさ。それより彼女は何か言っていなかったのかな。何か事件に関するようなこと——、何でもいいんだが」

「んー、別に何も言っていなかった」とガムの方。

「いつも痴漢に遭うんで、昨日も痴漢を思いっきり蹴り上げたって自慢していた」とチュッパチャプス。

「へえ、よく遭うの」

「あの子は結構遭っていたね。そんで、いつも懲らしめているって言っていたけど」

大して得る情報はなかった。一時間かかって、これだけの成果だった。彼女たちには、今流行のファッションぐらいしか関心がないのか、人の話はそっちのけで、時間の大半を、通りを往く同世代の子らの品定めばかりしていた。

「本当にインタビューだったんだね。ナンパじゃないとは思ったけど——。でも、おじさんかっこいいよ」最後にそう言われて別れた。

こっちはナンパだと思われないように、いつもは着ないダークスーツを着、髪を七三に分け、さらに知的に見られるように黒縁の眼鏡までかけてきたんだ。当然だ。

彼女らと別れた帰りの電車の中で、化粧をしている女子高生がいた。近藤里香と同じ制服だ。電車内は比較的すいていて、その子は一人で座っていた。丈を詰めたスカートから伸びた足は閉じることもせず、ただ、自堕落に開きっぱなしだ。鞄は横の座席に投げ出すように置き、二人分を占領している。この路線は相変わらずだ。何も変わっちゃあいない。俺は乗車口付近のつり革につかまり眼鏡の端からそんな様子を窺っていた。

するとﾞ突然大きな声で、「何見てんだよ。このエロじじい！」と真正面のつり革につかまっていた、くたびれたスーツを着た五〇がらみのサラリーマン風の男に向かって吼えたてた。続いて足を組む動作にかこつけてそのサラリーマンの脛を蹴り上げたのだ。

男は怒りに身体を震わせていたが、何も言わなかった。電車内で、こんな小娘と本気になって喧嘩なんかできるわけがない。少女もそれを知っているから大人を罵倒するようなことが平気でできるのだ。

五〇男は平然を装いながら、つり革一つ横にずれた。女子高生はそれでも化粧はやめず、大きな鏡を開いては髪を直し、閉じたかと思えば、今度は携帯を開けメールを確認する。そしてまた鏡を開け、目元を直す。さらにまた携帯を取り出し、メールを確認するのだった。

今では一人でもこの有様だ。ちょっと前までは連れ立っているからできると思っていたが、今や単独でも平気なのだ。

こんなやつらが群れればそれこそ大変だ。駅の階段や電車内でも床に座っている。通行の邪魔になるとかならないとか以前の問題だ。どうにかならないものか。

どこかの教育委員会だかなんだか知らないが、現況を把握していないお偉い先生方は、優しい気持ちで彼らを指導していかなければならないとか、罰するのでなく、彼らと対話することから始めなければならないとか、世間受けを良くするための言葉しか並べない。本心だとは思えない。本心だとしたら、身の回りでそういう体験がないからだ。今の高校生は自分たちが未成年であることを十分自覚していて、だからこの程度はたいして問題にならない、注意補導程度で済むと計算してやっているんだ。

情けは無用だ。

少年少女の犯罪でも、殺人等の重犯罪を犯した場合には、名前と顔は報道することに、俺は賛成だ。こんな若いやつらが成人してＯＬになれば、電車内で化粧しているＯＬになるのだ。馬鹿はどこまでいっても馬鹿でしかない。

俺はこの少女に近藤里香の姿を重ねて見ていた。彼女もまた同じようなことをしていたのだ。

九
襲撃そして脱出　［宮村 記］

駐車場にはすでに新社長のポルシェが停めてあった。

私はその傍に新車のミニクラブマンを停めると、橋を渡った。木製だがしっかりした造りの橋だ。関東圏を中心に女性に人気のあるカフェ&雑貨家具店の新オーナーは、日差しを遮るように建物の西側に立って龍神池の方を眺めていた。細身の黒いパンツに黒のジャケットを着、パナマ帽を被って立っている。ぎらぎら照りつける日差しの中で、そこだけ秋風がそよいでいる気がした。立ち止まって見つめる私の視線に気がついたのか、新社長はゆっくりとこちらを振り向き、軽く頭を下げた。

「お待たせいたしました。ご無沙汰しています」私は先に声をかけた。

「いえ、私もいま来たところです。それにお約束の時間にはまだ五分あります」

サングラス越しでも微笑んでいるのが分かる。口角がわずかに上がったからなのだが、微笑みの場合に限っては目よりも口元の情報の方が明確だ。

「早速ですが、コルバ館を全面的に改装したいとお聞きしたのですが、本当ですか」

とはいえ、久しぶりの再会を喜び合うほどの関係にはない。あくまでもビジネスの付き合いだ。

「はい、そうです。意匠、内装も含め、宮村先生のところでも、全部できるんでしょう」

一瞬、返答の言葉を詰まらせそうになったが、

「もちろんです。蜘蛛手建築事務所は行政手続きや構造検討だけではありません。お客様に満足していただける計画からコストに合わせた内外装をも提案させていただきます」

思わず、営業台詞が並んでしまう。

新社長はにこやかに微笑むと、「宮村先生から初めて、仕事に取り組む姿勢が感じられました、と言うと失礼に当たるのでしょうね」

私は図星を突かれてたじろぐしかなかった。

相棒の蜘蛛手に『蜘蛛手建築（&探偵）事務所』の共同経営者にされてから七、八年が経つ。最初は本当に単なる手伝いのつもりだったのだが、だんだん仕事を覚えざるを得ない状況に陥るたびに知識と経験が蓄積された。おかげで今では一級建築施工管理技士、二級建築士の資格まで持っている。CADも使え、簡単な図面の修正なら行えるようになった。

とはいえ、蜘蛛手の知識と経験にはかなわない。ゼロから建物を設計する能力と技術はまだ私にはないのである。蜘蛛手より優っているのは顧客を怒らせないことぐらいだろうか。それはともかく、こういった大きな仕事を受注できるかもしれないというときに限って、肝心要の蜘蛛手がいないのである。

「最近になって知ったのですが、共同経営者の蜘蛛手さんって、難事件をいくつも解決したことがおありになる有名な探偵なんだとか……」

「ええ、そうなんですが、実は今どこにいるか皆目見当がつかないんですよ。おそらくペルー辺りだと思うんですが……。いれば建築だけでなく、密室の一つや二つ難なく解いてお見せすることができると思うのですが、お役に立てなくてすみません」

蜘蛛手の認知度が上がって喜ばしいことなのだが、いなければ何の意味もない。価値もない。自由気ままに世界中を放浪し、今日現在どこにいるのか私は知らないのだ。南米にいることだけは七〇％の確率で合っていると思うのだが、その程度なのだ。

電話とメール連絡はつくにはつくが、電話は五回連絡して一回返事があるくらいだ。メールの返事など一切ない。咎めると、日本のような安寧な地で平穏に暮らしているわけではないというお決まりの逆襲が始まる。自分勝手にそういう地に赴いておいて――。

では全く会っていないかというとそうではなく、たまに何の前触れもなくふらっと帰ってきたりする。そのタイミングが、事務所を閉めることを真剣に考えているときだったりするので質が悪い。

とはいえ、今回の一連の事件を解決するためにも、早く帰って来てもらわなければならない。建築の方は、蜘蛛手がいなくても懇意にしている有名建築家がいて、フォロー体制だけはできているので、顧客に迷惑をかけることはない。しかし、このコルバ館で起きた密室殺人――神谷社長殺しは依然解決されていないのだ。


「外装は基本的に塗装をし直すだけでしたね」

私はエントランスに立ち、見上げながら言う。

「ええ、淡い少し緑がかったものにして、自然と調和するようなものにしていただきたいのです。それでいて何か個性的なアクセントを加えていただくと――」

「思ったほど傷んではいませんので、今のままでも悪くないと思いますが」

「あんなことがあったから、気分を一新したいのです」

あんなこととは前社長が殺されたことを指しているのだ。気持ちは分かる。だから私は、

「なるほど、了解しました」と頷いてから、「周辺の自然に調和させたいのでしたら、アースカラーをお薦めします。アースカラーの中でも大地がもつ色——茶やベージュを基本に計画しましょう。そして——、例えば窓枠などを青にするとか、屋根を緑青銅板に葺き替えるといった方法で、他の色をアクセント的に配置するのが良いでしょう。ここなら空の青や木々の緑とも良く調和すると思います」

「……はあ、そういうものでしょうか」新社長の顔色は腹落ちしたものではなかった。

「いえ、反対しているわけではありません。基本的に色柄に関しては顧客に気に入ってもらわなければ意味がありません。設計者が押し付けるべきことではないんです。はきちがえている建築家が多いですが——。それに好みの問題もありますしね。でも、彩度の強い色は紫外線による退色も激しいのです。もちろん塗料にも拠りますが、割高にもなりますしね。まあ、いずれにせよ参考の見積もりといくつかのイメージパースを出せますよ。あとでご判断いただければいいでしょう」

「はい、そうさせてください。では中に入りましょう」

社長はショルダーバッグから鍵束を取り出し、玄関ドアの鍵穴に差し込んだ。

「あれっ」微かに叫んだように聞こえた。

「鍵が開いているようですね」私が代わって答え、おもむろに社長を後ろに下がらせてから、ドアを開けた。

内部は何者かが侵入したとみえ、荒らされていた。

ホール・リビングにあるテーブルはひっくり返り、ソファは切り裂かれ、中の綿が臓器のようにはみ出していた。

二階のバルコニー式廊下の、木製の手摺子もところどころ壊れているのが見て取れる。一階の奥のダイニングでもテーブルと椅子が転がっていただけでなく、その脚が折れて散乱していた。犯人は探しものが見つからず、腹いせに椅子を床に叩きつけた——そんな映像が脳裏に浮かんだ。

「泥棒が入って、大して金目の物がないと分かると、頭にきて家具を壊していった、というところでしょうか」

「……ですかね」

「あまり驚かれていないようですね」私は足を止め、社長を見つめる。

「そんなことはありませんよ。気が動転してしまって——」と口元を押さえる。

サングラス越しのせいもあるのだろうか、表情は読み取れないほど変化に乏しかったが続けて、「こちらの調査の方を先に行ってもらえますか」

「えっ？」

「確か探偵事務所も併設していましたよね」

こればかりは蜘蛛手に戻ってきてもらわねばならない。密室事件があったことは電話では伝えてあるのだ。あの時は確かベラルーシにいて警察に追われているといっていた。誤解から生じたことだからすぐに相互理解できるが、今はそれどころではないと、一方的に電話を切られてしまった。いったい何があったのか、何をしでかしたのか？

「いえ、いえ、あくまでも、この強盗事件の方ですよ。密室殺人事件ではありません。あれは警察に任せましょう」

私の困惑顔の意味を誤解したような発言だったが、だからこそ余計に悔しかった。

（蜘蛛手さえいれば、こんなことを言われることもないのだ。本来ならこういった強盗事件ほど警察に任せる事案なのだ）

「警察とのかかわり合いは、避けるに越したことはありません」と新社長は笑う。

「そうですね」それには同感である。

私たちは次に映写室兼図書室を見、家具や調度類がひっくり返されているのを確認し、二階へ上がった。扉を押し開くまでもなく、二階の客室はどこも嵐が通過した跡のように、家具などの調度は見事にひっくり返り、抽斗という抽斗は、全て床に投げ出されていた。シーツや毛布も引き剝がされ、ところ構わず放り投げられている。

最後に半地下に下りた。厨房ではなべやフライパンに食器まで床に散乱していた。

この段階では、賊はすでに逃走してしまっているという先入観が私の心を支配していた、不覚にも。

「この、オールステンレスのナイフはイタリア製ですか？」私は腰をかがめてナイフを手に取る。

「ええ、良くご存じで。バイスバーサのステンレスナイフセットで、流線型のフォルムが美しいナイフです」

「このトースターも変わっていますね」

「やはり同じバイスバーサ社製で、デザインと機能を兼ね備えたとても素敵なメーカーです。でも今回の改修工事で処分してほしいのです」

「えっ、いいんですか？　せっかく――」

「いえ、いえ当然でしょう。宮村先生もご存じのはずですが――」

社長を少し怒らせてしまったようだった。あんな悲惨な事件があったのだ。凶器であるかもしれない器具類は一新したいに違いない。

私は頭を下げてから、部屋の奥に進み、隣室と繋がるドアを開けた。「ここは――」

「まだ工事途中の、そのままの状態です」

「最初の殺人事件のときからですね」

半地下には他に乾燥室があったが、元々何もおかれておらず、特に荒らされた形跡もなかった。

私たちは再び厨房に戻ると、南側の窓から龍神池を眺めた。

（ここから脱出するのは、やっぱり難しいな）

圧倒的な現実が目の前で訴えている。実測すれば七〇度に満たないのだろうが、私には断崖絶壁のように感じる。

神谷明が殺されたとき、東側にある屋外階段が警察によって精査された。コンクリートに残った足跡の痕跡を調べたのだ。梯子の利用、さらに逃走経路に使用された可能性があったからなのだが、結果は誰の足跡も残っていなかった。私――宮村、黒江、新谷の靴跡だけが少し離れたところにあったきりだ。事件当日、バーベキュー前に館の周りを散策したときについたものだ。だから、犯人は、外階段を使って半地下階とは、行き来していないことになる。すると、全ての逃走経路が断たれ、厨房に一人でいた時間が長い津田専務も、これで完璧なアリバイが成立したのだ。厨房から外階段、そして東窓を利用して社長の部屋という動線が完全に否定されたのだ。

——それでも、殺人犯は内部に限られる。

「部屋という部屋が荒らされていましたね。社長」

「ええ、本当に。質の悪いいたずらでしょうか」

「だと、いいんですけど」

「荒らされていないのは隣の部屋ぐらいなものですか」

「工事途中のままですから、元々雑然としているというか、荒らしようがないですね」

私は少し前から釈然としないものを感じ始めていた。だから、「いや、これはただの泥棒ではないかもしれません」

「なぜ？　そう思うのですか。宮村先生」

「抽斗を引き抜いたり、シーツを床に放り投げる泥棒がいるでしょうか。抽斗なんてものは抜かずにおくものです。逃走するのにも邪魔になるだけです。シーツなんか放り出す暇があったら、さっさと逃げ出すべきじゃないでしょうか。ましてやテーブルをひっくり返し、椅子を叩き割る方が、余計大変だ」

「やっぱり、いたずらだと——」

「いたずらするなら、スプレー落書きでもありそうなものです」

「では、これは一体なんだと――」社長は詰め寄る。

「犯人はここに何かを探しにきたのではないでしょうか。それが何かを悟られないために、カモフラージュのために椅子を壊してみせた可能性もある」

「――もあるとは、他の可能性の方が高い言いぶりですね。一体何です?」さらに私ににじり寄ると、

「すみません。それは、まだ……私には分かりません」

私は再び頭を下げた。やはり蜘蛛手のまねごとはできない。しかしこのとき、ある大きな疑念が浮かんだ。

「でも、社長。これが単なる泥棒なら、社長はまず一番に警察に通報しようとしたはずだ。ところがそれを私に委ねた。はじめから泥棒の仕業ではないと気づいていたからでしょう。盗まれるような貴重品を置いてないのは当然としても、唯一の金目のものとでもいいましょうか、家電品や金属類にも一切手をつけてもいない。おかしくないですか」

新社長はこのとき初めてサングラスをとって、まじまじと私を見返した。詰問するような言い方が怒らせてしまったのか、何かを値踏みしているのか、顔色は読めなかった。

「警察に連絡しなかったのは、警察の捜査というものに不信感を抱いているからです。知っていますよね。ここでまた根掘り葉掘り訊かれたうえに、狂言だろうとか言われるのを怖れたからです。仕事の都合で明日の朝には東京に戻っていなくてもなりませんし――」

「ええ、分かります。そのお気持ち」

このとき私は、蜘蛛手ほどではないにしろ、何かしらの解決に近づいている感じがした。思考の、

その先を進めたかったが、そううまく事は運ばなかった。

突然、パーン、パーンという破裂音と共に椅子が倒れ、何かが後ろの壁にぶつかった。見ると、社長が腕を押さえてうずくまっている。最初、何が起きたのか分からなかった。

「こっちへ」私はそう叫ぶと、社長の腕を摑んで引き寄せた。

パーン、また音がし、窓ガラスが砕け散った。厨房の入り口に黒い人影が拳銃を向けて立っていた。黒装束に黒い目だし帽を被った人物だった。

私は調理テーブルを思いっきり倒す。それを盾代わりに引きずりながら、社長の頭を押さえつつ、隣――工事途中の部屋に逃げ込んだ。そして素早くドアに鍵をかけた。

「宮村先生、向こうのドアも！」

指摘されるまでもなく、廊下側の二つのドアにも飛びつき鍵をかけた。直後、犯人はドアに向かって、蹴りを入れているようで、どんどんという音がした。悔しがっている。私の方が早かったのだ。瞬時の判断が功を奏した。

辺りを見回す。拳銃があればドアの鍵など簡単に壊される。実際はどうか分からないが、拳銃に縁のない大半の日本人はそう思っている。私も同様で、だからドアを開けられないような物理的な障壁が欲しかった。

目に留まったのは、薬剤の入った二〇〇リッターのドラム缶だった。コンクリート外壁に吹き付ける断熱材の材料だ。中身は半分ほどしか入っていなかったが、それでも重い。しかし体重をかけて足を踏ん張るように押すと、片側を浮かすことができた。そしてバランスを保ち回転させながらドアの前まで運んだ。さらに足元に、木片のかませものをすると、その高さがちょうどドアのレバーハンドルの真下に収まったのだ。つまり、（その重さが障壁になるだけでなく）ハンドルを回そうと思っても、九〇度回転しないので、鍵が壊されたとしてもドアを開けられなくて済む。

私はそれを残り二つのドアにも施した。

その後、目だし帽の犯人は、二発ほど厨房と工事中の部屋のドアの鍵を狙って発砲したが、うまく命中しなかったのか鍵が壊されることはなかった。

暫くすると、諦めたらしく、静かになった。

しかし、今度はドアの外で何かの金属音がする。ガラガラと金属同士が擦れ合う音だ。チェーンを巻きつけているようだった。それが終わると、廊下へ出るドアにも同じ金属音が響いた。どうやら犯人は、ドアハンドルをチェーンで縛り、逆に私たちが逃げられないように閉じ込めたのだった。

そして再び静寂が訪れた。

私は携帯電話を取り出し、かけてみたのだが、半地下のせいで、携帯電話は圏外表示を示すのみだった。

「社長、大丈夫ですか」

「ああ、かすっただけで、貫通はしていません。大したことはない。しかし――、あの野郎っ――」

社長の声は怒りで震え、言葉は乱暴になった。

私がハンカチを取り出すと、それを奪うように受け取り、

「心配は無用です。落ち着いてくれれば、じき出血は止まります」と自ら上腕を押さえた。本当に傷は浅いようで、発砲犯に対する闘争心で漲っているようだった。

「それより、ここから逃げ出すことを考えないと」

「そうですけど、その窓からは、すぐ崖になっているし」と私は窓の外を改めて覗き「とても降りられないです」

「逆に、犯人も窓からは入って来られないということでもあります」撃たれておきながら、新社長はポジティブだ。

「そうですね。犯人は一人のようですしね」と私。

「どうしてそう断言できる？」

「ドアをチェーンで縛り、出られなくしたのがその理由です。一人だから、同時に三つのドアには対応できないからです」

「だとしても、状況は変わらないね」

その通りだ。拳銃を持っていることは絶対的有利だ。でも、めったやたらと発砲しなかったのは冷静な判断力だ。銃弾だって無尽蔵ではあるまい。すでに五発撃っているから、残りは少なく、ここぞというときにしか使用しないつもりなのかもしれない。でも、予備の弾倉を持っていないとも限らない。

工事中の倉庫へ逃げ込んでから二〇分が経過した。が、変化は何も起こらなかった。

「社長、犯人は見ましたか。誰だか分かりますか」

「いえ、さっきからずっと考えていたんだけど、顔を隠していたし、ダボっとした服を着ていて、一瞬のことだったので――。逆に宮村先生は」

そう問われて考えてみるが、私も全く分からない。大男のようだったともいえるし、案外小柄だったのかもしれない。そもそも男だったのか。動作は、男のそれに近いものがあったというぐらいだ。女の可能性だって否定できない。人間の記憶なんて、とっさの場合あまり役に立たないものだ、とは蜘蛛手の言葉だ。私は首を振り、言った。

「やつはここに閉じ込めておけば、外部と連絡がつかないことを承知しています。だから、無理な攻撃は仕掛けてこないのです」

社長はそう言う私を睨み、「つまり――」

「犯人はここが圏外であることを予め知っている、関係者の一人に違いありません」私は断じた。

「……」

「犯人の目的が明確には分からないが、社長殺害が目的ではないと思います。殺害が目的なら、今このとき、この場所を選ばないでしょう。少なくとも一人きりになるまで待つはずです。ですから、目的はこの館に秘められた証拠でしょう」

「密室殺人の――」

「そうです、社長。他に考えられません」

私は自分の考えに確信を持った。

「……とすれば、そうだ、もう一つ厄介な問題がある」私は気がついた。

「それって……」

「探しものが何かは分かりませんが、見つからなかった、あるいは隠すことが不可能で、さらに他人に見られたくない場合、どうします？」

「どうするって――燃やしてしまえ、か。私たちと一緒に」肝の据わった社長もさすがに胸を押さえて震える声で言った。

「椅子や家具を壊したのもそのためかもしれません」私のその言葉が終わったと同時に、部屋の外で何かが動く音と、何かを投げ捨てるような音が伝わった。

そしてまた幾ばくかの静寂の後、同じ音が響いた。

音が、気配が遠ざかるたびに、ドラム缶をずらし、わずかに開くドアの隙間から覗いてみると、折れた椅子の脚やらベッドカバー、シーツなどが戸口の外に無造作に置かれていた。犯人は燃えやすいものを上階から運んでいるようだった。

（――やばい。やっぱり犯人は私たちをも焼き殺す気だ）

「宮村先生、このドラム缶には何が入っているのですか」そう指摘されるまで、気にもしていなかった。

「その白と水色の、二つのドラム缶は外壁のコンクリートに吹き付ける断熱材――発泡ウレタンの材料です。主剤と硬化剤の二液を混合させコンプレッサーで吹き付けるものです。混ざった二液は化学反応を起こして膨張硬化を始め、あっという間にコンクリート表面に断熱材が吹き付けられるという寸法です。ほら」

と外壁を指さす。その先にはもこもこしたベージュ色の断熱材が剝き出しになっている。

「その上にこの石膏ボードを接着剤で貼り付け、クロスなりペンキを塗れば内装の完了となります」

「建築の講釈は結構です。助かってからゆっくり拝聴します。それより、こっちの、廊下に面したドアに置いてある、赤錆色のドラム缶は――。引火性のものじゃないですか」

「早速、開けてみましょう」

金属製の丸いバンドを外してみると、天板が外れ、なかには半分ほど液体が入っていた。少し赤みがかった半透明の液体だった。

「これはウレタンを溶かす液体です。発泡ウレタンというのは見てのとおり表面は発泡の具合でかなりでこぼこになります。そのままだとボードを貼るのに邪魔になるので、発泡硬化したあと、カッターやノコを使って出っ張ったところを削り取ります。その際に出たくずを溶かす溶解液です。このドラム缶にくずを入れて数分おくと溶けてゲル状になり、それを回収して建材なんかを造る――」

「つまりリサイクル。で、成分は何」

こんな非常時に建材の講釈など不要、との勢いで突っ込まれた。急いで、ドラム缶に貼られたラベルを読んだ。

「パラフィンを主体とした安定剤と溶剤からなって――溶剤とは第二石油類。つまり灯油や軽油と同じ成分です。この溶剤がウレタンを溶かすのですが――。ああ、残念ながら可燃性の液体です」

私の話が終わったときにまた外で音がした。犯人が三度目の薪を配りにきたのだった。私たちはお

しゃべりをやめた。そして音が遠ざかると、

「何とか脱出しないと火を点けられたら終わりだ。犯人があと何往復する気か知らないけど、火を放たれるのは時間の問題だ」

「先生、そう焦らなくても、犯人はすぐには火を放つ気はないらしい。動作がゆっくりし過ぎているのがその根拠ですが」たしかに犯人の動きはゆっくりしたもので慌てた様子はない。社長は冷静に状況判断していた。

「でも、どうしてだろう？　慎重すぎるというだけじゃ理解に苦しむな」と私。

「犯人は日が落ちるのを待っているからではないですか。今火を放てば、煙が上がってすぐ通報されてしまうと考えているのでは」

「そうですね、社長。犯人は私たちが逃げられないことも、外部に助けを呼ぶことも不可能なのを確信しているから行動がゆっくりなんです。でも逆に――」

「逆に、何です、宮村先生」

私は不敵に微笑むと「暗くなるのを待つのは、こっちにとっても好都合ですよ。それより――そこのスイッチを入れてみてもらえますか」

半地下ということもあって部屋は元々薄暗かったが、窓から差し込む明かりがあるので、支障はないのだが……。

社長は言われたとおりにスイッチを入れた。が、照明は点かなかった。

「やはり、ブレーカーを落としていたな。準備のいいことだ」

「灯りが点いていると、早々に誰かがいたとの目撃例になるからですね」

「正解です、社長。でも、犯人のその余裕がこっちにとっても好都合なのです」

「このピンチを抜け出す策があるんですね」

私は跪いて、樹脂製の工具箱の中身を床の上にひっくり返してみせた。木工ボンドにプラスのドライバー、金やすりにカッター、軍手の束とビニールテープが二巻き、それとペンチがあった。

「これだけあれば十分だ。さあ、こっちにも準備が必要だ」

そう言うと、私は脚立に乗りドライバーを使って、天井のボードを外し始めた。照明器具の周りから。


私の脱出計画はこうだった。天井裏に配線されている電気のケーブルを外し、ペンチを使って結びつけ一本のロープにすることだった。ケーブル線自体は細いものの芯に銅線が入っているため数本束ねれば、大人一人分の体重を支えるぐらいの強度を得られる計算だ。

そうして出来上がったケーブルロープの一方を、窓の方立《ほうだて》に固定し、一人ずつ降りていくのだ。とりあえず降りていく先は崖の途中にある、小さな一本松が生えている窪地だった。崖のところどころにはこうした窪地があって、それが運良くこの部屋の窓下、約一五メートルのところ——ちょうど崖の中間の高さにあったのだった。ただ窪地といっても二人が身体を寄せ合ってぎりぎり立っていられるだけのスペースしかなかったが、これにかけるより方法はなかった。

一気に池までの三〇メートルを降りていく方法は肉体的にきつく——特に怪我をしている社長には

難しい。ロープの耐力も未知数で不安が残る。だから中間地点で一息入れられるこの方法が良い。

ケーブルは八メートル程度のものが一六本取れた。端部の絶縁部をカッターで剝き出しにし、まず四本分の銅線端部をペンチで捻り緊結する。次にこの四本を編み込んでいく。こうして一本の太いロープが出来上がる。編んだため長さは七・五メートルぐらいに短くなる。このロープをあと三本作る。そしてこれら四本の編み込んだ太いロープを繋げば、長さ三〇メートルの脱出ロープの出来上がりだ。

一連の作業の間、私たちは犯人に脱出準備を気取《けど》られないように、交渉や挑発を試みた。「僕たちをどうするつもりだ」「目的はなんなのか」「どうせ殺すなら名前ぐらい名乗ったらどうだ」という具合に。しかし、返ってくる答えは全て無言だった。

閉じ込められて一時間、脱出準備は完了した。

犯人の方もすでに火をつける準備は終わったらしく物音一つ、気配の一つも感じられなかった。あとはお互い、ただ時を待っているだけのようだった。

「宮村先生。どうでしょう。もう脱出してみては？　あの窪地まで行けば携帯電話も通じるかもしれないし。そうすれば助けが呼べる。もちろん行くのは、一人で十分——」

社長は痛めた左腕を回してみせる。自分一人でも行けるとの意思表示だ。血は既に止まっているように見えた。

「社長の勇気には感謝しますが、それはだめですね。行くなら僕の方です。でも、どちらもダメです。犯人に気づかれれば狙い撃ちにされる。厨房の窓からちょうど良い標的です」

私は腕組みして頭を巡らす。

「犯人はすでに逃げ出したとは考えられないかな。さっきからずっと静かだし。こうして閉じ込めておけば大丈夫だと考えて――。だから、もう少し待ってこのボードの壁を破って脱出する手もある」

「拳銃を持って殺そうとした犯人が、ですか？　ありえないでしょう。間仕切りを破った途端、狙い撃ちです。息を殺して待っているに違いない。何か物音がすればすぐに駆けつけるでしょう。運よくここを抜けられても、外階段へ通じるドアにもおそらくチェーンが巻かれ開かないようにされていることでしょう。すると、一つしかない内階段を上っていかなければならない。それこそ犯人の思う壺にはまります。やつは冷静です。話しかけても一言も言葉を発しないのがその証です。慎重の上にも慎重に行動している。それが不気味じゃないですか」

そのとき一階で物音がした。耳を澄ます。話し声が聞こえたような気がした。

「仲間が来たのかな」社長はつぶやいた。

（もしそうなら最悪だ。ドアが破られ、火を放つ前に殺される）

私の脳裏に厭な映像が浮かんだが、それより気になることがあった。

――どこかで聞いたような声。いつ？　どこで？　そして誰？

「一つ質問してもいいかな」社長の問いかけが思考を切断する。

「何でしょうか」

「水面に降りたとして、そのあとはどうするのか。泳げないわけではありませんが、自分の身だけでいっぱい――」

「それだけ聞けば安心です。私も同じです。自分だけなら泳いで対岸まで行けそうです。でも心配しないでください。そんなことをしなくても楽な方法があります」

私はそう言うと、残っていたドラム缶一缶——一番内容物の少ない——のキャップを外し、横倒しにした。中を空にして浮袋代わりにするつもりなのだ。


と突然、パン、パン、パンとピストルを撃つ音。

驚いて振り向いてみると、三か所の出入り口から順に白い煙が上がってきた。

それはやがて黒煙に変わった。

——急がねばならない。

空になったドラム缶を窓から放り出し、手順に従い、工具箱を踏み台にして、まず私が窓から身を乗り出す。身体を窓外に出すとロープへ体重をかける。完全に体重をあずけても大丈夫なのを確認すると、足元に注意を払いながら、一歩一歩慎重に、しかし速やかに崖を降りて行った。

厨房の窓からは、黒煙が勢いよく吐き出されていた。

私はやっとの思いで松の木の根元に降り立つことができた。

次は社長が降りる番だ。しばらく間があってやっと顔を出した。やはり腕の怪我が影響しているのか、動きに精彩を欠く。

「よし、ここだ。いっぺんにいけ」という声が確かに頭上から聞こえた。

社長が降り着くころには、閉じ込められていた工事中の部屋からも黒煙が上がり始めた。

と、そのとき頭上で大爆発が起きた。三つ連続して爆発した。窓ガラスの破片が飛び、ぱらぱらと頭上にも落ちてきた。私たちは片手で身体を支え合い、片手で頭を覆った。

恐る恐る顔を上げると、赤い炎が上がり、半地下の窓からは一層の黒煙が噴き出ていた。

「宮村先生。あれは？」

「ドラム缶の溶剤に引火し、爆発したのです。ピストルの一発が穴を空けたのでしょう。そして火が燃え移り、爆発――」と言い終わらぬうちに、
うぎゃーっ、という叫び声と共に、厨房の窓から火だるまになった何者かが飛び出し、あっという間に崖下へ落下していった。

社長が盛んに何かを言っていたが、私の頭の中はあることでいっぱいだった。

――どこかで聞いた叫び声。

いつ？　どこで？　そして誰だったのか？

一〇　二〇〇六年夏　コルバ館再び　［宮村　記］

あの忌まわしい殺人事件からちょうど一年が過ぎた。事件に進展はみられず、何度か事情聴取されたが、解決に至らなかった。特に私は事件を時系列に沿ってよく記憶していたので、東京に戻ってからも執拗に呼び出された。事務所に刑事が来たこともあった。おそらく建築事務所と探偵事務所を併設していることも（余計に胡散臭く感じられたから）その理由なのかもしれない。

警察による検死の結果でも、神谷明の死亡は二二時台の、比較的早い時間であることが証明された。だから誰にも犯行の機会はあったのだ。

特に二二時から二二時二〇分の間は、全員が部屋（桐村寛子と新谷舞は順にシャワー室）にいて、誰もその動向を証明できないのだ。

津田は二二時一五分から一五分ほど番の部屋にいて、翌日のラフティングの打ち合わせをしていた。その他の時間は厨房とダイニングを行ったり来たりで、神谷の部屋に近づいた様子はない。ただ、それも番と共謀していたのなら、犯行は可能だ。

桐村寛子犯行説もある。シャワー室に行くルートの途上に神谷の部屋があり、わずかな時間で立ち寄り殺害することは可能だ。それは新谷舞も同様だ。最初に寛子がシャワーを浴びているという状況で、犯行を行うことは可能だ。黒江萌音にしても状況は変わらない。寛子、舞がシャワーを使う時間は分かっている。しかも社長の部屋はすぐ隣だ。忍び込んで犯行に及ぶことは物理的に一番易しい。ただ、問題は、密室化した神谷の部屋にどうやって入ることができたのか、これが事件解決の焦点となった。

合鍵など作っておくのは簡単で、社内の人間ならその可能性は誰にでもあった。唯一の例外が私であったおかげで、証言の公正性を評価されたのだ。

しかし結局、警察もそれ以上のことは絞り込めず、事件は暗礁に乗り上げてしまった。捜査本部も今は解散してしまっただけでなく、捜査そのものが行われているかどうかも怪しい。

一方、私は私で、何度も蜘蛛手に電話するのだが、この一年、全く通じることがなかった。仕方ないので、事件の記録を小分けにして（飽きっぽい蜘蛛手は長文だと最初から読むことを諦める傾向がある）メールを送信するのだが、これにも何の返信もなかった。

葬儀が終わって、全店長をはじめ社内ではコルバがこの先どうなるかが一番の関心ごとだった。当初、社長夫人をお飾りの存在としておき、専務の津田が実権を握るなどの憶測が飛び交ったが（なんと、黒江が社長に昇格という案まであったらしい）、果たして、社長の実弟が継ぐことに落ち着いた。名は神谷宏といい、コペンハーゲンに住み、コルバの北欧家具を現地で調達したり、現地の家具や雑貨の作家をマネジメントしていた人物だった。自身で作品を造ることもあるらしい。コルバの社員には家具職人・作家上がりの人も多いと聞く。そういった人材の感性がコルバを支えているのかもしれない。

新社長は兄とは違ったタイプの物腰の柔らかい人柄だが、仕事に対する取り組みは同様にエネルギッシュだった。だから、暗い事件の影響は一時的で、就任して三ヶ月もすると元通りの活況を呈するに至り、黒江たち店長も再び忙しい毎日を過ごすことになった。

神谷前社長は私が初めて自力で獲得した顧客で、事務所の大事な収入源だっただけに、この先どうなるものか、途方に暮れていたのだが、新社長から引き続きコルバ館の改修を依頼されるに至り、事務所閉鎖の危機を乗り越えることができた。後で聞いた話によると、黒江からの後押しがあったらしい。感謝しかない。

そして、新社長は何を思ったのか、改修に目途がついた一年後の同じ日（事件があった同じ日）、コルバ館でパーティーを催すと言い出したのだ。

海外暮らしが長かったせいか、全てに合理的な考え方をする人で、彼は殺人事件があった館を気味悪がるどころか、「せっかく改修した施設を使わない手はない。投資したら回収だ」と号令をかけ、「社長に就任して一年になろうという時期でもあり、新生コルバの一周年記念パーティーを行おう」ということになったのだ。一周忌だという発想など、持ち合わせていないようだった。社員の中にも逆に、悪いつきものをすべて祓う良い機会だと捉える者もいた。

とはいえ、今冬にオープンするスキー場を見越しての試泊であることはいうまでもない。あくまでもコルバ館はレンタルロッジとしてオープンさせるのだ。ビジネスに関する考え方は兄弟で意思の疎通が図られていたのだ。

館周辺が一年前と最も変わった点は、スキー場のオープンに合わせ、インフラが整備されていたことだ。なかでも山道が舗装され、例の駐車場から鉄橋を経て館まで一時間かかっていたのが、今では四〇分足らずで到達できるらしい。しかも、普通車でだ。

そして今私は、新谷舞と龍神池目指して黒江萌音の運転する愛車のポルシェの人だった。外部の人間である私は、立場を弁え自分の車で来るのが信条なのだが、突然の愛車のバッテリートラブルがあり、その旨を相談したところ、黒江の「一緒に行きましょう」という申し出を受けることになった次第である。

舞が顔を覗き込むようにして「ねえ、萌音さん。今更だけど今度の社長のことどう思う」

「どうって?」黒江はちらと横を向いて舞を見やる。

「宮ちゃんなら大丈夫よ､口が堅いから。ね」と言って舞は後部座席の私を振り返る。頷くしかない。

「うまいわね。そうやっていつも私に言わせるんだから」黒江はもう一度舞に、一瞥をくれる。

「えっ、そんなわけじゃないけど、あんまりこうやってゆっくり話す機会ないじゃない」

「そうね。いいのよ、別に気にしてないから」黒江は前を向いたままハンドルを軽く遊ばせ、「専務の昇格じゃあ、はっきりいってやばいし。かといって堀木さんじゃあ――デザイナーとしてはともかく経営者となると『?』マークがつくし、なにより外の人でしょう……。今度の新社長になって、正解だったって思ってる。ねえ、先生もそう思うでしょう」

ルームミラーで目が合った。久しぶりに会う黒江は、何か、よりさばさばした雰囲気をまとっていた。しかし、堀木に会社を委ねる話があったなんて初めて聞く話だ。

「そうですね。奥さんはもともと跡を継ぐなんて気はなかったみたいですしね」

私は当たり障りのない答えをした。

「とんでもない。あんな世間知らずじゃあ、できるものもできないわ。論外よ。潔く手放したという意味においては己を良く知っているわ」舞は鼻を膨らませ、自らうんうんと頷くと、「まとまったお金を手にして、さっさと新しい男を見つけた方が正解だって」

「そう、そう。それで、再婚したらしいわよ」

「えっ！　ほんと。知らなかった――」とここで、どんな人と再婚したの、いくつ？　七つも年下、などと未亡人のゴシップにさんざん花を咲かせた後、

「私、萌音さんが社長だったら、ついていったわよ」舞は真顔で言った。

「あは、は、は、止めてよ。そんなのデマ――、デマよ」黒江は笑い飛ばした後ひときわ声を大きくすると、アクセルを踏み込んだ。この話は一切する気がないようである。

しばしの沈黙が続き、

「まあでもね、前の社長に比べればさ、しゃれも分かるし、話しやすい分、わたし的にはOKだな」

舞が言う。

「少しお姉系の口調ではありますけどね」と私。

「あら、そこがいいんじゃない。宮ちゃんにそんな偏見があったなんて、意外――」

前の社長は自分の考えを押し付けるタイプだったが、弟の新社長は部下に広く意見を求める。それはいいことなのだが、いつも社長の意見が通ってしまう。言い方は優しくても結果は一緒なのだ。だからさぞ不満なのだろうと思っていたが、そうでもなかったようだ。

「でも、何でまた館でパーティーやるのかな。あの神経は分からないわ」と舞。

「そうね」黒江はちらと横を見て微笑む。

「しかも、メンバーも一緒でしょう」

「堀木さんにも声をかけたみたいね。都合がつかなかったらしいけど」

「あの人は新社長の顔も見たくないんでしょう。せっかく社長になれるチャンスをつぶされたんだから。聞いた話では、水面下で何かいろいろ画策していたみたいよ。その点専務はやっぱり専務ね。誰が社長でもあの人は腰ぎんちゃくだわ」

「それは言い過ぎよ。新社長に落ち着くまで短い間だったけど、専務が頑張ったんだから」

舞はふーんと鼻を鳴らし、巻き髪をいじる。

「それにさあ、丸ちゃんは今度もまた遅れてくるみたいよ。体調が優れないからって、明日の渓流下りから合流するみたい。彼、また殺人事件が起きるかもしれないって、わざと遅れてくるつもりだって聞いたわ」両手の指先でさらに髪をぐるぐると巻く。

「体調と言えば、社長の健康状態っていいのかしら」黒江が問う。

「どっか悪いの？」

「というわけじゃないけど、社長に就任したころ、少し休んだことあったじゃない、体調不良とかで」

「そうだったっけ。だとしたら問題だな。うちは柔《やわ》じゃもたないから」

「大丈夫だと思いますよ。以前、スポーツジムでお見かけしたことがあったんですけど、二キロの水泳を終えてプールから上がってきたとき、バリバリのシックスパックでした」

舞は後ろを振り返り、私に顔を近づけ、「社内のことは宮ちゃんに訊いた方が確実ね。どう、コルバに鞍替えしたら」と言うだけ言ったら、すぐに前に向き直って続けた。

「でもさあ、少しはこっちの身にもなれって。殺人の容疑者にされて、また、同じメンバーで同じ場所でパーティーなんて、ほんと何考えているんだか、この点さえ除けば、社長として合格点をあげても良かったんだけど」

舞はそうやって、一人愚痴る。特段私の返答は求めていないようだった。ちなみに私がスポーツジムに行ったのはジムの改装工事の見積もりのためである。

「ねえ、萌音さん。覚えてる、あの岩みたいな警部。散々私たちを犯人扱いした」

「藤堂警部ね」黒江の声が一オクターブ落ちた。

「そう、それ。いま思い出しても頭にくるわ。事件のあった夜、ずっとホール・リビングにいたのかって、何度も同じ事を訊くのよ。トイレに行ったり、食堂に行ったりして目を離したときがあるんじゃないかって、うるさいったらありゃしない。一歩もホール・リビングから動きませんでしたって断言してやったわ。そりゃあ、時計を確認しながらずっと見ていたわけじゃないけど、誰かが二階の廊下を歩けば分かるって、ねえ」

「そう、そのとおり」黒江もまた藤堂に対して悪いイメージしか抱いていないようだ。

「そしたらさあ。今度はお前が社長の部屋に入ったんじゃないのかって疑うのよ。あのときだけは本当に頭にきたわ。よりによって私を犯人扱いするなんて」

「それだったら私の方がひどいわ。青山店が本社に近いことから、恵比寿の本社に何度も立ち入ったことがあるはずだ。そのときにコルバ館の合鍵を作ることができた。だから、お前がやったんだろうって。舞さんがホール・リビングに現れる前に殺したんだろうって」

事件関係者すべての人が同じような尋問をしつこく受けたようだ。

「警察は、強盗が入ったなんて考えられないって言っていたけど、私たちの誰かが犯人だなんて、同じように考えられないのよ。専務はいつも怒られていたから、動機がないわけじゃないけど、殺人なんてそんな大胆なことできる器じゃない。どっちかっていうと、会社の経費を使い込んだりとか——しかも小銭ね——そういった小悪党っていう感じ。番ちゃんは、いきがっているところはあるけど、あれで結構小心者なんだよね。それを悟られたくないから、いつもへらへらしてるのよ。寛子も一緒。正直あまり好きじゃないけど、慎重すぎるっていうか、人の意見に何かしらけちをつけるだけの人。だからと言って自分から新しい提案をするわけじゃない。要は評論家タイプね。私たちは現役のプレイヤーなんだから、行動を起こして何ぼなんだけど。それがあの子には分かっていない。人の評判ばかりおそれている人に殺人なんてできっこないわ。一〇分から二〇分の間にあんな大それたことを起こす犯人だもの、もっと冷静で、行動力がある人間でないと——」

そう言って、舞は黒江の顔を窺う。

「それがまさか私っていうわけじゃないでしょうね」黒江は右手をハンドルから離し、親指で自分の顔をさす。

「もちろんよ。冷静で行動力があるところは一緒だけど、萌音さんはそんなリスクを冒す人じゃないわ」舞は真顔で否定する。しかし、「ううん、なんというか、怒らないでね」とまた顔を窺う。

「ええ、ええ、どうぞ、どうぞ」黒江は泰然として笑みさえ浮かべている。女性にしては器の大きい男前な性格なのだ。

「萌音さんが犯人だとしたら、もっと完璧なアリバイを作ってから行動を起こすと思うの。そこがあの事件の犯人像とは合わないのよねえ」

やはり、みんなそういう風に感じていたのか。私も同感で、物的証拠はないが、同じように分析していた。

もし黒江が犯人なら、あんな中途半端な、真似はしないと思う。――そう、たしかに中途半端なのだ、あの殺人事件は。せめて東窓が閉まっていれば、完全な密室殺人事件が成立する。だが、東窓は開いていた。しかし、窓からの出入りは不可能だったことが分かっている。これをどう考えればいい。部屋のテーブルに鍵は置いてあった。だから、合鍵を持った犯人が二一時過ぎに引き戸から侵入し、殺害を犯し、合鍵で鍵をかけて逃げた、ということになる。

警察の捜査は、合鍵がいつ誰の手で作られたのか、に絞られるはずだが、結果が解明されていない。とにかく中途半端な殺人事件なのだ。

「あともう一人の分析はどうしたの」黒江は横を向いてやり返した。

「えっ、よしてよ。私であるはずがないじゃないの。失礼しちゃうわ」舞は頬を思いっきり膨らませる。これが舞だ。本人を目の前にして疑ってみせるのに、自分が疑われるようなことを言われると、膨れてみせる。自分本位というか、感情豊かというか。そもそも嘘がつけないのだ。しかし、動機はおいといて、舞なら感情的になって殺人を犯したとしても、その後平然としていられないはずだ。ましてや、自分にとって不利な証言——ホール・リビングにずっといて、誰も社長の部屋に出入りしなかったなんて証言するはずがない。それほど馬鹿じゃない。——でも、そうすると犯人はいなくなるのだ。

「ねえ、ちょっとキャンプ場に寄っていかない。小腹空いちゃったし」

車がオートキャンプ場へ向かう道と館へ向かう道の三叉路に差し掛かったところで、舞が鼻にかかった声を出す。

ハンドルをキャンプ場の方へ切りしばらくすると、木々の間からこぼれる日差しのシャワーを抜け、水面から枯れた立ち木が浮かんでいる紅碧色をした池が眼前に拡がった。上高地にある大正池ほどではないにしろ、それなりの風情をかもし出している龍神池だった。龍神が出没するという伝説が生まれても不思議はない。

このキャンプ場は車で池畔までたどり着け、キャンピングカーをオープンにしてテント代わりにするのが主流のようだ。今もそんな車が三台ほどあった。しかし夏休みだということを考え合わせれば、少ない方で、さびれたキャンプ場というイメージの方が勝る。その原因は水辺に接している部分がごく限られていて——見渡す限りほとんどの池畔にうっそうと木々が迫っている——、余裕を持って水遊びができないからだろう。

そんなキャンプ場でも施設は整っていて、入り口付近にトタン屋根のかかったコンクリートブロック建築物があり、中には調理台や流しはもちろんのことガスコンロまで整っている。これで冷蔵庫とレンジがあれば、家庭で調理するのと変わらない。しかもこのオートキャンプ場には、外れに土産物屋と食堂と食料品店を兼ねた店も一軒だけだがある。

私たちは歩みをその総合店（茶店）に向けた。白文字で龍神もちと書かれた赤いのぼりが目に入ったからだ。店を囲う古い板塀には、スキー場関連施設の建設業者が不法投棄でも行ったのであろうか、『龍神池に不法投棄するな』との趣を削ぐような看板まである。

店の中は土間のたたきになっていて、何世代にも亘って使ったであろう古い木の長椅子とテーブルがぱらぱらと置いてあった。いっぱいに開けられたガラス戸の脇に、ところてん、アイス最中、たこ焼きにイカ焼きとオールシーズンに対応できるメニューが並び、続いて日本全国どこに行っても見かけるようなキーホルダーや民芸品も売られている。反対側のガラス戸の脇には『龍神様』コーナーが設けられていて、例の龍神もちと一緒に、数十枚の写真が飾られていた。

「おばちゃん、龍神もち二つとダイエットコーラね」舞が注文する。私は食べない。

写真はかなり古臭い白黒のものから、最近撮られたようなかなり新しいものまであった。古いものの中にはネッシーと同じような、鎌首をもたげた古代生物の写真――確かトリックであることが判明した――が飾られ、ぼけ方まで一緒ときてはある意味すごい。

最近撮られたと思われる新しい一枚は、不鮮明ながら、水面からこぶのような背中を表出した龍神と、それに近づくボートといった写真まであった。ボートには人影も写っており、これが本物（の龍神の背中）なら、龍神の大きさもかなり巨大だ。

「これなんて、リアルね。どうやって合成《つくっ》たのかなあ」

黒江にしては不用意な発言だった。

「何を言うか。これは去年撮った本物だ。本物の龍神の写真だ。撮った本人が言っているんだから、間違いない」

いきなり背後から怒られた。振り返ると、短パンにキリンのイラスト入りのTシャツを着、白く太い首から一眼レフカメラをかけた二〇代後半と思しき、黒縁眼鏡の男が立っていた。

「これは去年の今頃、俺が撮ったんだよ」自慢げにカメラを持ち上げる。

「……あ、はい」黒江は少したじろぐ。

「だから、今年もこの時期を張っているんだ」

キャンプ客だろうか、男は顔中に玉の汗を浮かべ、鼻息が荒い。

「はあ、そうですか。どうもすみませんでした」と黒江は軽く頭を下げて、後ずさった。

「えーっ、本当、凄いね。でもこの写真に写っているボートの人が本当の第一発見者なんでしょう。この人はなんて言っているの」舞は黒目勝ちの瞳を写真から眼鏡男に移した。

「そ、そんなことは知らない。……け、けど、きっと龍神様の従者なんだよ。だから出てこないんだ」

「へえ、そうなんだ。じゃあ、やっぱりお兄さんが第一発見者なんだ」

さらに舞は両手に持った五平餅としか思われない龍神もちを軽く持ち上げ、「じゃ、今年もがんばってね。期待しているわ」と可愛く微笑んで小首を傾げた。

そして、照れくさそうに笑う男の前を、さっさと黒江の手を取って引っ張っていった。

「あんまり関わりになるんじゃないわよ」

この手のあしらい方は舞の方が格段にうまい。

再び車を走らせ、三叉路を右に折れた。キャンプ場を出て一五分後、一年前と同じ駐車場に車を停めた。その途端、

「ねえ、どうしてここに停めるの、萌音さん。道は舗装されたんでしょう。このまま登って鉄橋を渡って、館の前庭まで直接行こうよ」

「それでも、あと四〇分ぐらいかかるよ。荷物も少ないし――」黒江はサイドブレーキを引いた。

「あの橋を渡れっていうの。絶対嫌だからね」舞は怖い顔をして、なぜか私の方を睨む。そうだ、舞はあの落ちた吊橋のことを言っているのだ。

「大丈夫よ、あの吊橋はもうなくなって、今は揺れないちゃんとした橋が架かっているって、聞いているわ」

「本当？」吊り上がった眉が幾分下がったが、すぐにまた訝しげな顔になり、「じゃあ、なんで、車で渡れないのよ」

「それは、スキー場が反対側にしかできなくなったから、仕方ないわね」

当初、館がある方の山にもスキー場が建設される予定だったのだが、昨今の暖冬による雪不足や、過大な設備投資をして、客が入らなかった場合のリスクを考慮し、スキー場建設の規模が縮小された。その結果、館とは川を挟んで反対側の山だけになったのだ。

「いいわよ。じゃあ、私は歩いて山を登るから。社長に伝えといて、到着は深夜になりますって」

そう言って舞は助手席で腕組みをする。テコでもここを動かないぞと言わんばかりだ。免許を持っ

ていない彼女にしてみれば、車を貸してと、主張できないことが辛いところでもある。

すでに駐車場には見覚えのある四台の車があり――新社長、津田専務、番、桐村らのだ――黒江は自分たちがしんがりだったので、これ以上時間をかけたくなかったのだ。

黒江は「ねえ、舞さん。とりあえず橋まで行ってみようよ」とやさしく語りかけ、「行って、渡れないような橋だったら、車で登ろう」

舞は黒江を上目遣いで見、「その決定権は?」と自分を指さし、

「もちろん」と黒江は微笑んだ。舞の扱いは萌音が一番うまい。


新しい橋は木製だったが、吊橋でなく堅固に両岸に架けられていた。これなら風に揺れることもない。踏み板も隙間なくしっかり組み込まれ、足元から下の渓流が覗けることもない。

「どう?」視線を舞に戻し、「だめだったら、社長に電話して少し遅れるって言うけど」と携帯電話を取り出してみせる。

舞は日差しを遮る手の平で目元を隠したまま対岸を見つめ、「通じないくせに、携帯――」不機嫌そうな声で答える。

「それは去年まで、ほら」

黒江は携帯の画面を彼女の顔にくっつけるように見せる。

「あっ、本当だ。三本立っている」

「今年はやっとエリアが拡大したのよ。最近のことだけど」

「ちぇっ、どうせ通じないと思って、置いて来ちゃったよ」舞は残念がる。

「いいわよ、私の貸してあげるから」

舞は両手を腰にあて、私の顔を窺ってから、「うん、まあ、これなら——。あと宮ちゃんがおぶってくれれば大丈夫でしょう」意を決したように顎を上げた。

黒江を先頭に、私は舞をおぶって橋を渡った。

二　繰り返される夜　［宮村 記］

コルバ館はシルエットこそ前のままだったが、板壁全体に淡いブルー、窓枠周りは白い塗装が施され、洋瓦屋根の黄暖色と相まってポップな外観に変貌していた。前庭にはウッドデッキが敷き込まれていた。

設計士として工事途中に幾度か訪れていた私も足場が外れたあと、視るのはこれが初めてだった。

「かわいい！」という舞の歓声に、

「そうね。さすが、堀木さんだわ」黒江もそのセンスを認める。

構造や法規に係らない内外装は堀木の専属であり、本領発揮の場でもある。忘れてはならないが、堀木はコルバを成長させた重要な功労者の一人である。ただ、前の社長が亡くなってコルバカフェは新規開拓を留保している。そうなると彼女の出番がなくなるのだ。

うがった見方になるかもしれないが、だからこそ彼女自身がコルバカフェの経営を担おうと画策したのではないだろうか。いずれにしても堀木が今後コルバカフェと今まで通りの関係を続けることは困難だろう。とんと姿を見せないのも分かる気がする。

「でも、問題は中身よね」と舞はなぜか私を見、「工事はまだ終わっていないんでしょう」

「え、ええ、スキーシーズンまでの四ヶ月で完成させる予定です。でも心配しないでください、舞さん。客室はすべて仕上がっています。残っているのは半地下階だけですから」

結局、前社長が亡くなったことで、厨房横の部屋の用途は宙ぶらりんのままなのだ。

「本当？　個室に風呂、トイレはあるんでしょうね」

「もちろんです。驚きますよ。トイレこそユニットですが、部屋ごとにそれぞれ異なる露天風呂が付いています」

「え、まじで」と叫ぶ舞の声は、その巻き髪同様跳ねていた。

「そうです。そうじゃなきゃ試泊の意味なんてないじゃないですか」私は得意げに答える。

厳密には南側の五部屋だけが露天風呂で、残る三部屋はユニットバスなのだが、彼女たちの泊まる部屋ではないので黙っておく。

【改修後コルバ館　二階平面図】参照
「それだけじゃないですよ。部屋の内装そのものもバリ風あり、北欧風あり、南仏風ありと、これまた全室違っていて、八通りのパターンが楽しめるんです」

「へえ、すごいね、宮ちゃん」

「いえ、これも堀木さんの仕事です。亡くなった前社長のときからインテリアデザインは済ませていたようです。素晴らしいですよ、彼女の才能は」

「そんなことないですよ。宮村先生にも頑張っていただきました。南側の客室は露天にするにあたって、行政との調整が大変だったと伺っています。それをうまく収めていただいて感謝しています」

今回、改修に当たっては、施主側の代表として新社長の代わりに手続き等に付き合ってくれたのは

改修後
〔コルバ館 2階平面図〕

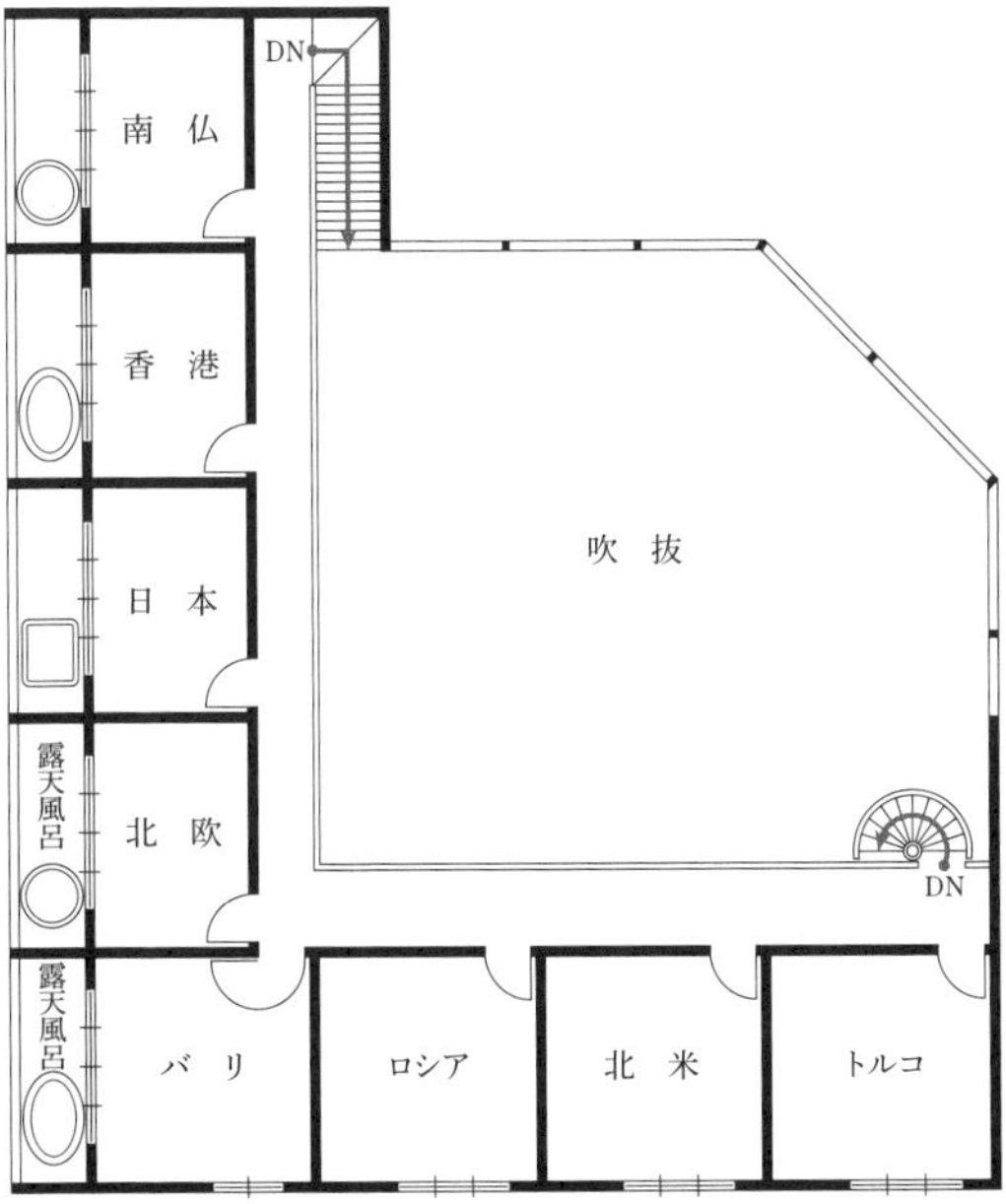

黒江店長だった。抱える二店舗の運営とこういった雑務に付き合わされて彼女こそ大変だったに違いない。

その他、変わったところは、館の前庭の先にある雑木林に、テニスコートが二面造られていたことだった。スキー場の規模が縮小され、館の立地条件が悪くなったことと、建設中の大型ホテルとの差別化を図るために新たに設けたのだった。新社長の発案だった。

今年のパーティーでの、去年と最も違うのは、新社長が料理を振舞うということだ。前社長の昭和日本男児的考え——男子たるもの厨房に入るべからず、とはうって変わって、ヨーロッパ生活が長かった新社長は、パスタを主にした料理が得意で、来客を積極的にもてなすのだ。特に女性に対しては。

その新社長が予定時刻より早く到着していたのは、料理の準備をするためであり当然ではあったが、日本社会の慣習に身を置く社員としては、社長より遅く着くわけにもいかないという判断で、黒江たち三人は定刻よりも三〇分早く着いたにもかかわらず、予想外のしんがりになってしまったのだ。

ホール・リビングでは番と寛子がソファに腰掛け談笑していた。

「早かったのね」舞が二人どちらともなく声をかける。

「舞さんたちより五分早いだけですわ」と寛子。

「社長は？」

「いま厨房で仕込みの真っ最中です」

「専務も」

「ええ、社長にやらせるのは忍びないとおっしゃっていて、いま手伝っています」

「専務の場合は、自分の唯一の見せ場が侵されるんで心配なわけさ」番はへらへら笑いながら、白い開襟シャツの胸元をはだけ、携帯扇風機で涼んでいる。そして、「社長に張り合ってパエリアをつくるらしいね。今日はパスタとパエリアのどっちの料理ショーだよ」

久しぶりに会った番はどこかがさつな感じがした。

「ねえ、それより、客室は去年と違って――」舞が言い終わるのを待たず、

「いいから、荷物置いてきなよ。びっくりするぜ」と番は親指を立て、背中越しに指さす。

ホール・リビングから二階客室の入り口が見渡せるのは変わりないが、全てのドアが開け放たれていたので、部屋の内装のカラフルな色柄が目に飛び込んできた。廊下全体がモノトーンの色使いなので余計に際立つ。

「見ての通りドアはあらかじめ開けてあるのさ。仕上がったばかりで、ホルムアルデヒドがあるからね」と番は言うが、私は監理者として修正しておく。

「ホルムアルデヒドを含んだ建材は使っていませんよ。設計士として確認済です。開いているのは、利用者がいないときはドアが開くようにしているからです。それぞれの部屋をあえて見せることで、好みの部屋を選択できるようにしているのです」

「なるほど、宣伝効果ね。そうしておけば、他の部屋も次の機会に泊まろうかなと思うかもね」舞は腕を組んで納得の笑みだ。

「社長のアイディアです」と私。

たとき、

「ちゃんとリピーターになるように考えているのね」そう言って黒江が荷物を持って階段口に向かっ

「俺たちは去年と同じ部屋にした」番の言葉に寛子も頷く。部屋割のことを言っているのだ。

「ちなみに専務も社長も去年と同じ部屋」

私はそれを聞いて少し驚いた。舞も同様らしく、

「あの、殺された部屋を選んだの？」

「そう。別にどうってことないって、笑っていましたわ」そう言って、寛子も笑った。

階段を二階に上がって順に部屋を覗いていく。

「南仏に香港ね。如何にも寛子と番ちゃんの好みね」

「うん、それより陶器の露天風呂ってすごいね。全部違う色柄形なんでしょ」

「ええ、信楽焼です。現地へ出向いて五つ違うものを焼いてもらいました。この陶器作製と据え付けが一番大変でした」と私は説明を加える。

戸口に立っただけで、ベランダの浴槽が見えるところもみそである。

北欧風の部屋に入ったところで、「でもこのドアってどこかで見た——」と舞の眉根が盛り上がっている。

私は「ええ、そのとおりです。前あった引き戸を再利用しています。無垢材だったので捨てるには惜しかったもので——」

「少しでもコストを削減しろとの至上命令も下ったのよ」黒江がフォローしてくれる。

「廊下側は統一性を持たせるために黒い塗装のままにしました。無垢材だから、傷や凹みは趣《あじ》になって、いい感じでしょう。でも、室内側はそれぞれの部屋に合わせて色を変えたりクロスを貼ったりしています」私はさらに説明を加えた。

「いいよ、いいよ。普通のノブの付いた開き戸になっただけでも十分。引き戸じゃないのが一番よ」

舞が言う。

「ええ、一般客にレンタルする以上、防犯上も遮音上も開き戸にしなければ基準は満たせません。この戸境壁だって内部に吸音材を入れているんです、見た目では分かりませんけど。仮に舞さんがここで歌を歌っても、隣の黒江さんはすやすや眠れますよ」

「はい、はい、よく承知いたしました、宮村先生」

黒江はそう言って笑顔で睨みつける。提出した工事見積もりが高額すぎないかとの質疑に対する返答を、私はここ現地で繰り返したのだ。改修工事の経理や蜘蛛手建築事務所との調整に関しては、新社長に代わって黒江が担当したからである。

二階のすべての部屋をたっぷり内覧してから、結局、舞も黒江も、そして私も去年と同じ配置の部屋を選出した。共同風呂だった部屋はトルコ風の客室に生まれ変わっていた。さらにもう一つの変化は廊下の突き当たりに螺旋階段が追加されたことだ。これならどちらからも上り下りできて便利だ。

その螺旋階段を下りて、

「では、これをお渡しします」

私は二つのキーを取り出した。舞の和風の部屋と黒江の北欧の部屋の鍵だった。

「本鍵はまだ作製中なので、これは今日のために手配した仮鍵です。スペアはありませんし、マスターキーもありません。だからなくさないようにしてください。室内からはサムターンを回せば施錠できますが、外から開ける場合はこの鍵がないと、入れませんから」

「仮鍵って、本当にあるんだね」

「ええ、特にマスター機能を付けるときには、竣工引き渡しまでは仮鍵を作って管理します。竣工と同時に本物の鍵を渡すんです」

「工事の途中から本物の鍵を付けていたら、手癖の悪い奴に合鍵を作られるからね」

「まあ、そういうことです」私は舞に向かい、にこっと微笑むと、

「この映写室兼図書室にも良いものが取り付けてあります」

舞は私に案内されるまま部屋に入る。

「暖炉ね」舞が言う。

「ええ、しかも本物です」私は自慢げに胸を張る。が、黒江と舞、二人の薄い反応に、「もう少し喜んでもらえると思ったんですが……」

「社長の要望でしょう。私は知っていましたし」と黒江。

「今は夏だしね。ありがたみが分からない。それに、誰が管理するの。玄関わきに薪が積んであって、斧まであるのはおしゃれだけど、寒い冬に誰が割ってくれるのよ。おまけに薪なんて結構湿気るし、虫が寄ってくるんじゃない」

虫の嫌いな舞は眉間にしわを寄せて嫌がる。

「バーベキューぐらいよね、使い道は」黒江まで同調する。

「そう、そう」と舞は尖った顎を突き出す。

ゆらゆらと燃える炎を見ているだけで、心が癒される効果があるのだと、よっぽど口に出そうと思ったが止めた。男だけが求める自己満足的なロマンに過ぎないとの反論に、私の心はとても耐え切れないだろうと判断したからだ。


半地下へ向かう。ブルース・スプリングスティーンのザ・リバーが流れている。新社長の好きなロックナンバーだ。

引き締まった筋肉質の体を白いエプロンに包み、コック帽を被った神谷宏新社長は、腰に手をあて、色鮮やかな野菜や魚介類の食材を目の前に何かを考えている。これらをどう料理してやろうか、手ぐすね引いて待っているといった風情だった。

一方、津田専務の方は腕まくりした白いワイシャツに紺色のネクタイだ。いつもの会社員スタイルというところが、らしいといえばらしい。

「あらあら、萌音さんに舞ちゃんか。あなたたちも早すぎますよ、料理はまだこれからです。上で休んでいなさい」と右手の人差し指を反り気味に立て、「寛子ちゃんにも言いましたけど、あなたたちは、今日はお客さまなんですよ。手伝うなんていうひとは、わたくしの料理が食べられないと非難しているようなものです」神谷宏は大音量のブルースに負けじと大声で言う。

「いえ、そんな――」黒江は首を振り、「でも、専務が――」と大声で返す。

「彼はわたくしに挑戦状を叩きつけてきた男です。挑戦されれば受けて立たないわけにはいかないでしょう」

「挑戦だなんてとんでもない」津田は恐縮しきりと、ぺこぺこ頭を下げつつも、「でも、私も料理にはちょっとばかし、自信があるもので……」と音源のある方の耳を手で塞ぎながら答えた。

「ま、そういうわけですから。今日はわたくしと専務の料理対決です。楽しみにして待ってなさい」

神谷の声にはハリがあり、会話にはテンポがあった。

「審判を下すのは私たちですね」舞が問う。

「そうです。公正な審判を頼みますよ」

神谷はウィンクで返した。


厨房を出たあと、隣室を覗いてみた。聞いていたとおり、去年と同じで工事途中のままだった。結局ここは何に使うのだろうか。

「ブルースのロックを聴かされた時点で専務の負けね」

再び厨房の前を通って内階段へ戻る途中、黒江は舞に向かって話しかけた。

「そうね、専務は演歌専門だもんね、聴くのも歌うのも。――ねえ、萌音さん、知ってる。社長は今も趣味でロックバンドやっているんだってさ。しかもボーカル」

「へえ、知らなかった。じゃあ、あそこは貸しスタジオにでもするのかしら」

「甘いな。カラオケルームだよ。そうすれば、舞たち社員も使えるじゃない」

（さあ、甘いのはどちらかな）

私は心の中で呟いた。社員のためにテニスコートやカラオケまで造る人ではない。彼はシビアな経営者だ。投資したら回収が口癖なのだ。


ホール・リビングへ上がると「ね、追い返されましたでしょう」寛子がさもありなんとばかりに自慢のロングヘアをかき上げる。

舞は笑顔で頷き、「新社長はいいよ。前社長のようにくどくど言わなくて、はっきりしているから。向こうの生活が長いから、割り切って考えるんだわ」

「ものの考え方が合理的なのですね。日本人的な言葉の裏を読め、みたいなわずらわしさがないから、やりやすいですわ」珍しく寛子が同調する。

換言すると、非情の判断も冷然と下すことができるということでもある。うるさく言う人の方が却って、まだやり直せと言っているといえなくもない。日本的な温情を持ち合わせているともいえるのだ。あのお姉言葉だってそうだ。聞きようによってはパワハラになりかねない言葉も、お姉言葉にするとで和らげることができる。良く聞いていれば分かるが、結構辛辣な発言をすると私は思っている。

夕食までの二時間を、一時間ほどテニスをして、残りの一時間を入浴——例の露天風呂を楽しんで、ディナーとなった。

食事が前庭（ウッドデッキ）で始まった。都内では熱帯夜が続いていたが、ここは別世界のようで、涼しい風が吹き、全身の疲労物質を流し出してくれるような心地良さだった。ランタンが焚かれ、テーブルを整え、食器を配る。ホール・リビングからこぼれる音楽と夜空に煌く星々のネオンが、二人のシェフ対決を演出する。

予想通り、社長はきのこに山菜の入ったクリームソースがかかったパスタと魚介類のスープ。対して専務はパエリアとサラダでの勝負となった。

テーブルは二つ用意され、社長と舞と黒江に私、専務と番と寛子に分かれた。社長のみんなご苦労さまという簡単な挨拶のあと、ビールで乾杯し、料理に手を付けた。

「どうです、おいしい？」社長がパスタを口にする舞を見て訊いた。

「おいしいーっ」「とても、おいしいです」舞と黒江が口をそろえた。

「すごい、プロ並みです」隣のテーブルから寛子の声がする。誰もがパエリアよりまずパスタを口にしたようだった。適度な運動とマイナスイオン溢れる環境が食を進めた。

料理は二人ともなかなかの出来で、甲乙つけがたかった。

「明日は渓流下り――ラフティング――ですよね？」

舞がジョッキのノンアルビールを一口流し込んで、訊いた。

「ちょっと違って、キャニオニングというんですよ」と社長。

「どういうものなんですか？」

「ウエットスーツを着込んで、そのまま川を下るんです。まあ、天然のウォータースライダーと思えばいいかな。大人の川遊びですね、いうなれば」

神谷は葉巻を持ったまま虚空にシュプールを描く。

「どこから滑るんですか」

「山道を登ったところに鉄橋があるでしょう。あそこから龍神池まで滑るんです」神谷は椅子を引き出し、足を組み替えながら、山陰に向かって両手をさし流す。

「えーっ、あんなところからですか」舞は山頂に向かって叫ぶ。

「川面に下りるのはそこしかないの。あとは切り立った崖ばかりだから」

「でも社長、龍神池まで結構な距離ですよね」

「そうでもないって。もしノンストップで下りることができれば、三〇分ぐらいで下りてこられるでしょう。どうです、舞さん、競争してみましょうか」

「は？――い、いえ、遠慮しときます。水も苦手ですし」

ジョッキを持つ舞の手が止まった。

「大丈夫ですって、今アメリカやヨーロッパでも流行りつつある新しいスポーツですし。川の流れに逆らわず、身を任せるだけでいいの。泳げない人には救命胴衣も三つばかり用意しています。だから心配ない」

「危なくはないのでしょうか」寛子が不安げに訊く。

「ヘルメットもプロテクターも用意しているから、大丈夫だよ。ヨーロッパでは六〇代の女性でも楽しんでやっているよ」と番も口を添える。

「でも……」寛子も不安を隠せない。

「ロッジを買う三年前から、この川には死んだ兄貴とよく来ていたんです。兄はラフティング、ゴムボートを使った渓流下りをしていたのですけど、途中、川幅が極端に狭くなるところが何か所もあって、その度にボートを担いで運ばなくちゃならない。それならいっそはじめからボートなしで滑る方が面白いんじゃないかと、わたくしは前からそう思っていました」

「ふーん、やってみようかな」舞はそう言うと、続けて黒江に向かって、「前の社長とは、何もかも違うわね」小声で耳打ちした。

「ちゃんと聞こえていますよ」新社長はそう微笑んで、「高校までは同じ環境で過ごしたせいでしょうか、趣味嗜好は割と一緒です。音楽は七、八〇年代のロックだし、車も二人とも同じ車種にずっと乗っています。女性の好みも同じで、一人の女性を取り合ったこともあります。若い頃ですけどね。でも、生き方、信条といったものは、兄とは違います。経営方針も部下の育成もね。兄のように、上意下達のマニュアル社員を育てていたのでは駄目です。顧客のニーズが多様化した昨今、そういった組織は沈んでいくだけ。生産工場ならともかく、地域・場所も異なり、客筋も異なる条件下でマニュアルどおりの作業をこなしていくだけでは生き残れません。生き残ったにせよ、それ以上の成長はありえない。そういった手法が最適なのは軍隊ぐらいなものでしょうね。一人のカリスマ経営者がいて、組織がどんどん大きくなってくると、そういった傾向の、その結果がどうなるか、あなたたちにもお分かりでしょう」

「倒産したスーパーのD社ですね」と黒江。去年の暮、D社は会社更生法の適用申請をした。
「そうです。社員がお客様でなく、社内だけを見るようになるからです。社内からの批判を怖れ、上に認められさえすればいいと考えるようになるからなのです。精力を社内調整だけに費やすという馬鹿な社員しか生み出さなくなる。そういった組織は老舗企業に結構多い。あなたたちは、その場そのとき、その状況に応じた正しい判断力を身につけなければなりません。そうしてこそコルバの発展があると信じています」

仕事の話になると、さすがにきりっとした目つきになる神谷宏新社長だった。

前庭での夕食が終わり、ホールに場所を移し、ワインを飲んだり、トランプやダーツをして過ごした。去年のように麻雀を強制されることもなく、思い思いのまま楽しい時間が過ぎた。

舞と黒江の二人はそれぞれの露天風呂を交換して入浴した。専務はバーカウンターの中に入り、カクテルを作るのに忙しい。社長はテーブルマジックを披露したりしていた。多才な人だ。

私はダイニングにいて、南側に面した大きなサッシに沿って並べられたリクライニングチェアに腰かけて夜空を見上げた。ガラス越しにきらめく星々が、去年殺人があった同じ場所であることを忘れさせてくれた。

就寝のため新社長が部屋に戻ったのは二二時だった。黒江の号令の下、全員でダイニングを片付けた。テーブルや椅子が元あった位置に戻され、大きなガラスの嵌め殺しの窓はカーテンで閉じられた。

その後、専務は去年と同じように朝食の仕込みのため厨房へ入った。流石の社長も明日の仕込みまでは考えていなかったようで、専務の申し出を素直に受け入れたようだった。そして、今年はなんと番も専務を手伝って厨房で料理を作っている。舞の情報によれば、新社長に「男も料理ぐらい作れないでどうします。ましてや飲食を提供する店の代表が厨房のことを知らないのは問題です」と言われたことに起因するらしい。番にとって新社長は前社長に比べやり辛いようだった。同じ中性的な性質同士は何かと合わないのかもしれない。

去年の今頃は落ちた吊橋のこともあって、不安な夜を過ごしたが、今年はしっかりした木製の橋も架かっていて異常はないし、携帯電話も半地下室以外は通じるようになった。

——平穏な一夜が過ぎようとしていた。

寛子は風除室に近いホール・リビングで、固定電話を占拠していて、ときどき聞こえる歓声から胸襟を開いた相手のようであった。携帯電話ではバッテリーが持たないらしい。

黒江も舞と一緒にホール・リビングで大きなソファに寝転がって、舞が厨房から貰ってきたフライドポテトをつまみにビール（舞はノンアル）を飲んでいる。

私は少し離れた同じ型のソファの上に移動していて、モバイルを使って仕事を熟《こな》していた。無粋な真似はしたくなかったのだが、客先から急な電話があり、至急報告書を作る羽目になったからである。

「番ちゃんのエプロン姿もなかなかかわいかったわ」舞が笑う。

「へーえ、あの番君が料理をしているんだ。エプロンをして悪戦苦闘する姿が想像できないね」黒江も笑っている。

「あの津田専務がここぞとばかりに大きな声でいろいろ指導しているの」舞も口が悪い。

「素直に専務の言うことを聞いていたの？　あの番君が」

「素直かどうか分からないけど、一生懸命炒め物を作っていたわね。明日の弁当が楽しみだわ。それに専務の大声はロックのせいよ。専務が番ちゃんを怒鳴れるわけないもの」

そういえば、下からブルース・スプリングスティーンの歌が再響《また》く。普段なら騒音公害といいたくなるような音量も、こんな静か過ぎる山中では、逆に苦にならないから不思議だ。都会暮らしに慣れた耳には無音の静寂のほうが逆に怖いぐらいだ。人間とはつくづく身勝手な生き物だと思う。

「社長は寝ちゃったんだから、音楽を替えればいいのに」

「案外、専務も気に入っているんじゃないの。社長は趣味を強要する人じゃないから」

「そうね」と舞は呟いてから、「今年は無事に終わりそうね」ソファの上で大の字になった。

「舞さん――、嫌なこと考えていたのね」

「だって、……萌音さんもそうでしょ」

黒江も舞と同じようなことを考えていたに違いない。それは私にしても同じで、なんとなく独りになりたくなかったから、こうしてここにいる。

そうこうしているうちに、番が半地下から姿を現した。エプロンはつけていない。

「明日のお弁当作り完成したの」舞が問いかける。

「うん、多分ね」と言って番は前髪を手櫛で流す。

「何よ。多分って」

「終わったと思うんだけど、専務がもういいって――卵焼きを焦がしたくらいで作り直さなくてもいいと思うんだけどね」

番はそう言うとテーブルに置いてあった缶ビールを手に取り、舞の横に腰かけた。

「あーあ、事件は調理中に起きていたわけね」

舞は卵焼きを焦がしたことを揶揄したつもりだったのだが、

「そんな。殺人事件が頻繁に起こるわけないって――」

隣で黒江はあらぬ方向を見つめたまま、まるで自分に言い聞かせるかのように放った。

「……でも、どう思います、去年の事件。未解決のままじゃないですか」

番は舞に向かって直截に問いかける。

「そう、でも……。警察の考えでは、物盗りの可能性は低いって言ってたけど、それに賛成する気はないけどさ……」

舞は上体を捻りながら起こすと、番、次に黒江に向かって、

「物盗りならどうして奥まったあの角部屋に侵入したわけ。社長の部屋だって知っていたから？　でもどうやってそれを知ったの？」

黒江は拡げていた雑誌を閉じ、舞に視線を合わせる。その視線の先には私もいる。

私は完全に手を止め、舞の一人舞台に聞き入っていた。

「窓から入ったとでもいうのならともかく、窓は使われなかったのでしょう。そうすると玄関から入って、階段を上り、私たちの部屋の前を通って――。でも、何も盗られていないし……。ってことは、やっ

ぱり……」

この中に犯人がいるということになる――私はそう続くであろう台詞を頭に浮かべた。が、舞は「うーん」と、空いた缶ビールを口で咥え、腕を組み、天を仰いだだけだった。

ここへ来る車中では、内部犯行説を否定していた舞も、本当は警察と同じように、私たちの中に凶悪な殺人犯がいると感じているに違いない。ただ、仲間内に殺人犯がいるということを考えたくなかったのだ。この問題はこの一年間、私たちの心にずっとわだかまっていた。


そのとき、がらがらと、崖の方から、瓦礫が崩れる音が聞こえた。

去年、舞が聞いた音とはこれだったのだろうか？

もしかすると、何もかもが去年と同じように進行しているのではないか、そんな気がしてきた。

一二　密室殺人再び　［宮村　記］

私はドンドンとドアを叩く音と振動で深い眠りから覚めた。ブルース・スプリングスティーンのコンサートを最前列で聴いている夢の途中に起こされた気分だった。頭の内部で脳味噌がかき回されているようで、ベッドからすぐには立ち上がれなかったが、反射的に時計を見た。二四時ちょうどだった。

「宮ちゃん、起きて」という叫びに似た金切声が現実のものであることを理解するのにさらに数秒が必要だった。ふらつく足取りでドアを開けると、青ざめた顔の舞がいた。

その彼女を部屋に残し、廊下に出て見ると、神谷宏新社長の部屋の前で、ドアノブを握りガチャガチャさせている黒江がいた。

鍵がかかって開かないようだった。その隣では津田がどんどんとノックし、社長、社長と大声を上げている。寛子は、舞の部屋の前の廊下にいて、手すりにつかまりおろおろとしている。その背後から、階段を上り、今まさに番が手に斧を持って現れた。薪割用の斧だ。

寛子の脇を抜け、番が角部屋に近づくと、黒江は振り向き、番の持つ斧を奪うように受け取った。そのわずかな間でも、津田が代わって神谷の部屋のノブを握り、思いっきり押したり引いたりしていたが、やはりびくともしない。

「いいわ、専務どいて」という宣言の後、一拍おいて、黒江は斧を振り上げた。そして、力の限り振り下ろす。ガッ、という音と共に刃はノブの上あたりに食い込む。今度はそれを上下にこじって引き抜いて、もう一度振り上げる。

二度、三度、四度とドアノブ周りを狙って一心不乱に振り下ろす。その傍では津田がいて、社長、社長と連呼している。

私はその場のただならぬ熱気と目の前に立つ津田によって、――それらがなくても振り回す斧のために――部屋を出てから数歩しか歩めなかった。依然状況は摑めないが、異常事態が進行しているのは分かる。視線を右手廊下に延ばすと、寛子と番がいて、お互いがお互いを支えるようにして、斧を打ち付ける黒江を見つめていた。

「専務、代わって」

十数度斧を振るったものの、女の力では限界があり、頑丈な無垢材のドアは、至るところに深い傷は残したものの陥落までには至らなかった。

今度は代わった津田が斧を社長の部屋のドアに打ち付けた。鬼気迫る迫力があった。代わったばかりであったことと、やはり男の筋肉骨格から振り下ろす斧の威力は強力で、無垢材が至る所でみるみる捲れ上がっていく。ただ斧の振り方がめちゃくちゃだったせいか、あるいはただ乱暴なためか、勢い余って隣の黒江の部屋の枠まで傷めてしまっていた。

それでも津田は手を休めることなく打ち続け、なんと一六回目、ノブが壊れると同時にドアに隙間ができ、続けざまの黒江の足刀横蹴りを伴って、ドアは吹っ飛ぶようにして開いた。

斧を振り回して疲れたせいなのか、中の様子に衝撃を受けたせいなのか、津田はその場にへたり込んだ。

「ま、また、殺されている」津田の喘ぎに似た声が木霊《こだま》した。

そこには一年前と同じ惨劇が繰り返されていた。新社長の神谷宏はベッドの上で右肩甲骨辺りを(後から分かったことだが、肺を貫通するまで)刺され死亡していた。前社長と違って、寝るためにちゃんと着替えていて、ドット柄のパジャマを着こんでいた。

板扉は『く』の字に割れ曲がっていて、その小口からはデッドボルトという太い金属の棒——これが枠側の凹みに嵌り施錠——が出ており、鍵がかかっていたことを示している。廊下側のノブは外れ、板扉表面は腰高の辺りに斧が突き破った痕が多数あったが、特に損傷がひどいのは吊元の方で、打ち付ける斧の衝撃に丁番が耐え切れなくなり、変形し、外れたのだった。

「まっ、——窓は、窓はどうなっているっ?」専務が息を切らしながらも叫ぶ。

お腹を押さえるようにへたり込んだままの津田専務を跨いで、部屋に入った私はベッドに横たわる死体を尻目に、奥に進み、「南窓はちゃんと閉まっていますよ。クレセントも下りています。東の小窓は閉まっていますがクレセントは下りていません」

「き、去年と全く同じなんだな」誰かを責めるような迫力で津田が問う。

「ええ、そうです。状況は去年の殺人と同じです。でも、サッシが違います。古い建付けの悪い錆の発生したサッシはすべて取り換え、新しいサッシに替えたばかりです。ですから、窓は小指の先の力で簡単に開《あ》け閉《た》てできます」

「宮村先生、そ、それって……」黒江のささやきのような声には答えず、

「外に置いているアルミ梯子も三連に替えています。建物の周りは舗装もしています。ここ数日雨も降っていません」

「――何が言いたいの」もう一度、黒江が訊く。

「飛び降りようが、梯子を使おうが、犯人がこの東窓を使って、外部から出入りした可能性は、今回は確実に確保できているということです」

私は回りくどい言い方をして、それでも現場状況を端的に表した。


警察が来るまでの間、私たちはホール・リビングにいた。

「何があったのか、経緯を説明してもらえますか」

私の問いかけに答えたのは黒江だった。すでに落ち着きを取り戻していた。

「二三時四〇分を過ぎた頃のことだったと思います。社長の部屋から、ドスンという振動がしたの。何かを叫んでいる声もしたと思うの。私も寝入っていたからすぐには分からなかったけど。それで、しばらく待っていたんだけど、その後は何も聞こえなくて。遮音壁に替えたからなのか、ほんとに何も聞こえないの。でも、振動だけは夢ではなかった。確かに何かが倒れるような振動がしたのよ。でもよく分からなかったから、もう一度寝ようと思ったんだけど、去年のことが頭に浮かんで、携帯をかけてみたんだけど、全く反応がないし。それで廊下に出てみたら、専務もいて」

「私もまったく一緒です。何か物音が聞こえて、それで何となく気になって部屋を出たのです。五〇分頃でした」

「舞さんたちは何か気付きましたか」と私。

「ううん、何も」舞は首を振る。寛子も番も同じように振る。

「社長の隣部屋だからこそ、振動が響いたのですね。黒江さんも専務も」

私の問いに二人とも首肯し、

「それで、何度もドアを叩いたんですけど、社長が起きる気配はなくって――」黒江は唇をかむ。

「私はその騒ぎで目が覚めたわ」と舞。

「当然ドアには鍵がかかっていましたか」

「ええ、間違いないわ」黒江の返答につられるように、津田も大きく頷いてみせた。

「押しても引いてもびくともしなかったわよ」と舞まで補足する。

「舞さんも開けようとしたのですね」

舞は私の質問にうんうんと首を縦に振って、「ノブは全然回らなかったわ」

「私が番君に斧をとりに行かせ、舞さんには、宮村先生を起こすように頼んだの。後は見てのとおりよ」黒江が説明した。

このとき私は、探偵業務で養った実力を発揮しつつあると、手ごたえのようなものを感じていたのだが、ここまでが限界だった。

だから「それで、誰か怪しい人影は見なかったのですか」と愚鈍な問いかけしかできなかった。皆一様に「二三時には部屋に入って眠りについたから、何も覚えていない」とのステレオタイプな発言だけが返ってきた。私は質問を失くしたのだ。

通報から警察は、去年とは比べものにならないほど早くやって来たが、それでも三〇分はかかった。機材を積んだ鑑識等の車両が着いたのは、山道を登り鉄橋を渡っての道程だったので、それからさらに四〇分後だった。刑事たちだけが川向こうの駐車場に車を置き、橋を渡って先にやって来たのだ。私たちは去年と同じ刑事たちと再び顔をあわせた。岩を連想させる藤堂警部と背の高い小高刑事だ。事情聴取が始まった。去年と同じようなことを訊かれ、同じような返答をした。

一年前と違うのは、刑事たちの明らかな疑いの眼だった。彼らは、犯人は間違いなく私たちの中にいると決め付けて尋問してくるのだった。もう一つ違うのは、丸島、堀木が最初から最後までいないことだが、去年も事件時には二人ともコルバ館にいなかったのだから、状況は同じといってもよい。警察も取り組み方が違っていた。前庭ではエンジン音と共に、夜間の道路工事で使われる水銀灯が灯され、ロッジを煌々と照らし出していた。去年は一旦解放され、翌朝尋問が再開されたが、今回は違った。尋問と捜査は絶えることなく明け方まで続けられたのだ。

私たちは、同じような質問を何度も受けたため、夜が明けるころには、くたくたになっていた。

朝日が完全に昇りきってから、優に二時間以上経ったころ、全員がホール・リビングに集められた。建物周りの捜査もほぼ終盤にかかってきているようで、機材によっては片付けられ始めている。

「さあ、全員集まったところでもう一度事件の確認をしておきましょうな」

藤堂の目は精力的でぎらついて見えた。

未解決の同じような事件がまた起きたのだ。今度解決できなければ、警察の面子がつぶれる。警部も必死だ。

「宴会が終わり、社長が部屋に入ったのが、二二時ジャスト。去年と同じですな」藤堂は私の顔を見る。「では、もう一度事件を整理しますよ」とその日何度目かの、同じ話を繰り返し始めた。

「社長は二二時過ぎに自分の部屋に入って就寝した。皆さんは二三時までホールにいて——専務だけはずっと厨房にいたのでしたな。あと番さんも二二時半過ぎまでは厨房にいて、その後ホールに合流。専務も最終的にはホールに上がってきた。そして散会した」警部は手帳を捲る指を舐め、「黒江さん、津田さんが社長の部屋から物音を聞いたのが二三時四〇分過ぎ、気になって部屋を出たのが五〇分。斧を持ち出して扉を壊して開けたのが二四時ということでいいんですな」

「斧を使ってドアを開けたのは私、そして専務です。でも、ドアが破られるときには、ここにいる全員が二階の廊下に姿を見せていました」

黒江は念を押して答えた。

「害者は去年と同じく背中を刺され、絶命していた。二三時から二三時五〇分までの五〇分間は、去年の二二時からの二〇分間に比べれば、若干長いが、皆さんのアリバイは去年と同じようにない時間帯がある。そして凶器もなく、東の窓は閉じられていたが、クレセントは下りていなかった。去年と状況は全く同じですな」

藤堂は目を閉じ、誰にともなく語る。頭の中で事件を整理しているようだった。

「そうでしょうか。去年とは違うのではないですか」

私は警部の回りくどさに疲れたこともあってか、少し苛ついていた。

「ほう、宮村さん、興味深い発言ですな。いったいどこが」

「警部、とぼけるのはよしましょう。東側の窓は新しいサッシに替わっています。梯子の先端を引っ掛けて開け閉てできるはずです。地下の階段室に置いてあるアルミの梯子も去年は一連でしたが、今年は三連です。一番下の地下から二階窓まで十分届きます。梯子にはつい最近まで使った痕跡もあるはずです。外壁塗装をやり替えましたが、足場を外した後もタッチアップ塗装や換気扇などの取り付けで三連梯子は活躍しましたから。おまけに建物周りは舗装しましたので、足跡はもちろんどんな痕跡も残っていないはずです。ということは、つまり――」

「つまり――」藤堂は接続詞を被せた。

「外から犯人は入れ、そして出ていくことも可能なわけです。部屋のドアに鍵がかかっていて、鍵を持った社長以外入れない以上、外部犯と考えるのが妥当です」

「本当に合鍵はないのですか、宮村さん」

「もう何度も答えましたが、仮鍵ですので、ドア一つに付き一つしかありません。納得のいくまで調べてください」私は断言する。

「そうですね。ええ、調べますとも」藤堂はダイニングから運んできたテーブルに両肘をつき、開いていた手帳に目を落とした。

「社長は鍵をもって亡くなっていたんですよね」私は気になっていたことを質した。

「ええ、パジャマの胸ポケットに入っていましたよ」

「警部、もう一つ教えてください」

「何でしょう。宮村さん」

「鑑識は、何時ごろに殺されていると見立てているんでしょうか」

藤堂はハ、ハ、ハ、と笑った後、「教えるわけにはいかないんだけども」ともう一度無音で笑い、「二二時から二三時の間、どちらかといえば二二時に近い時間帯ではないかと思えると、鑑識課長は言っていたなぁ。もちろん正式な発表ではない」

「それは分かっています、でもそれが事実なら、私たち全員にアリバイがあるじゃないですか。二二時から一〇分まで全員でダイニングの片付け、その後は厨房かホールのどちらかには全員いたんですから。みんな眠れなかったんですよ。二三時を過ぎるまで。去年神谷明社長の死体が発見されたのが二三時だったからです。そう、だからこそ逆に、二三時が過ぎてみんな眠ろうと思ったのです。口にこそ出しませんでしたが」

「分かりますよ、そのお気持ち。でもね」

「――でも、なんです？」

藤堂は組んだ手の両親指で鼻頭を摘まむと、ヤニに黄ばんだ歯を見せて微笑んだ。

「去年の事件がなければ、私もそう考えますよ。外部の見知らぬ人間が殺害したのだと。去年のことがなければ」

「それは警察の先入観というものでしょう。どんなに受け入れがたくても、示す状況からそれが外部犯であるのなら、――方法論がそれしかないのであるのなら、それを真摯に受け止めるべきです。だから、神谷明殺害事件とは区別して考えるべきではないでしょうか」

　私は以前、蜘蛛手に言われたことのある台詞をアレンジして使ってみたが、自らが外部犯を信じていない以上、言葉に力がなかった。だから、警部の、

「単刀直入に行きましょう。窓の鍵がかかっていようが、開いていようが、犯人が見知らぬ人間で、物盗りなんかが目的でないことは皆さんもお分かりでしょう。犯人は皆さんの中にいる――そう断しても構わない。去年の事件では、皆さんのアリバイは全員あいまいで、二〇分という僅かな時間ではあったが、誰でも犯行を行う機会はあった。しかし、東の窓から脱出した形跡はなかった」という事実の羅列と、「次に今回の事件では、厄介なことに殺されたと思われる時間には、全員が、アリバイが成立している。ドアは去年より気密性もアップし堅牢で鍵がかかっていた。鍵のスペアも存在しない。しかも、東の窓に鍵はかかっておらず、出入りできる設備――梯子も整っている。指紋判定はこれからだが、犯人は手袋を使ったとかで、おそらく何も検出されないだろう」との予測に対し、ただ次の言葉を待つだけに陥っている。

（――だからこそ外部犯で何ら問題ないのだ――）

「でもね」またこの枕詞が始まった。

「駐車場から少し下ったところにスキー場建設の現場へ行く道があるでしょう。もうじき竣工のホテルもある。そこへ行く道路で、大型トレーラーが脱輪して、道路を封鎖してしまったんだ。解体したタワークレーンを運び出すトレーラーなのだが、昼間は大渋滞を起こすので今夜搬出する予定だった

んだ。もちろんこの館への動線に支障はない」とここでぎろりと目を這わし、「でもな、そんなトラブルがあったから、このトレーラーを引き出すために、もっと麓から交通規制するために警察は人間を割いたんだよ」

(——回りくどい。だから、何なのだ)

「昨日の二二時から、今朝の今まで我々警察関係者の車以外、何も通っていないんだよ。道は山の方に登って行っても、一時間も行けば袋小路だ。そして、当然そこにも人をやってみたが、車の痕跡などなかった。歩いて山越えする殺人者など、俺には想像できないな」

藤堂は沈黙が支配した場を楽しむように、一人一人の顔を眺めていった。

「部屋に入る前の社長の様子はどうでしたか。去年のようにふらふらに酔っていましたか」

小高刑事が初めて口を開いた。

「いつも忙しい方ですから、疲れてはいたのでしょうが、ご自分で普通に歩かれて、お部屋に入りましたから。酔っているという風には見えませんでした」専務が丁寧に答えた。

なぜか沈黙がしばし続いた。

「そうすると密室殺人事件ということになるんですよね」

番が沈黙を破るように口を開いた。ずっと抱いていた好奇心を隠せなかったのだ。

「馬鹿を言っちゃあいけない。全員の証言が全て正しいとした場合にそれが生じるだけだ。誰かが嘘をついていれば——」

「おい、小高。やめろ」藤堂は突然興奮した若い刑事をたしなめ、「まったく、マスコミが好みそうな事件になってきたのは間違いないな」そう独り言ちた。

警部も混迷を深める謎に頭を悩ませているのだ。

だから、「去年よりましなのは容疑者の数が減ったことくらいだな」と吐き捨てるように続ける。

鷹揚に構えた物言いはすでに影を潜めていた。

（それは堀木さんと丸島のことを言っているのだろうか？）

「去年の堀木さんと、弊社の丸島のこともお調べになったということですか」

私が考えていることを代わって津田が口にした。

「当然でしょう。我々警察は全て調べますよ。まあ、でもすぐに彼らの嫌疑は晴れました」

「と、おっしゃいますと？」

津田は何故だか、二人の嫌疑が晴れたことを知りたがった。

「あの日のことは今でもはっきり覚えていますよ。丸島氏が旅館に現れたのが二二時五〇分前。堀木氏は二三時過ぎに佐久インター近くで事故を起こして病院に搬送されている。二人とも確実なアリバイがある。殺人が最も早い二二時ちょうどだとして、丸島氏が五〇分弱で旅館まで、堀木氏が一時間ちょっとで佐久インターまで、吊橋の壊れた館から到達できるわけがない。鉄橋が倒木で塞がれていなかったとしてもだ。だから彼らには犯行は不可能だ」

「山道を、車を使って——、あっ、タイヤの跡もなかったんでしたね」

専務は何かを思い出したような納得顔で微笑んだ。

「仮に、車を使ってコルバ館から山道を登り、鉄橋の前で乗り捨て、鉄橋を歩いて渡り、かつ別に用意していた車に乗り換え、反対側の山道を下っても、佐久インターまで九〇分は最低かかる。二二時ちょうどに殺害したとしても、二三時三〇分着がやっとだよ」

警察はそこまで検討していたのだ。

「ところで今回はそのお二方は姿をみせていないようですが？」

「堀木さんは今回不参加です。彼女は元々外部の人間ですし、前の明社長と親しくされていたということもありまして――。あんなことがあって名古屋の新規事業が立ち消えになったりして、新規開拓事業そのものを手控えております関係上、彼女にお任せする仕事がないのです。ですから、新体制になってから、彼女はあまり顔を見せておりません。昨日は契約の件で久しぶりにお会いしましたが」

「ふむ、大変ですなあ」藤堂はとってつけたように言い、「で、丸島さんは？」

「丸島は遅れて合流することになっていましたが、こういうことになってしまって、先ほど電話して、待機するように指示しました。いろいろ対応しなければなりませんので」

「賢明なご判断ですな」と感情のない言葉で締めた。

一三

渡辺幸子　三九歳　介護職員の場合　［野黒美ルポ］

「さあ、もう少しの辛抱だ。この先に目的の秘湯がある」

「一〇分前にもそう言いましたよ」

「今度こそ本当だ。あと五分も歩かないよ」

「本当ですか、おとうさん。こんなに歩くんだったら、麓の温泉でも良かったのよ」

「何だ、今さら。麓の温泉なら帰りに入ればいい。元々お前が言い出したんだからな」

「違いますよ。定年を迎えたら、全国の温泉を制覇したいって言うから、私は付き合っているだけですからね」

「分かった。分かった。どっちにしろ、もうすぐだ。ほれ、あの岩だ。あの大きな岩を越えればすぐのはずだ。案内所の人の言葉が正しければの話だがな。――おい、どうした？　こっちだぞ」

「おとうさん、私やっぱり入るのは止《よ》しますよ」

「ん、どうしたんだ。ここまで来て」

「ほら、あれ、あそこでしょ、温泉って」

「うーん。先客があるみたいだな」

「あれじゃあ、丸見えですよ」

「誰もいないと思っているからだろう」

「そういう問題じゃありませんよ。誰も見ていないからって、あんな格好で恥ずかしくないのかしら。ほんと今の若い人は」

「うーん、そうだなあ。丸見えだな」

「止しなさいよ、じろじろ見るのは。とにかくちょっと待ちましょう」

「太陽が反射してまぶしくて、よく見えないよ。でも、……何をやっているんだろうな。お湯の中でブリッジしているのか？　は、は、まさかな」

「お、おとうさん」

「どうした？」

「あの人、ずっとあのままよ。ずっと顔をお湯の中に突っ込んだまま、全然動かないわよ」


長野の県境に近い群馬の山中、秘湯で知られる＊＊温泉で、老夫婦の観光客によって、介護職員渡《わた》辺《なべ》幸《さち》子《こ》（三九歳）の死体が発見された。発見された場所は、温泉街から少し離れた山あいの、最近発見されたばかりの小さな温泉である。手付かずの温泉で、これから施設の建設が検討されていたところだった。したがって訪れるのは、ごく限られたマニアだけという秘湯である。簡易脱衣場のベンチに被害者のものと思われる衣服が脱ぎ捨ててあった。

　老夫婦によれば、死体は仰臥状態で胸から膝までが湯面から出ていた。つまり膝から下と腕及び頭部が湯に浸かっていたことになる。心臓をドリルで貫かれていたが、死因は溺死のようである。

ではなぜ死体の両手足と頭部だけが湯の中に沈んでいたかというと、両の手首から先が後ろ手状態で、五〇センチ×三〇センチ、高さ二〇センチのコンクリート塊に埋め込まれ、両足は足首から先を、少し大きいもう一つのコンクリート塊に埋め込まれていたからである。ドリルの刃も温泉の中で見つかった。その長さは三〇センチ、径は一五ミリである」

【二〇一〇年八月新聞報道抜粋】

＊ライター野黒美

わずか二ヶ月ばかりの間に四件の、その手口から同一犯と思われる、猟奇殺人事件が発生した。それらが共通する項目は、コンクリートで死体が何らかの処理（ネクロフィリアとは違う悪戯？）をされていること。もう一つ、（死因とは関係なく）死後必ずドリルで死体を弄ばれていること、――であろうか。

何か、犯人側からの強いメッセージを感じる。

また殺された場所と遺棄された場所が、必ずしも一緒というわけではなく、かなり離れている場合がある。これは死体を弄ぶ時間と、そのための邪魔が入らない場所が必要であるからに違いない。

以上の事柄以外――年齢・性別や、職業をはじめ被害者を関連づけるものはなく、警察の調べでも、被害者同士が顔見知りであったという事実も浮かんできていない。キーワードはあくまでも、電動ドリルの刃とコンクリートによる死体加工、この二つだ。

以上が、ドリルキラーが関与していると巷間で囁かれている事件の概要だ。

介護職員――渡辺幸子事件の詳細

四番目の被害者は足立区に住む介護職員。秘湯めぐりが彼女の趣味だった。

彼女の住まいは、住宅が入り組んで形成された旧い街並みの袋小路の入り口に位置し、六軒ほどが入居する二階建ての共同住宅で、一階の西端が渡辺の暮らす住居にあたる。前面道路には鉢植えやら自転車などが無秩序に置かれ、狭い道路をさらに使い難くしていた。消防の次に宅配業者が最も嫌うようなところだ。偶然だが大通り向こうにZZ出版がある。

渡辺は子供が生まれてすぐに離婚したため、現在七歳と一三歳になる男の子二人の三人で暮らしている母子家庭だった。玄関戸の右横には朝顔だろうか、細長いプランターがあり、その前には竹製のベンチが置いてある。反対側は子供の自転車が捨てるように放置されていた。

俺は隣の住人を手始めに近所に聞いて回ることにした。

近所の評判は総じて大人しくて腰の低い人物だったという。商店街の魚屋の親父なんかは「いつもすみません、すみません」と謝ってばかりいるほんとに今どき珍しい腰の低い人だと証言した。売れ残ってしまった魚をサービスしただけであんなに礼を言われちゃあ、こっちが恐縮しちまうとも言っていた。八百屋のバイトからも同じような評判を聞かされた。これまでのところ渡辺幸子には殺されるような理由は見出せなかった。

しかし、何かあるはずだ。俺はもう一度斜向《はす》かいの住人を訪ねた。さっきは留守だったのだ。結果はビンゴだった。

出てきたのは恰幅のいい体軀をした六〇代の主婦で、名刺を渡し、名前は明かさないという約束をすると、ぺらぺらと喋りだした。

「あの女はねえ、なんでも謝ればいいと思っているのよ」

「というと」

「保険か介護か知らないけどね。会社が近くにあることもあって、会社の車で通勤しているのよ。ところがその車をそこの道路に停めるのよ。ねえ、分かるでしょ」

女の太い腕の指さす路地は確かに狭い。

「でね、あんなところに停められちゃ、ほら、あたしが買い物に行くとき自転車が通れないのよ。だからいつもそこのブロック塀のところで降りて、あとは押して入らなくちゃならないのよ。あと一〇センチよけてくれたらさあ、すんなり門まで入れるのよ。それなのにあの女ったらいつも」

「注意はしたんでしょう」

「それはもちろんよ。でもね、注意しても三日と持たないのよ。四日目にはまたいつもの場所に停めてあるの。ほんとなら法律違反よ。ちゃんと駐車場を借りたらいいのよ。それなのにあの女ったら」

「注意したらなんと返してくるんですか」

「すみません、すみませんと、いっつも、同じことばかり。だけど、口ばっかりよ。意見したときだけ謝るけど、また同じ事をする。また注意しても同じように、ただ、ただ、謝るだけ。で、また同じ事を繰り返すのよ」

玄関先で女の指さす方をもう一度振り返ってみた。そこには、渡辺宅の玄関口が見えた。

「せめてあのベンチだけでも何とかすれば、自転車は通りやすいですよね」

「そうなのよ。良く分かってらっしゃるのね、あなた。だから、それも言ったんだけどさ、やっぱり同じ。この間なんか、蒸し暑かったせいか、戸を開けてベンチで涼んでいやがったから、『車を停めなければもっと涼しい風が抜けるんじゃありませんか』と嫌味を言ったら、車がないと外から見られますからって。その視線の先があたしの家だって分かって言ってんのよ。いやらしい。誰が覗くかって。クーラーも買えない貧乏人のくせに」

俺はただ頷いた。

「それに、息子もそう、中学の。大きな音で音楽ばかり聴いて、ラップだかなんだか知らないけど、耳ざわりったらありゃしない。夜中まで聴いていたから、注意しに行ったのよ。そしたらまた同じ、『すみません。以後気をつけますから』って。それで、帰ろうとしたら、背後から『うるせえ、くそ婆あ』って聞こえたのよ。それですぐ後ろを振り向いたら、あの女笑ってやがった。すぐ表情は改めたけど、あたしゃあ確かに見たのよ。それで、また『すみません、すみません』って頭だけ下げて戸を閉めたのよ。それで仕方なく帰って、一時間もしたころからかな、またあの馬鹿息子の音楽が流れてきて――」

俺はこの後しばらくこの主婦の話をただ、聞かされていた。

渡辺にも理由があった。

こういう女は謝りさえすればいいと思っているのだ。改めなくても、ただ、伏し目がちに申し訳なさそうな顔をして――演技をして、その場をしのげばかまわないと思っているだけなのだ。そうすれば、相手が怒らないと、いずれ諦めてしまうだろうと高を括っているのだ。

この女性も今までの三人と同じだ。自分は殺されるようなことなどはしていないと信じ込んでいたことだろう。殺されるほど恨まれているなんて露ほども思っていないだろう。

だが、犯人側から考えてみて欲しい。

小さな不満も連続すれば大きくなる。注意しようが、お願いしようが受け入れられないと分かれば、不満はただ溜まるだけなのだ。風船が大きくなっていずれ割れるように、不満も大きく溜まればいずれ爆発するのだ。そこを殺される側の人間も思い至るべきなのだ。諦めてくれるだろうと考えるのは都合がよすぎる。

ニュースを見ていれば分かるが、殺人犯を良く知る人物がインタビューに応じてなんて答えているか。そんな人には見えない。いつも、「礼儀正しくて」「まじめで」「大人しくて」「ちゃんと挨拶をしてくる子で」「とてもそんな人には思えない」という言葉で溢れていないだろうか。そんな人間が殺人を犯すことが日常なのだ。

逆にいえば、どんな些細なことでも殺人の動機になりえるのだ。

二〇一〇年晩夏　蜘蛛手探偵&建築事務所　［宮村 記］

いきなりドアを開けて入ってきた男は、サンタクロースのような顎鬚（但し色は黒）を伸ばし、ニット帽の下に長めのドレッドヘアーがメドゥーサ妃の如く覗く。しかも金髪だ。顔色は日焼けなのか汚れなのか判然としないほど赤黒い。服装はというと、赤地に白い鯉をあしらった和柄のアロハシャツを着、ズドンとしたカーゴパンツにサンダル履き。ぼこぼこに凹んだアルミのキャリーバッグには、元の色が何色なのか分からないほどアメコミヒーローのシールが所狭しと貼られてあった。

最初に会った新人所員の公佳嬢は、

「南国から来た貧乏なレゲエのサンタクロースみたい」と表した。短い中にも実に的を射た確かな表現だと、私は思わず拍手しそうになった。

――だからこの春、思い切って採用したのだ。正解だった。

そんな公佳嬢から電話をもらい、急いで外出先から戻ってみると、応接室の肘掛椅子に足を組んで座り、しきりに顎鬚を弄んでいる、如何にも不機嫌そうな表情の共同経営者に対し、

「ちょっと出てくる、からもう七年だよ。いったいどこで何をしていたんだい」

こちらも感情を押し殺した表情で、開口一番、嫌味を含んだ苦情をぶつけたつもりだったが、

「そんなことはない。まだ六年だろ。それに三年前には一度顔を出した」と返され、

「そういえば、そんなこともあったっけ。でも、すぐに消えた」

さらに嫌味を重ねたが、もう満面の笑みを抑えることはできなかった。

一方、蜘蛛手レゲエサンタクロースも、

「何をしていたのか、話せというなら、話すが、どんなに端折っても最低二日は必要だぞ。覚悟はあるのか」と立ち上がり、満面の笑みで両手を拡げた。

「こっちの方こそ、言いたいことが二週間分ほど溜まっているよ」

お互いが歩み寄り、がっちり握手し、がっつり抱擁した。


私、宮村達也はこの手足の長い蜘蛛手啓司《けいじ》と『蜘蛛手探偵＆建築事務所』の共同経営者をしている。というか知らぬうちにさせられてしまっていた、という方が正しい。私の本業は別にあって、ときどき蜘蛛手の手伝いをしているに過ぎなかったはずなのだ。一〇年前までは。

細かな経緯は省くが、一級建築士の資格を持っている彼が、建築の仕事は殆どせず、探偵業務も利益率の良い素行調査は受け付けず、依頼主のない警察もお手上げのような難事件にだけ興味を示すもので、この事務所の家賃さえ払うのに苦労している状態が続いていた。

そして海外への放浪生活である。本人は、自分探しの旅だと宣っているが、私はこの言葉が一番嫌いである。いい年した大人が青二才のようなことを云々、という理由ではない。ちゃんと収入を得、正しく税金を納めている者だけが宣うことを許されるべき類の台詞なのだ。

特にこの数年は、事務所を閉めることばかり考えた。が、踏みとどまった。蜘蛛手が帰ってきたときに仕事と居場所がないと可哀そうだと考えたからに他ならない。親交のある著名な建築家の支援もあって、これまで何とか持ちこたえてきたのだ。その過程で私は二級建築士等の資格も取った。私だけで獲ってきた仕事もある。それがコルバカフェなのだ。

（それなのに――）

「どうして大山なんかに事務所を移したんだ。成田から二時間半だぞ。名古屋まで行ける時間だ」

この一言がきっかけで、私は溜まっていた不満が爆発した。家賃を抑えるために引っ越しただけなのだ。事務所を存続させるためにどれほどの苦労をしたのか、私は息継ぎを忘れるほど喋りまくった。最初は黙って聞いていた蜘蛛手も、すぐに生来の短気が現れ、ああ言えばこう言う、の詐欺師ばりの論調で反論してくるものだから、笑顔の再会は五分ほどで終わり、椅子にふんぞり返った男と腕を組んだ男（私）との雑言合戦が一時間も続いていた。

「それじゃ、時間なんで帰りますぅ」

公佳嬢の退社時刻が五分ほど過ぎていた。

「――えっ、あ、そうだね。……で、例の物は」

公佳は斜に構えて、

「プリントアウトなら終わっています。所長の机の上に封筒に入れて置いてありますけど」

「あ、ああ、そう……。それで――」

「ちゃんと、データファイル毎にナンバリングして、ホッチキス留めしてありますよ」

そう言うと公佳はロングカーディガンを羽織り、小さなショルダーバッグを肩掛け、「さよなら。コーヒーカップ、あと、お願いします」と手を軽く上げ、右手の二本指を真横に一回振って出ていった。

「あ、はい、お疲れ様」と私。「またね」と蜘蛛手は白い歯を見せて笑う。

そして、私の「あれでも優秀な子なんだ」と、蜘蛛手の「きっと優秀なんだろうな」がシンクロした。

公佳嬢の退場を潮に雑言合戦は終了した。公佳は私と蜘蛛手の会話には一切参加しなかった。相槌さえ打たず、聞き入っていた風にもみえなかった。

「腹が減ったな」

「近くにとんかつ屋があるんだ。そこに行こう」

「いや、とんかつは止そう。昨日、みそカツを食ったばかりなんだ。しかも本場でね」

「本場って……、名古屋のことかい」

「ああ、他にあるのか」

「じゃあ、とっくに日本に帰ってきていたってこと」

「といったって一日前の話だ。無性に食べたくなってね」

（それじゃさっきのやりとりは何だったんだ。大山へ引越したことをとやかく言われる筋合ではないではないか）私はやれやれと首を振り、上着を羽織ると、蜘蛛手と一緒に肩を並べて、駅前のハンバーグ屋に向かった。

席に着くと、蜘蛛手はバッグから新聞を取り出した。

「ちょっと前の新聞だ。君も知っているだろう。長野の龍神池で龍神の卵が発見されたニュースは」

春からの雨不足で各地の、特に中部信越地区の渇水が続き、貯水ダムの水位が下がっていた。ここ東京はそうでもないが、長野や山梨、静岡では節水が呼びかけられ、局地的に断水が行われている。龍神池も例外でなく、水位が二メートル近く下がり、ところどころ池の底が現れてきていたのだ。

そして今回、龍神池に棲む龍を撮影しようと張り込んでいたマニアの一人が、泥にまみれた卵形の物体を再々発見したのだった。毎年夏になると毎週のように龍神池を訪れている男で、伝説の龍神が産み落とした卵だとのコメントが印象に残っている。

「知らないはずはないよ。それは例の二年連続で僕が遭遇した密室殺人事件の舞台となったコルバ館のすぐ近くだからね。とはいっても広い龍神池の対岸にあたる位置で、直線距離で一キロも離れていて――」

「ん？　何だ？　コルバ館の密室って」

――絶句――

とはこういう状況のためにある言葉であろう。数年間まともに蜘蛛手と会ってはいないにしろ、連絡は適宜取り合っていた。あの事件も、逐一、文書にし、蜘蛛手にメールしていた。反応がないからまさかとは思ったが、そのまさかだった。蜘蛛手はコルバ館で起きた二件の密室殺人事件のことを全く知らなかったのだ。

「仕方ないだろ。ちょうどコソボ辺りにいたころだろう。紛争に巻き込まれそうになっていたからな。平和な日本じゃ考えられないだろうが、人前でモバイルなんか開けて見てられる状況なんかじゃないんだ」

私の驚きの顔にも、蜘蛛手は涼しげだ。

私はバッグを開け、「コルバカフェは僕が獲得した一番重要な顧客だ。事務所経営を支えてもらっているといっても過言ではない」

「公佳嬢を雇えるのも、そのお陰なんだろうな」蜘蛛手が話の腰を折る。

私はふん、と鼻を鳴らして、「そのコルバで二人の社長が二年連続して殺され、幹部一人はその後行方不明になり、厭になって退社した社員もいたりして、一時は存続すら危ぶまれた。それが今やっと立ち直ってきたところなんだ。蜘蛛手探偵事務所を潰したくなかったら、この謎を大至急解いてくれたまえ」

紙束の入った大判の封筒を取り出し、蜘蛛手の鼻先に突き出した。

「ここに、その全容をまとめた記録書が入っている。かなりの労作だよ。なくさないでくれ」

蜘蛛手が現れたと連絡を受けた際に、公佳嬢に頼んでプリントアウトさせていたものだ。

蜘蛛手とは一〇年以上の付き合いになる。こういった対応は常にあることで、想定内の出来事なのである。また次の機会にと余裕をかましていると、不意にいなくなってしまうことも一度や二度ではないからだ。

「今晩早速、読ませていただくよ。それともう一つ——」

「ドリルキラーのことだろう。それも例のルポライターの記事の抜粋だけど、一緒にプリントアウトしておいた。気になっているんだろうと思ったからね」

「へえー、さすがだな。まるで僕の心が読めるみたいだな」蜘蛛手は目を見開いた。

「久々に帰ってきたからって、朝早くに事務所を訪れる蜘蛛さんじゃないだろ。龍神池から発見された卵の中の白骨死体、この謎に釣られたんだろう。コンクリートの塊＝不法投棄だと思われていたものから、死体が飛び出てきたんだ。驚かないはずがない。さらに、この二ヶ月間で四件もの、ドリルキラーの犯行と思われる猟奇殺人事件が続いている。蜘蛛さんの好奇心がくすぐられないはずはないからね」

「そういう君もな」

蜘蛛手はナプキンをかけた。料理が運ばれたのだ。

食事をしながら、私は事件の顚末を話して聞かせた。

そして食後のコーヒーを飲み干したとき、

「詳しくは後で読ませてもらうとして、タブレット持っているよな。今夜のニュースはどうなっている」蜘蛛手が訊いた。

「ああ、あれか」

私はスマホを取り出し、ニュースを呼び出した。コンクリートでできた塊は、実は内部が空洞で、その内部から死体が発見されたという今朝のニュースの続報だった。発見者は埼玉の青年二人で、うち一人は数年前にもこのコンクリートを目撃していた。

――声を失った。

龍神池に沈められてあったコンクリートの卵の中から発見された白骨は、若い女性のものとみられ、さらに、身につけていた遺留品等から、二〇〇五年、二〇〇六年と二年連続して起こった殺人事件の関係者で、その後、行方不明となっている堀木優である可能性が高いと報道されていた。

「まさか、堀木って――」私は素っ頓狂な声を上げていたに違いない。

「知っているのか」

「コルバカフェのお抱えデザイナーだ。事件の直後から行方不明になっていたんだ」

蜘蛛手は私からスマホを奪うと、一心不乱に読んでいた。

その瞳が一際輝いた。

蜘蛛手　龍神池へ［公佳の記録］

今、公佳は愛車のジープチェロキーを運転していて、ちょうど関越道から上信越道に入ったところです。今日が公佳探偵デビューの日です。この日が来るのを、首を長くして待っておりました。これがやりたくて（こんな安い給料でも）探偵事務所に勤めたのです。ところが入社してから探偵の仕事は全くなく、それなら過去の探偵談でも聞けるかなと期待していたんだけど、所長も設計の仕事で多忙すぎて、そんな雰囲気にならないので、入ったばかりだけど、もう辞めようかなと考えていた矢先でした。正直、設計の仕事は退屈で面白くないです。ごめんね、宮村所長。でも、これが本音。

だから昨晩、帰宅してメールをもらったとき、本当にうれしかった。所長は山梨の設計の仕事に向かわなければならないし、かといって免許証を失効している人に運転させるわけにはいかないですものね。公佳が車を出して、あの人を龍神池まで連れて行くしかありません。だから現地集合という所長の判断は大正解。

でも、蜘蛛手さんって、免許失効になるなんて何をしたんでしょうか？　今も隣の助手席で、所長の事件記録（注）を読んでいますけど、なんか、難しい顔をしています。大丈夫なのかな。所長が言うほど、天才だとは見えないですけど。

〈注：作中［一］～［一三］と漢数字を割り振った章群＝神谷明、宏兄弟の殺人事件に関する宮村所長の記録と、最近

巷で暗躍している殺人鬼ドリルキラーを追っているルポライター野黒美の記事（抜粋）のこと〉

昨日、いきなり事務所に入ってきたときは正直びっくりしました。奇抜な見た目だし、真っ黒なサングラスで目つきは分からないし、名前まで個性的で〝蜘蛛手〟って、何度も訊き返したくらい。強面《こわもて》はパパで慣れているはずなんだけど、さすがの公佳も緊張してました。でも、話してみると案外気さくな人なんで安心した。サングラスをとった目も少し垂れていてカワイイし。だから今日の申し出を引き受けたということもあります。

ちなみに今日の蜘蛛手さんは、顔色が昨日より幾分白く見えるのは、鬚をバッサリ剃り落としたせいかもしれない。あと髪もどうにかすれば、結構いい男かな。

「つかぬことを訊くけど、君もこの事件のことは、知っているのかな」

蜘蛛手さんは読み終えた紙束を太腿の上で揃えてから、やっと口を開いてくれました。

「いいえ、あまり詳しくは訊いてませんけど。でも、そのプリントなら、昨日、読ませていただきました。面白そうだったし。——何か悪かったですか？」

「いや、そういうことではないんだが——」

「お二人がずっと罵り合っていたもので、退屈だったし」

「罵り合いしているようにみえたかな」蜘蛛手は苦笑する。

「いえ、冗談です。仲がよろしいなと、ほほえましく見てました」

公佳は、ふ、ふ、ふ、と目を細めて笑う。

「ところで、随分アクティブな車に乗っているんだね」

「そうですね。わたし、体が小さいでしょ。だからこういう車の方が舐められないかなって」

「なるほど、そうだね。でも、高そうな車だね」

「パパの車です。本物のパパですよ。今のお給料じゃとても買えないしね。所長に言ってもらってもいいですか、もう少し給料上げてって」

無理なのは分かっているけど、遠回しに言ったつもり。蜘蛛手さんも共同経営者なので。でも、返事はスルーされた。

「——で、ドライブはよくするの」

「結構、運転好きなんですよ」

「何となく分かるよ。ずっと追い越し車線走っているしね」

「安心してください。こうみえてもゴールドですから。年に一万キロは走ってますし、立派でしょ」

公佳は、笑顔で親指を立ててみせる。

「？　といっても、君はまだ——」

「二〇歳です」と公佳。

「免許はいつとったの」

「半年ほど前です。三年越しで、合宿行って、やっととったんですよ」

蜘蛛手さんは目をつぶって、また大きく開いて、「だったら、ゴールド免許でもなく、年に一万キロ走るっていうのもあり得ないことだよね」

公佳は意味が分からず笑っていると、蜘蛛手さんは続けて、

「ゴールドは五年間無事故無違反を達成しないともらえないし、免許取って半年では、年間何キロ走ったかなんて分からないだろう」

（あっ、しまった。何も考えずにとりあえず喋ってしまう悪い癖が出た）

「そ、そうですね。あと半年で七〇〇〇キロ走破する予定で。えーと、残り四年半無事故無違反を達成するという決意表明です」

（でも、そんな細かいことにこだわる大人って面倒くさい）

蜘蛛手さんは公佳の咄嗟の切り返しに、ほーっと感嘆し、「だったら、前を向いて、スピードにも気を付けようね」

公佳はアクセルペダルから足を離した。踏みっぱなしでずっと一三〇キロ以上出ていたのだ。パパにも言われたんだ、公佳はスピードの出し過ぎだって。

「それで、密室事件を解きに戻ってきたんですよね。所長から聞いてますけど、蜘蛛さんって、密室好きの名探偵なんですってね」公佳は目を見開いて蜘蛛手さんを見つめる。

「分かったから、ちゃんと前を見てようね」

「もう、真相なんて分かっちゃってるんでしょう？」好奇心が抑えきれない。

「まあ、密室だけならね」

「すっごい。やっぱり所長が言うだけのことあるわ。昨日渡したあれだけの資料で分かっちゃうんだよね？」

蜘蛛手さんが頷くのを目の端に確認して、「天才って聞いたけど、本当なんだね」

相手との間の詰め方は早い方だ。ため口はそのための技でもある。たまに失敗して怒らせることもあるけど、余裕のある男は大抵、笑って許してくれる。

「で、蜘蛛さん。犯人は誰なんですか」と思わずまた助手席を見た。

「いいから前を向いて」とあっち向いてホイ方式で正面を指されてから、「犯人まではまだ特定できないけど――」

「えーっ」と膨れてみせた。がっかり感をてんこ盛りにして。

「犯人までは分からないけど、どうやって密室を作ったのかは分かる」

公佳はウィンカーを出し、「所長との待ち合わせには十分時間がありますから、ちょっと寄っていきましょう」甘楽パーキングエリアにハンドルを切った。腰を落ち着けてとことん話すつもりだ。所長は蜘蛛さんに関して注文が多いけど、探偵業に関しては全幅の信頼をおいていると思っている。だから是非、公佳の推理を聞いてもらいたいのだ。

「賢明な判断だな。これ以上のわき見運転は危険だし。案外、五年間の無事故は達成できるかもしれないね」蜘蛛手さんも同意してくれた。

がら空きの駐車場に車を停め、自販機横のベンチに腰掛けると、公佳はさっそく切り出した。

「二〇〇五年の事件では、明社長が二二時に就寝してから刺殺死体として発見される二三時まで、女性陣は順にシャワーを浴びていて、特に舞はシャワー後の二二時二〇分過ぎからホールにいました。二階の各部屋の出入り口が見渡せる位置で。一方、所長と番は二二時半からはシャワーを浴び、所長もやはりホールにいました。津田専務だけは一五分から三〇分まで番と一緒にいたんだけど、その後は厨房にいた。番は五分から一五分まで黒江店長と番の部屋で話をしています。その黒江も犯行時間の大半にアリバイがあります。寛子にしても最初の一〇分はシャワーを浴びているし、残り一〇分という時間が不明ですけど、殺人に充てる時間としては十分ではない。ここまではっきりしている」

「へえー、大したものだな。一度読んだだけでよく理解しているね」

「所長の書く文章は、ちょっと読みにくいけど、くどく書いているから、公佳的には頭に入りやすいです」

蜘蛛手さんはハ、ハ、ハと笑うと「誰が話したのか分からないときが間々あるが、事実を正確に表記する奴だよ、宮村は。今回のも労作だ」

「もう少しパソコンのデータファイルを整理してくれれば、助かります。記録書の漢数字ナンバーは公佳が付けたんですよ。野黒美のルポだって、適当に挿入していてくれれば構わないって、言うし、そう言われても部下としては困るんですけど」

公佳は思わず本音をこぼした。蜘蛛手さんはさらに笑うと、

「宮村にはよく言っておこう。優秀な新人の能力を有効に使うようにって」

「いえ、そこまでは結構ですけど」と否定してから「――それでね」公佳はトートバッグから二枚の書類を取り出した。「ミステリは好きだけどアリバイって苦手なんだよね。良く分かんないし。だから――」

二〇〇五年と六年、事件時の各人のアリバイを表にしたものを提示した。

「公佳の力作です」

【2005年 神谷明殺害事件の時系列表】

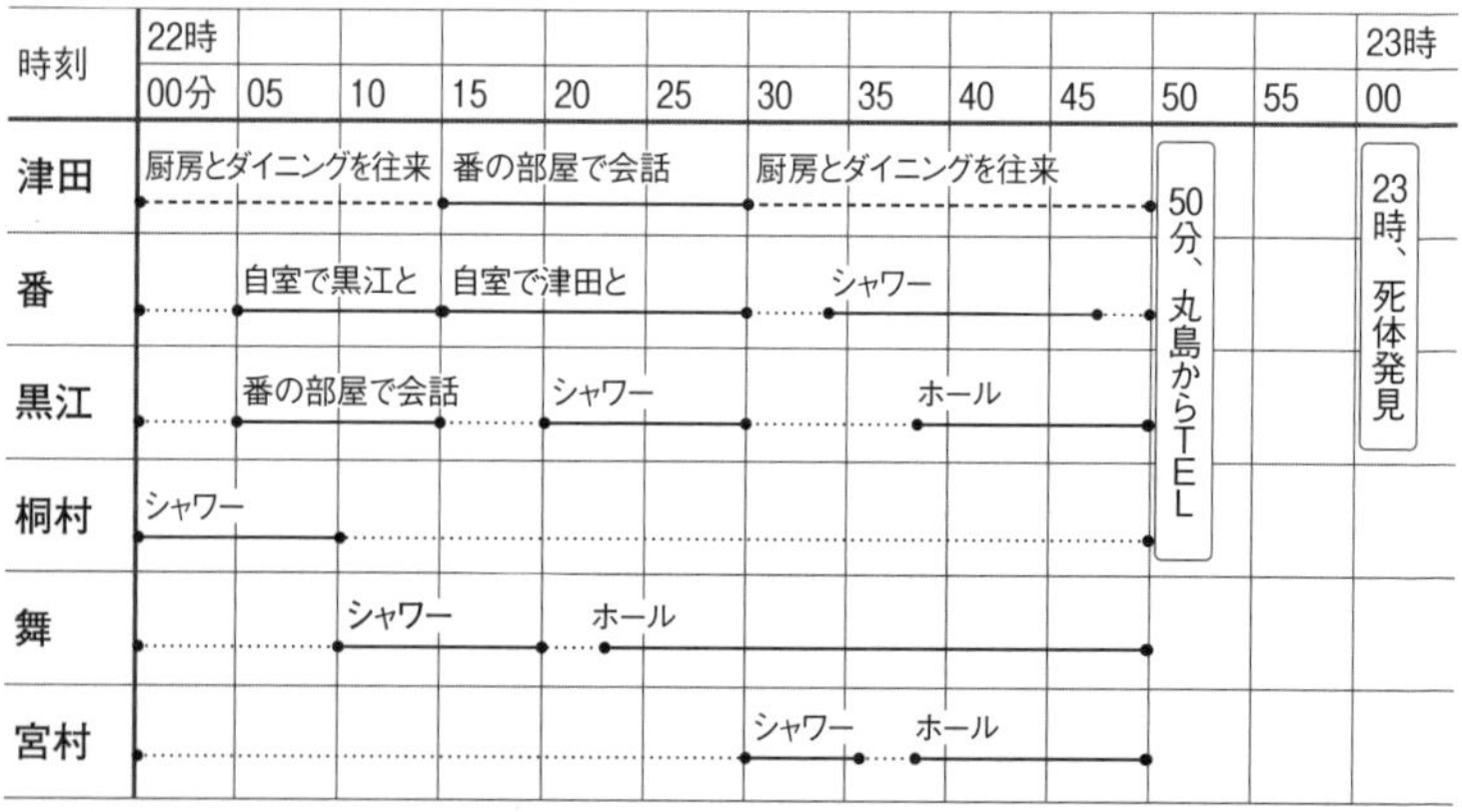

【2006年 神谷宏殺害事件の時系列表】

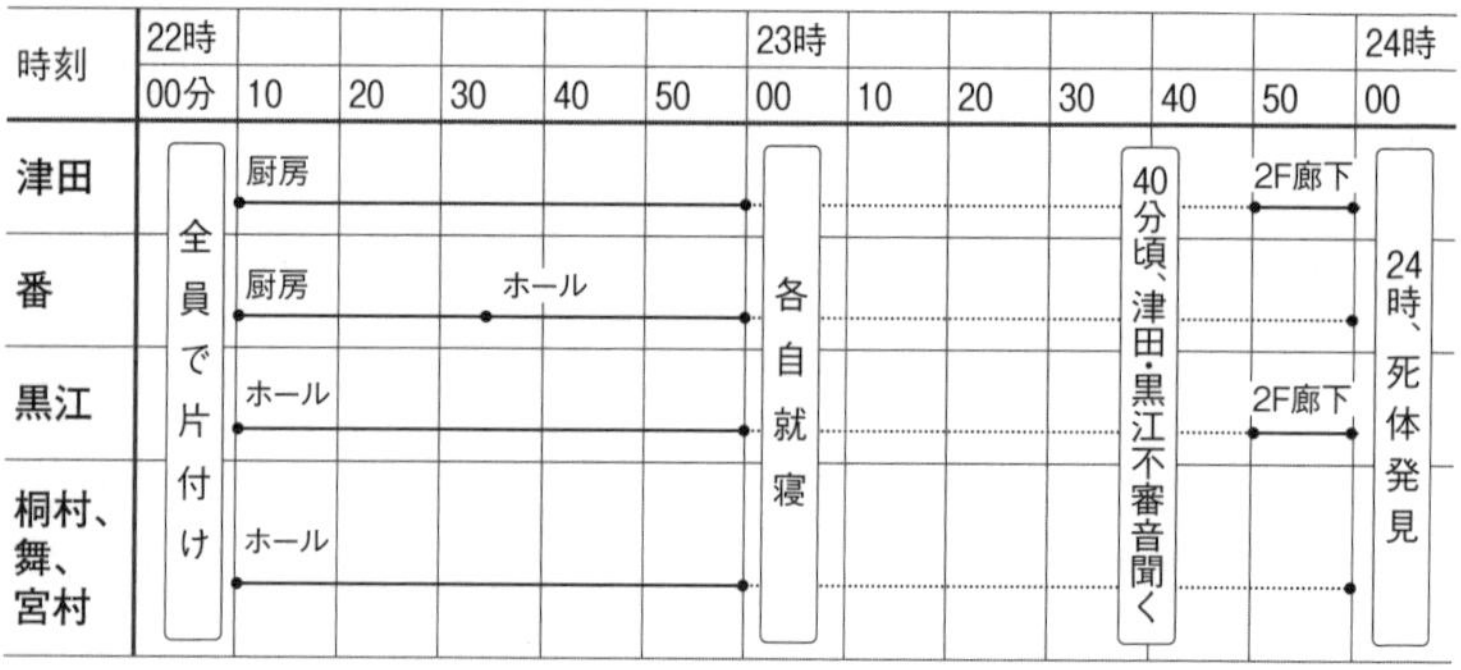

【2005年神谷明殺害事件の時系列表】【2006年神谷宏殺害事件の時系列表】参照

蜘蛛手は一瞥すると「すごいね。分かりやすくまとめたね」と褒めてくれた。

「まず、二〇〇五年の事件から考察します。すると、番だけが一番犯行の可能性が低い気がするんです。誰かと一緒にいた時間が長いですから。たとえ舞さんの証言がなかったとしても。それと津田専務も可能性が低い。窓からの侵入がないとなれば、厨房やダイニングにいた専務が社長の部屋に行くまでには、動線的に長すぎます。誰かに見咎められてしまう」

公佳は時系列表を見ながら頷いてくれる蜘蛛手さんを確認し、

「舞の言葉を信じるなら、犯行に関する時間は二二時から二二時二〇分ということになります。舞が何かを見落としていたとしても、二二時三七分ぐらいまで犯行時間が延びるだけです。三七分以降は複数の人が二階の廊下を監視していますから」

「そうだね。分かりやすいよ。――で、外部犯行説についてはどう思う」

「でも、それって、逃亡経路が断たれている状態だったのでしょう。吊橋は落ち、う回路の山道も不通だった。そんな状態で殺人を犯すとは考えられない。だから外部犯はなし」

「いいぞ、いいぞ」

「だから、厄介なのは、部屋が密室だったってこと。南窓はクレセントが下りていた上に、直下が崖で出入りなんてできない。東の窓からは出入りした痕跡がない。だから、部屋の出入り口しかない。厨房にいたとする津田専務も考えられないわけじゃないけど、女三人の中に犯人がいると思うの。僅かな隙間時間を利用して社長の部屋に入り、一刺しする――できないことじゃない。スケベな社長が気を許すのは女よ」

「結構断定的な言い方をするんだな。男の僕じゃ言えないな」

「それで、蜘蛛さん。密室の解明が必要不可欠なの」公佳は顔を近づけて凝視した。

「そうだな、だがその前に片付けなければならない問題がある」

「え？　なぁに」

「事件後、宮村と新社長が改修工事打合せのためにコルバ館を訪問した際の出来事だ。何者かに襲撃され、館は火を放たれ炎上した。運よく難を逃れたけどね」

「新社長がピストルで撃たれた事件ね。でもその犯人は丸焦げになって池に落ちたんでしょう。それが昨日のニュースでやっていた堀木なんですよ」

「いや違う。堀木は二〇〇六年の事件までは生きていた。専務が証言している」

「あっ、そうか。じゃあ、誰なの？　二〇〇五年の事件ではコルバ関係者の中に犯人はいなくなる。それとも外部犯によるものなの？」

公佳の問いかけに蜘蛛手さんも渋い顔をしてみせる。彼にもまだ分からないのだ。

「もう一つ分からないのが、この襲撃事件に関して、宮村はほとんど考察していない点だ」

「仕事が忙しかったからじゃないですか。改修工事の計画とか。それに密室じゃなかったからあまり興味が湧かなかったかも、ですね」

蜘蛛手さんは苦笑しながら、否定はしなかった。

「堀木以外にコルバ関係者の中で他にいなくなった人はいないのかい」

「津田専務という人と、今年の春には経理を担当していた人が辞めちゃったんだって。連続して社長が殺される会社に未来はないってことらしいよ。納得だね」

「やけに詳しいな」

「重要御得意先だからね。半年前の入所日に所長から初めに聞かされたのが、その話。大事な顧客だから粗相がないようにって」

「津田専務はいつからいないんだい？」

「二年ぐらい前じゃないかな。請求書を出しても振り込まれないことがあったんで問い合わせてみたら、そういうことだったみたい。おまけに今度は経理担当者まで辞めちゃったもんだから、所長も不安になったのね。設計業務だけでも大変なのに、収支の確認まで一人でこなすのに。だから求人募集をかけたの」

「それが君ってわけだ」

公佳は真顔で頷くと、「でもなかなか応募がなくて、この一年半、一人で頑張ってきたのよ、宮村所長は。かなり苦労したみたいですよ」

訴えかけるような公佳の眼差しに、蜘蛛手さんは大きく首肯してくれた。

「じゃあ、次、二〇〇六年の事件について話すね」公佳は買ってもらった炭酸飲料を一口、口にして続けた。

「二〇〇六年の事件では関係者の動向は単純明快です。二二時に就寝した弟の新社長は二四時に死体として発見された。死亡推定時刻は二二時に近い時刻とみられているから、せいぜい二三時までとすると、その時間は全員のアリバイが明確になっています。津田を除く全員がホールにいてそれぞれが相互確認しているんです。津田も一年前と同じでほとんど厨房にいたけど、一人ではありません。最初の三〇分は番がいて、その後二三時になるまで階上には上がって来ていない。ただ時々、舞がビールのアテをとりに厨房に顔を出していますから、津田、舞ともお互いがアリバイを補完し合っていると思います」

「殺人のあった部屋は二〇〇五年と同じで、南窓にはクレセント錠が下りていたが、東窓には下りていなかった。これも二〇〇五年の事件と一緒だ。違うのは、東窓が、開け閉てが楽だったことと、部屋の出入り口の扉が開き戸に替わっていたことだ」

「で、そのドアも開かなかったんだよね」

「ああそうだ。戸の構造・機能でいうと、気密性という点では開き戸の方が優れている。引き戸は隙間ができるので、細工はし易い」

「つまり、こういうことね。二〇〇五年の密室は引き戸に細工がしてあって、犯人はそこから堂々と出入りした。二〇〇六年は開き戸には細工ができなくて、東窓から侵入し逃走した。三連梯子はあったし、立てかけた痕が残らない舗装面に替わってもいたから——ということになるのね。同じような事件だけど、一緒にしない方がいいのね」

「その通りだ」蜘蛛手さんは手を打って、「それにまとめ上手だな」目を細めて言う。

「よく言われるんだ」公佳は少し胸を張る。「……でも何だか、一年前の失敗をリベンジしたみたい……」

「おもしろい着眼点だね」蜘蛛手さんは褒めてくれるが、

「あーでも駄目だ。駄目ですよ、蜘蛛さん。窓から逃げた犯人も結局、スキー場の工事現場から引き上げるトレーラーか何かが脱輪して警察は周辺道路を規制していたんでしょう。外部犯だとしたらどこに消えたのか？　どっちにしても、内部の人間が関与しているわね」

「それは間違いない」

「あーっ、そうだ」公佳は頓狂な声を上げて、続けた。

「二つの事件を分解して考えるなら、第一の殺人犯は堀木なのよ。その後、一年近く生きていて、今度は宏社長殺害を企てるけどトラブルがあって仲間割れでもして殺される。そして、コンクリートの卵の中に封印される。だから火だるまで池に落ちたのは、やっぱり堀木なんだわ。そして二〇〇六年には別の誰かがいて宏社長を殺害した」

「その誰かって？　誰」蜘蛛手が問う。

「うーん、そこが分かんない。アリバイはみんなあるし。どこかの裏組織に殺しの発注でもしたのかしら」

パーキングエリアのベンチで腰かけている小柄な女の子と金髪レゲエのおじさんが、事件だ、殺しだ、アリバイだ、と人目をはばからずに語り合っている様が、どのように映っていたのか不明だけど、傍を通る他の休憩客が近づきすぎないように避けていたのは間違いない。

「確かに、昨日、宮村はコルバカフェの社長が二年連続して殺され、一人が行方不明になっていると言っていた。それが堀木であるなら、宏社長を殺した犯人は別にいることになる」

「ほら、やっぱりそうなんだ。放火されたとき、所長はもう一人別の気配を感じているから、その人が宏社長殺しの犯人だよ。つまり、二〇〇五年の明社長殺しは堀木とその一人の共犯。二〇〇六年は、堀木が放火殺人を失敗して死んじゃったので、共犯が宏社長を殺した。津田専務が二〇〇六年の事件の前日に堀木と会っていたというのは嘘」公佳は早口になった。

「考えられないことではない」でも蜘蛛手さんは眉を曇らせる。

「うん、分かってる」公佳はペットボトルの炭酸を口に含むと、「問題は火に包まれて池に落ちた堀木が、どうしたらコンクリートの卵の中に入れられるのかってことでしょ」

「しかも、死体じゃない。生きたまま入れられた可能性が高いんだ。火に包まれて崖から落ち、水面に落ちたから、火が消えて運よく助かったってことは考えられる。でも、そのあとどうやって回収し、卵の中に入れたかだ。というより、その必要があったのか、こっちの方が重要だ」

「結局、卵の密室を解かなければ事件は解決されないのね。うーん、大変だ。ここにきて一番難しい問題に直面しちゃったね」公佳はあえてお道化《どけ》た。

「火だるまで落ちた犯人が堀木でない場合を考えてみようか。死体が上がっていないので、生きているとしても、無傷であるはずがない。しかしそうなると、ピストルで新社長を撃った犯人は、まだ見ぬ誰か、ということになる。関係者で火傷を負った人間がいればすぐに分かるだろうからな。で、そのまだ見ぬ誰かが前社長をも殺したとなると、神谷兄弟に恨みを持つ人間の仕業になるんだ。そうすると、やはり犯人は外部にいて、見知らぬ誰かということになる」

蜘蛛手さんは首を捻ってばかりいる。本当に犯人の特定には至っていないみたい。何か情報が不足しているのだろうけど、公佳は不安を強くしていた。（本当に名探偵？）

「蜘蛛さん。密室のトリック教えてください」公佳は最大限の笑顔を作って言った。出発しなければならない時間が迫っていたからだ。

【読者への挑戦状】

◆ここまで、この物語は以下の条件を満たしている。

・この物語のほとんどはルポライター野黒美、探偵役宮村の視点で描かれている。

・ルポライター野黒美、探偵役宮村、二人ともそれぞれが見聞きした真実を記している。

・ルポライター野黒美、探偵役宮村、二人ともその言葉に嘘はない。

◆次の問題の解答を導き出していただきたい。

・最小の密室とも呼ばれる卵の中の被害者はどのようにして刺殺されたのか?

・そして、真犯人の名前は?

㊟館の密室の真相については、すでにお見通しのことだと思いますので、問題とは致しません。

以上［筆者］

蜘蛛手さんはふーっとため息を一つ入れ、

「二〇〇五年の事件では、部屋の出入り口が開かなかったというだけで、東の窓は開いていた。たまたまぬかるみがあって間接的な密室になっているだけだ。二〇〇六年の事件では、東の窓はスムーズに開け閉てできたし、密室ではない。犯人側から見て密室にすることのメリットって何だろう」

「え、良く分からない。――あ、自分が犯人ではないと思わせるため……かな」

「誰かほかの人間がやった可能性を多く残すことの方が犯人にとって有利だろう。密室にしてしまっては、誰も殺せなかった、ということになって積極的なメリットは発生しないんだ。だから、二件とも東窓は開けられていた。ではなぜ引き戸、開き戸はどちらも開かなかったのか。それは戸の外側にいる犯人一味を安全圏内に置くためだ。『だから私には犯行は無理なんです』との無言の主張を警察に対して行ったのだ」蜘蛛手さんは一拍おいて、「戸が開かなかったことに関しては、宮村の資料をよく読むと、おかしな記述があることに気付く。奴はああ見えて、事実は正確に描写する男だ」

「うん、それは、良く分かってる」

「黒江が引き戸を引くとき、背後から見ていた宮村は、彼女が体重を左にかけて云々とある。しかし改修前の図面を見れば一目瞭然だ。引き戸は右に引いて開けるものだ」蜘蛛手さんはそう言って戸を引くジェスチャーを加えてくれる。

「えっ、それじゃあ、黒江が演技して、反対方向に引いていたと――」公佳は裏返った声を上げた。

「その可能性もあるし、気が動転していたから間違えたともいえる、これだけではどちらとも決めかねる」

蜘蛛手さんは自分を見つめる公佳の視線を意識してか、語気を強めた。そして、

「しかし、たとえ初めて入る部屋でも、手がかり――掘り込み引手が、右にあれば左に引く。左にあれば右に引くだろう。というか、そんなこと普通考えないで、行動する。ということは、引手は向かって右にあったということだ。だから黒江は左に引いた」

「つ、つまり、どういうことなんですか」公佳は興奮を抑えきれない。

「引き戸は裏表を逆にして建て込まれてあったんだ。戸が無垢材で表裏すべて真っ黒な武骨なものだったから、表が裏になっていても気がつかなかった。だからいくら力を入れようが開くわけはなかった。結局、蹴倒して中に入るのだが、犯人にしてみれば、窓が開いているので誤誘導できると踏んだ。だから一刻、引き戸が閉まっていると刷り込めればいいと考えたのだ」

「じゃあ、社長を運び込んではずした戸を建て込んだ津田専務が犯人？」

「戸はどっちも真っ黒だから、間違えて、建て込んだ可能性もある。引き戸の場合だけはね」と蜘蛛手は少し微笑んで、

「二〇〇六年の開き戸のトリックはあくまでも恣意的だ。犯人はドアノブの位置を付け替えたんだ。つまり、ドアの吊元――丁番がある方にダミーのノブだけを付け替えたんだよ。厳密にいえば、正しいノブは取り外し、そこに空いた痕跡《あな》は黒いパテを塗りこんで埋め、目立たないようにしておく。吊元に近い位置にダミーのノブだけをビス留めする。これなら押しても引いても開くはずがない。その後で斧を使ってぶち壊して部屋に入るだけ。斧で壊したのは、細工したドアに残った痕跡を隠すため。引き戸は裏返しにするだけだから、痕跡は残らないが、開き戸はドアノブの痕跡だけ証拠として残る

わけだ」

「でも、どうしてそうだと言えるの。蜘蛛さん」

「記述の中に、専務に斧を振り下ろすのを代わってもらったとき、専務が隣の部屋の黒江のドアの枠まで傷めたって記載があるだろう。改修後の図面を見れば分かるが、ノブは向かって左にあるべきものだ。右の吊元──黒江の部屋に近い側にはない。専務の手元が狂ったとしても、狂い過ぎだ」

「すると、やっぱり、黒江が犯人。うらん、それとも津田専務？　あるいは共犯かもしれないのね」

蜘蛛手さんは頷いてから、「だが、それにしても、津田には二件ともアリバイがあるし。黒江も二〇〇六年の事件ではアリバイが成立する。だから別に実行犯がいる」と天を仰いでペットボトルを空けた。

「でも警察は板戸の細工には気づかなかったのかしら」

「引き戸は表裏逆にして建込んだだけで戸自体に細工はない。開き戸の場合は、斧で壊されたこともあるが、東窓から出入りできたので戸には注意を払わなかったのかもしれないな」

「ううん、警察の怠慢よ」と公佳は首を振る。蜘蛛手さんは苦笑しながら、

「じゃあ、公佳君。そろそろ行こうか」

「うん」公佳もボトルを空け、「話は変わるんだけど、アメリカ映画かなんかで部屋に閉じ込められた被害者を救うとき、ドアに体当たりするとドアは簡単に破れるけど、あれって大袈裟な演出なんですね」

「そうとも言えないよ。個人住宅用のドアなんかだと軽くて脆弱なドアが使われることがよくある。

発泡スチロールの板に薄い木板を貼ってあるだけの代物だ。軽くて作業しやすい。吊丁番も小さくて済む。もちろん値段も安いから採用されることも多い。そんなドアなら体格のいいアメリカ人なら体当たり一発で壊れるだろうな」

「ふーん。そうなんだ」

「コルバ館の戸は無垢材だから簡単には壊れなかったと思うよ。おそらく、厚さ三センチから四センチもある一枚の板のはずだからね。それより疲れたろう。運転を代わろう」

「うん、お願い。少し疲れちゃった」公佳は、がま口形のポシェットからキーを取り出した。

龍の卵の引揚げ　［宮村 記］

龍神池は龍神の卵（？）が発見されてからというもの、ちょっとしたブームになっていた。オートキャンプ場に隣接する茶店の前は県外ナンバーの車が数十台あって、その殆どが新聞社の三角旗が掲げられた車両や、出版社にテレビ局などの報道車両だった。特に三日前に白骨死体が発見されてから、駐車場は常に満杯だったので、少し離れた山道の溜まりに、私は車を停めた。他にももう一台見慣れた車が停めてあった。黒のジープチェロキーだ。公佳たちはもう到着しているようだった。

車を降り、茶店に向かう途中で「おーい、宮村」と蜘蛛手の方から見つけてくれ、三人連れ立って茶店の入り口をくぐった。

白い珪藻土を塗った外壁にアルミサッシの引き戸を設けた入り口は、そこだけ改修されたようで、新しい建材の臭いを放ち、元の黒く変色した古い板張りの外壁から浮き上がっていた。

「龍神ブームを当て込んで改装しかけたはいいけれど、資金が足りなくなったっていう感じかな」

私は蜘蛛手に囁いた。が、声は意外な方向――背後から返ってきた。

「そんな、生易しいもんじゃねえ」腰の折れ曲がった老婆がこちらを見ていた。

「すみません。悪気があって言ったわけじゃないんですが」私はとっさに謝った。

「あんたらも、仲間かえ」老婆は店の中で機材を抱えている男たちを皺くちゃな顎でしゃくってみせる。私たちを報道関係者と勘違いしているようだ。

「いえ、ただの観光客ですよ。のどが渇いたのでちょっと寄っただけです」

蜘蛛手が如才なく言う。

「そうかい、客なら入ったらええ」老婆は店の人間だったようだ。

公佳はすたすたと先頭を切って中に入り、壁に貼られた手書きの品書きの一つを指さし、

「おばあちゃん。杏子ジュースください」

蜘蛛手と私も注文する流れになった。そういえば昼食もまだだった。

「入り口だって好きで直したんじゃない。なけなしを払って直したんじゃ。火事で焼けたんじゃよ。どうやら放火らしいがの。この辺も物騒になったもんじゃ」

「放火ですか？」

私の視線に応えて老婆は続ける。

「コンクリの卵が出てきてから、ろくなことがない。酔狂な暇人がやって来て、卵に近づこうとするんじゃ。干上がったっていっても、あの辺はまだ水深が一メートルはあるし、底には泥もたまっとる。足をとられて溺れたら危ないじゃろ。この間も夜も深い頃にやって来た連中がいて『危ねから、近づくな』って注意したら、怒られたと思ったんか、一目散に逃げて行きおった。その日の明け方や、放火されたんは」

私たちは老婆の話に頷きながら、報道陣が取り囲む窓際の座敷席より、一つ間を置いた同じ窓際の座敷席に腰を下ろした。テーブルにつくと老婆お薦めの三色そばを注文した。

窓から池を眺めると、紅碧色をした水面の先に剝き出しの岩肌が見て取れる。その岩肌に以前には、そこに水があったのだと知れる、水平のライン（痕跡）が幾筋も残っていた。

しばらくして、さっきの老婆がそばを運んできた。

「まあ、忙しいのもあと一週間ぐらいなもんじゃ。いつもは静かないいところじゃよ」

かさかさの皺だらけの手で蒸籠《せいろ》をテーブルに並べる。

「はあ、そうですか」たしかに名の知れた観光地ではない。考えてみれば龍神池ブームも卵が発見されたからだろうし、いま目の前にいる報道陣も、その卵の中から白骨死体が出てきたからに他ならない。

「でも、スキー場もできることだし、これから客は増えるんじゃないですか」と私。

「スキー場はここから三キロも山のほうじゃ。こんなところまで降りてくる好きもんはいねえ。それに向こうにゃあ、ホテルやらロッジやら一杯ある。あっちも、客の取り合いさ」

「そういえば、スキー場が縮小されたんですよね」

「それなのに、あんな豪華な建物ばっか、造りおって——。おまけに迷惑もかけてからに」

「迷惑って？」私は訊いた。

「御池にぷかぷかと、シュークリームみたいなゴミが浮いていたんじゃね。ほら、いま社会問題になっとるアスベストとかなんとか撒き散らしたんじゃ。あとでなんかしら断熱材とか言い訳しとったけど」

「今、アスベストは製造禁止ですよ。新築物件ですから、それはないでしょう。それにアスベストなら水を含めば沈みますからね。水面に漂っていたのなら、断熱材——発泡ウレタンだと思いますよ」

蜘蛛手の説明を理解したのかどうか、老婆は首を振り、

「他にもセメントの袋を、捨てたんじゃに」

「それこそ不法投棄ですね。市役所には届けましたか」私はアドバイスする。

「もちろんじゃ。じゃが、役所の人間は厳粛に対応したとか言っとったけど、口ばっかじゃ。結局どこの現場のもんか分からんかったちゅうことで御咎めなしじゃ。あそこには五個から六個の工事現場があったからな。それに、ゴミが浮いていたんは二〇〇五年と、次の年の二回だけちゅうことで、厳重注意しただけで終いじゃ。県も進んで誘致したもんじゃから強く言えんのじゃ」老婆はいつの間にか上り框に腰かけ、「工事現場のやつらはやつらで、うちの現場じゃないといい張りよる。なすりあいじゃ」顔中の皺を中央に寄せ、いやいやと首を振る。そして「ほんで、次はコンクリのゴミ捨てだ。今度こそちゃんと調べてもらわんといかん。雨が降らんのも本当に龍神様が怒ったからかもしんねえ」

老婆にかかれば、龍の卵もただのゴミ扱いだ。

「そのコンクリートのゴミはいつからあったのですか」蜘蛛手が質問する。

「初めて見たんは二〇〇七年じゃな。今年と同じで雨が降らん年でな。干上がった池に半分ほど顔を出したんじゃ。ほれ、あの兄ちゃんが見つけたんじゃ」

老婆はそう言って皺くちゃの手で右前方を指した。

その先――報道陣が作る人の輪の中心ではキリン柄のTシャツを着た黒縁眼鏡の青年がインタビューを受けていた。卵（？）の第一発見者のようだった。

「船着場の先に大きな枯れ木が突き出ているのが見えるだろ。あそこから数メートル、七、八メート

ルぐらい北西の方に行ったところに龍神の卵があったんだ。半分ほど水面から頭を出していたよ」青年は得意げだ。

「でも、それはコンクリートの塊だった？」

「そう、そうなんだよね。泥を被っていたから、すぐには分からなかったんだよ」

「どんな状態でした」一番手前の報道関係者が問いかけた。

「ほんとに卵形で、長い方で一・五メートルあったね。胴回りは、幅が七〇センチぐらいだから、――えーと、二メートル以上はあった計算だな。ごつごつした卵形っていう感じかな。それに泥がこびりついていたから、まさかあれがコンクリートだとは……」

「それで、どうしてまた、今回に限ってコンクリートを割ってみようと思ったのですか」

「役所では引き上げてくれないみたいだから。一昨年も、一昨昨年《さきおととし》のときも、卵の写真だけでは誰も動いてもらえないんで。また雨が降って水底に沈んでしまう前に、自分の目で確認したいじゃないですか。もし万が一、本当に龍神の卵だったらと思うと一生後悔するでしょう」

「今年のゴールデンウィークにもここへいらしたんですよね」

「そうだよ。春先も渇水状態になっただろ。そのとき卵の先端が現れたんだ。翌々日には雨が降って沈んじゃったけど――。だから、この夏の渇水は絶好のチャンスだったんだ」

「それで夜になってボートで近づいたと？」報道陣の咎めるような質問にも、青年は子供のように大きく頷くと、

「そう、そしたら五〇〇円玉より少し大きめの孔が開いていて、――その孔にオールの柄を突っ込ん

でいたら二つに割れたっていうわけなんだ。そしたら中から半透明のビニール合羽を着た白骨死体が出てきて、もうびっくりなんてもんじゃなかった」

青年の話は佳境に入ったようで、声が上ずっている。

「そのときの様子は？」

「刃渡り三〇センチぐらいある包丁が顔面にこう――刺さっていて――」

と、自らの右目辺りに拳を重ねてジェスチャーで表現する。

「最初は人間のものだと思わなくて、龍神の子供だと思っていたから、何度か水をかけ流してみたら、金属の光沢がはっきり見えて、包丁だと分かったんだ。人間の白骨死体だと分かったのは、そのあとなんだよ」

「他には何もなかったんですか」

「赤い爪以外は、んー。小石と泥があっただけで……、他には何もなかったなあ」

「どうして白骨死体が入っていたと思います？」

「分かんないよ、そんなこと。ほんとはね、その昔龍神池に生贄にされた娘が龍神に喰われ、それが卵になって出てきたのかな、なんて思っていたんだけど――」

報道陣の間で小さなざわめきが起こった。

「その卵の殻はまだここに残っているんですか」

私は框に腰を下ろし愚痴り続ける老婆に問いかけた。

人数の割には、注文はないようで、カウンターの中にいる女将——老婆の娘であろうか——も手持ち無沙汰に報道陣の方を見つめているだけだった。

「午後二時からクレーン車を使って引揚げ作業があるよ。急な決定じゃ。最初は重すぎて引揚げることができないとか、言うとったくせに、雨が上がって思ったより水嵩が上がらなかったからなんか、今度はすぐに引揚げじゃ。役人の言うことはいつもいいかげんじゃ。もう少し計画的に予定を立ててくれれば、宣伝になって、客足も伸びるっていうもんじゃが。こっちが干上がっちゃうよ」

私は蜘蛛手と目を見交わした。絶好のタイミングで立ち寄ったことになる。

「引揚げは、もうそろそろじゃよ」と言って壁に掛けられた時計を指さす。

「向かいのロッジじゃ二年連続して殺人事件は起こるし、館は燃やされる。龍神池にはゴミが捨てられるし、死体も捨てられる。おまけに店にまで火ぃ点けられる。八〇年生きてきて、こんなに災難ばかり続くと、誰が思うかね。ほんまに龍神様のお怒りに触れたんじゃ。あの館を東京者に売ったのが災いの始まりじゃよ。あー、辛い。もうここも終いじゃ」

老婆の話はまだ続いていたが、私たちは急いでそばをかっ込むと外に出た。そのすぐあとに、店にいた報道陣たちも一斉に外に出てきた。

オートキャンプ場のある池の畔に足を運ぶと、そこは警察関係者や報道関係者に交じってどこから聞きつけた野次馬で溢れていた。

その人垣の向こうには一〇〇トンクラスの大型クレーンがアウトリガーを一杯に張り出し、据えられており、今まさに池に向かってブームが延ばされていくところだった。

龍神池の中では数台のボートが浮かび、割れた卵がある辺りに集まっている。

しばらく見ていると、数人の警察関係者だろうか、ウエットスーツを着た人たちが吊り上げワイヤーを操っていた。玉掛けにかなり手こずっているようだった。

後で分かったことだが、卵は均等に割れているわけではなく、見た目の大きさでいうと七対三の割合で割れていて、卵の細く尖った方が三、残りが七という具合だった。先に〝三〟の小さい方を吊り上げたのだが、形の悪いお碗のような形状なので、バランスをとるのに苦労していたのだ。

蜘蛛手が「石工を連れてくるか、僕に頼めば、五分とかからずに吊り上げてみせるよ」と自慢げに呟いた。

暫く待っているとクレーンのブームが起き、ワイヤーが巻き取られ、まず〝三〟の卵が上昇する。やっと玉掛けができたようだ。

続いてクレーンはゆっくり慎重に旋回を始める。

吊り荷の下に野次馬や報道関係者が入らないように、クレーンの指導員が人払いする。

クレーンは一八〇度旋回すると、待たせてあったトラックの荷台にそのままゆっくりと下ろしていく。

蜘蛛手は私の腕をつつくと、人混みを離れた。

引揚げられた〝三〟の卵を見に行くためだ。おあつらえ向きに人々の視線は、池に残っている〝七〟の卵の方にあって、トラックの荷台には向けられていなかったので、かなり近くまで行くことができた。

「おい、見えるか」蜘蛛手が質す。

「うん――、」私は卵の割れ口に注目した。卵の殻の厚さは一〇センチぐらいのところもあれば二〇センチ近くもあるところもあって、かなりばらつきがある。殻の内部も外表面と同じでごつごつとした粗雑な出来だった。特に外表面は小石や泥がコンクリート表面に食い込んでいて、汚れてもいる。これではすぐにはコンクリート製だとは分からなかっただろう。泥と藻であろうか、茶と緑の混じった汚れで変色してもいる。

唯一、割れ口断面の明灰色がコンクリートであることを明示してくれている。またその割れ口断面には、錆びてはいるが、細い針金が満遍なくはみ出しているのが見て取れた。

「ラス網だ。コンクリートの卵の殻が割れないように、菱目の金属網を入れて造られたのだ」

蜘蛛手の説明を待つまでもなく、明らかに人為的に造られたものだと分かる。何者かが、コンクリートの卵が割れないように金属の網を入れたのだ。

続いて残りの〝七〟の卵が吊られてきた。今度は野次馬たちも吊荷と一緒に移動してくる。警官たちが野次馬を寄せ付けないように人垣を作る。

おかげで私たちはそれをも間近で見ることができた。最初から荷受けのトラックの近くで待っていたからだ。

荷台の上には荷取りする作業員が二人いたが、彼らは吊荷を見上げていたので、私たちが触れるぐらいにトラックに近づいても咎められることはなかった。とはいえ、吊荷と一緒にやってくる警官に追い払われるのは時間の問題だった。案の定、すぐに警備にあたっている警官が、車から離れろとホイッスルの音と共に近づいてきた。

吊荷はワイヤーが滑ることを怖れて割れた断面口の方が下になっていたので内部をくまなく見ることができた。

「蜘蛛さん、中に——殻の内側に、引っかき傷のようなものが」私は思わず叫んだ。

「ああ、たしかに引っかき傷だな、あれは。おそらく爪もそこに残っていたのだろう」

時間にして数十秒のことだったが、内部がはっきりと見て取れた。何度も引っかいたのか、傷は深く刻まれていて、英語のNの文字をいくつも重ねたように見えた。

「第一発見者のあの男が引っかいたということはないよね」

「そんなことはない。それなら、表面はコンクリートの綺麗な灰色がはっきりと出ているはずだ。しかし泥の粒子がコンクリート表面にこびりついて、茶色っぽい。ということは、引っかき傷はコンクリートがまだ新しいときに刻まれたのだ」

警備の警官が吹くホイッスルが耳元まで近づいてきて煩《うるさ》かったが、そのときの私の頭の中は、ある映像で占められていたので、肩を摑まれて排除させられるまで気がつかなかった。

——生きたままコンクリートの殻の中に閉じ込められ、脱出しようともがき、指を血だらけにしながらコンクリートを削っている堀木優の姿が——

集まってくる警察関係者、報道関係者、野次馬に押されるようにしてはじかれた私たちは、車を停めてあるところまで戻ると、

「密室殺人ね。コルバ館なんかより、こっちの方がほんとの密室殺人だね、蜘蛛さん」

公佳が車に乗り込み際に呟いた。蜘蛛手はそれには答えず、にやにや笑いながら、ずっと私の方を見ていた。

「ところで、君のその愛車はまだ新しいね。いつ買ったの」

「ああ、ミニクラブマンだよ。もうじき二年になるかな。前のランドローバーはもう一〇年乗ってがたがきていたからね」

私は決して道楽をしているわけではないと暗に主張した。良いものを長く使う、これが信条なのだ。

それでも蜘蛛手はにやにや笑いを止めなかった。

襲撃事件の真相 ［宮村 記］

私と、蜘蛛手、公佳の三人は龍神池を後にして、コルバ館に向け出発した。駐車場に車を停め、私が先導して橋を渡る。今の状態で見ても得るものは少ないと思うが、ここまで来て、見ないで帰ることはない。蜘蛛手の慧眼なら何かを見出すかもしれない。

コルバ館は、コンクリートで造られた半地下はそのまま残されていたが、その上部にあったはずの木造の上屋——一、二階部分はその大半が灰となって焼失していて、柱と梁がところどころ枯れ枝のように焦げて残っているだけだった。

「え————っ」と言ったきり、目を白黒させている公佳。

蜘蛛手はその後ろで、「やっぱりな」と呟いて、アハ、ハ、ハ、と大笑いを始めた。

私は呆然と館を見つめて立ち竦む公佳と、大笑いする蜘蛛手を交互に見つめていた。

「また焼けちゃったの？　なんで？？？　訳分かんない」公佳の第二声だった。

「また、って……、え、どういう意味？」私こそ訳が分からず訊いた。焼失した館がそんなに珍しいのか？

だが、公佳は蜘蛛手に向かって、「やっぱりって、何がやっぱりなんですか？　知っていたんですか？」と詰め寄る。

「さっきだよ。決定的だったのは、龍神池の駐車場で宮村の愛車を見たときなんだ」蜘蛛手はまだ笑っている。

「公佳君。何をそんなに驚いているの」私はさらに訊いた。

「彼女は、いや僕もそうだけど、密室殺人が起きた部屋はもちろん、客室ごとに異なる露天風呂が見られると思ってやって来たのさ。しかし、目の前に広がるのは焼け落ちた廃墟。驚き、呆れ、疑問に思うのは当然だ」

蜘蛛手が代わって答え、次に眉間にしわを寄せ、「全くなんてことか。こんなことだったとは」と私を睨みつける。そして、最後には舞台役者の如くやれやれと言わんばかりに首を振った。

「……？」

さらに、理解不能な私を尻目に、公佳に向かって話しかける。「公佳君。あの資料は、順序が違っていたんだよ。ある一部だけがね」

「……？？？」

公佳は怪訝な様子で、小ぶりでふっくらした唇を丸く開けて蜘蛛手を見ている。

「分からないかい？　昨日プリントアウトして章毎にホッチキス留めしてもらっただろう。あの中の一部が、順序が間違ってクリップされていたんだ」

「それは、ルポライターの抜粋記事のことだよね。僕の報告書はいつも冗長だって言われるから、飽きっぽい蜘蛛さんのために、コルバ館事件の合間に差し込んでおいてって、彼女に指示したんだよ」

と私は間に入って説明した。

「ああ、あれは事件の内容も性質も異なるから、交じっていたって支障はないが――」

公佳はそう答える蜘蛛手の腕をとって自分の方に引き寄せ、「あ、ひょっとして、ピストル襲撃事件？」同時に私との距離をとろうとする。

「勘がいいな。そのとおり、ピストル事件のことさ。その後に続けて起こった爆発で、コルバ館は炎上したんだ。今、目の前に在る、これこそが炎上した館の跡なんだよ」

「焼けたから改修工事したんだとばかり思っていた」

「二〇〇五年の殺人事件があっても、レンタル別荘としての改修計画は中断することなく進められた。そして改修工事が完了した二〇〇六年に宏社長殺人事件があった。そんないわくつきの建物だから、今度は外装を中心に改修したかったんだ。その打合せをしている最中にピストル襲撃事件が起きた」

蜘蛛手の説明に公佳は目を丸くしたまま頷いていた。

「――でも、わたし、ホルダー内のＰＤＦ資料を順番通りにプリントアウトして綴じただけなんだけど」

「ああ、信じるよ。宮村がいけないんだ。おそらくＰＤＦに変換保存したときにナンバリングでも間違えたのだろう。ワードファイル名にナンバーを振るとか、フッターにページを記入するとか、ちゃんと整理しておかないからだ。野黒美のルポも交じっていたから、混同したんだろうけど――」

先を歩く蜘蛛手と公佳の後ろにいて、風音もあって、よく聞き取れなかったので、「何か問題があったのかい」と訊く私に、二人は恨めしそうな視線を浴びせ返しただけだった。

「でも、蜘蛛さん、どうして分かったの」公佳は蜘蛛手の耳元で囁く。いつの間にか二人の距離は縮まっている。

「さっきも言いかけたけど、まず車だな。第九章の冒頭に新社長の車はポルシェ、宮村の車はミニクラブマンで新車とある。しかし次の一〇章、二〇〇六年の事件で宮村は愛車のバッテリーの不具合で黒江のポルシェに同乗させてもらっている。新車が故障しないわけではないが、早々バッテリーがトラブることはない。バッテリーは消耗品だから、古くなればトラブルは当然だ。つまり、二〇〇六年夏の時点では、宮村の車は一〇年乗り回したランドローバーのことだったのではないかと考えることができる」

「じゃあ、九章での新社長っていうのは……」

「宏社長が亡くなった後の三代目の社長で、おそらくポルシェに乗っている黒江のことじゃないかな。宏社長は兄の明社長と同じ嗜好でアウディだろうしな」

「……」公佳は蜘蛛手から視線を逸らさない。

「第九章にはまだ他にもおかしいところがある。僕に『一連の事件を解決するためにも、早く帰ってきてもらわなければならない』との記載があるが、この時点では明社長殺害事件しか起きていないはずだ。〝一連〟と表記するのはおかしいだろ。僕さえいれば『密室の一つや二つ難なく解いてお見せすることができる』というのも婉曲的だが微妙におかしい。『神谷社長殺しは依然解決されていないのだ』と締めるのも反則すれすれだ。〝神谷兄弟殺し〟という表記こそが正解だ。

決定的なのは二階の個室を見て回っているとき〝扉を押し開く〟という表記があることだ。引き戸にこういう表現はしないから開き戸ということになる。つまり、改修工事の終わった二〇〇六年の事件以降なわけだ」

「分かったわ。もう一つある。半地下の倉庫を見ているときの表現で『まだ工事途中の、そのままの状態です』という社長の説明に所長は『最初の殺人事件のときからですね』と答えています。二つ以上あるからこそ〝最初〟って限定するんですよね」

蜘蛛手はウィンクで応えた。

【作者注：『』内は第九章P162〜P167を参照】

蜘蛛手は焼け跡の中から階段を選び、剝き出しとなった半地下に降りた。

そこから見る龍神池は深く碧い色をしていた。公佳嬢も窓があったと思われる開口部から身を乗り出すようにして下を覗いている。高いところも怖くないようだ。

「今のコルバの社長って誰なんだい」蜘蛛手が訊く。

「黒江さんだけど、言ってなかったっけ」

私は自分のミスの重大さに気付き始めていた。だが、

「何か手違いがあったみたいだけど、仕方ないよね。あまりにも時間がなかったんだ。蜘蛛さんが帰ってきたのは昨日なんだからさ。だから詳しく説明する時間はなかった。山梨の仕事も片付けなければならなかったし、忙しかったんだ」まずいことに言い訳が先に口を突いて出た。

「責めちゃいないよ。それより確認したいことがある」

蜘蛛手の穏やかな口調にほっとして、「ああ、何だい」と気楽に答えた。

「二〇〇六年の神谷宏殺人事件の直後、行方不明になった人物は堀木優だよね」

「もちろんそうだけど」私は何を今さらと頷く。

「その前に『その後行方不明になり』と君が言っていた『その後』とは、二〇〇六年の事件直後のことではなかったんだね。詳しく訊かなかった僕のミスだ」

蜘蛛手の声が低くなった。

私は無言で、ただ深く頷いた。

「ピストル襲撃されたとき、君と一緒にいた新社長っていうのは、黒江萌音さんだね」

「もち――、いや、そうだけど……」

「それはいつ、何年のことだい」

「二〇〇八年だけど、……やっぱり、書いてなかったっけ」

そう答えて、私はやっと事の重大さに気付いた。記録書の一部の順序が違っていたくらいでそんなに大きな問題はないだろうと、この瞬間まで考えていた。しかし、そうではない。とんでもない方向に誤誘導してしまったのだ。ここに着いてからの二人のよそよそしさも当然だ。腋の下から冷たいものが流れる。

「ああ、何もね」蜘蛛手はやはり穏やかだった。

「……あ、それはごめん」私は言葉少なに謝った。

「二〇〇五年は携帯が全く繋がらなくって、二〇〇六年には繋がった。でも、ここ半地下だけはコンクリートに覆われているから相変わらず繋がりにくかったのね。完全に引っかかっちゃった」公佳は舌を出して、「ほら、今だってそう」と言って携帯の『圏外』表示画面を蜘蛛手に見せた。

蜘蛛手は苦虫を嚙み潰したような笑いを返し、

「まとめるとこうだな。二〇〇五年に神谷明社長が殺され、神谷宏が新社長になり、コルバ館はレンタル別荘として二〇〇六年に改修された。兄の遺志を引き継いだのだ。そしてその竣工内覧日に今度は新社長——神谷宏が殺された。堀木は直後に行方不明。さらにその後、新社長となった黒江がここへ君を呼び出し、再度改修工事の相談を持ち掛けた。それが二〇〇八年だ。そこでピストル襲撃事件に遭い、館は炎上。二〇一〇年の現在まで改修されずに至る」と公佳に説明するように話した。

そして、今度は私に向けて、「コルバ館が炎上焼失して、犯人と思われる人物が火だるまになって——。その後、行方不明になったのは誰なんだい」

「あっ、ごめん。それこそ言ってなかった。津田専務だよ。だから、津田が事件に絡んでいるはずなんだ」といつもの（童顔を利用した人懐っこい）営業スマイルでごまかした——はずだ。

蜘蛛手は、いや気にすることはないと、私の肩を二度三度と叩き、四度目は強くパシッと音がするほど叩いた。

「痛いな、蜘蛛さん」

「痛くなんかないです」代わって公佳が吼えた。

——肝心な情報が抜け落ちていたのだ。蜘蛛手の苦虫を嚙み潰したような顔も、分からないわけじゃない。しかし、私は解けない謎に一人で悩み、あれだけの記録書を一人でまとめたのだ、建築の仕事を続けながら。大変な失態には違いないが、それでも一方的に責められるのは釈然としなかった。だから、反論した。

「――だ、だけど、それは言っておいたよね。〝二人の社長が死んで幹部も一人行方不明になった〟って――」

「それって堀木さんのことだって思うじゃないですか。白骨死体が彼女だって分かった時点で」蜘蛛手に代わって公佳が答える。

「残念だが、公佳君、それは違う。堀木は社外の人間だから〝一人の幹部〟には該当しない。〝一人の幹部、つまり津田専務と、一人の外部関係者、つまり堀木優が行方不明〟と表現していれば完璧だったろうが。宮村の表現は間違っているとまでは言えないんだ。さっきも言ったように、僕は昨夜の夕食時にも〝堀木は事件直後から行方不明になった〟と聞かされていたんだが、これも嘘ではない。どの事件なのか、明なのか、宏なのか、襲撃なのか、詳細に確認すべきだった」

さすがに長い付き合いだ。蜘蛛手は分かっている。いざというときには私を弁護……？

「とはいえ、一般的には公佳君の主張の方が正しい。分かるように表現しない君が圧倒的に悪い。情報は正確に伝わってこそ意味を持つ」

――弁護してくれるわけではない。

蜘蛛手は新しい情報を基に事件を組み直すと言って、しばし腕を組んで沈黙した。

「君の資料だけを読んで、最初は二〇〇五年の事件の後、ピストルによる襲撃事件があって火を放っている――粗野で乱暴な犯行であることなどから、犯罪請負組織が絡んでいる可能性もあると考えていたんだが、そうでないと分かれば、外部犯行説は完全に消えた。犯人一味は黒江、津田で間違いない。しかし実際に手を下したのはもう一人の犯人だ。それが誰かだ」と突然しゃべりだした。続けて、「館を焼失させたのは、開き戸に残ったトリックの痕跡を消滅させるためだったと考えればつじつまが合う。犯人間で何かもめ事があり、津田がピストルを使い黒江を抹殺しようとした。ところが不慮の事故で、火だるまになってしまった。これが一つの可能性。いや、命を狙われたのは君だろう。その可能性の方が高い。その理由は、君が建築士であるからだ。建築に詳しく、図面を描いている設計士なら、いずれ密室トリックの真相に辿り着かないとも限らない、と判断したのだ。しかし、誤って黒江を撃ってしまった」

「そう言えば、黒江社長は蜘蛛手さんのことを知っていたんですよね。だから蜘蛛手さんの慧眼を恐れたんだわ。所長を殺し、図面も燃やして、証拠となる板戸まで灰にしちゃえば、永遠に暴かれることはない。安心だもんね、犯人は」公佳が襲撃事件をまとめた。

蜘蛛手はうんうんと頷きながら、

「しかし、するとどうなる。公佳君。密室のトリックが解けても、二〇〇六年の事件ではホール・リビングには桐村たちがいて開き戸からは誰も出入りしていない。津田だけが厨房にいた。つまり津田だけが、梯子を使って東窓から侵入し、殺害だけでなくドアノブを付け替えたことになるのだが……。わざわざそんな面倒なことをするものだろうか。厨房には誰かが顔を出すかもしれない。現に、舞がノンアルビールのアテをもらいに厨房に行っている。そんな見つかるかもしれない愚を犯すものだろうか。何かが足りない。何か別のピースがあるはずだ。卵の中の白骨死体が堀木であるのは間違いないだろうし、津田はおそらく龍神池の底で死体となっている——それを前提にドリルキラー事件も含めて再構築しなければならない」

「ドリルキラー事件も関係しているんですか」

「おそらくな。繋がりはコンクリートだけだが、そんな匂いがする」

——匂い——

蜘蛛手がそんな曖昧な感覚で思考をするとは意外だった。仮にそうだったとしても、あえて口にするのはどんな心理なのだろうと訝った。今日の遠出にしても、いつにも増して行動が早い。早急と言ってもいい。何か焦っているようにさえ感じる。その焦りがミスに繋がらなければいいがと、私は要らぬ心配をした。

このとき私は大きな思い違いをしていた。襲撃事件の配置が違ったところで、真犯人が変わるわけではないので大きな問題はない、と考えていたのだ。それは事実なのだが、襲撃事件がコルバ館で起きた事件の最新であるということは、犯人にとって未遂で終わっている以上、殺人事件はまだ終わっていないということになるのだ。つまり、襲撃事件から二年経った今でも、私は被害者になる可能性を保持していたのだ。

「けど、蜘蛛さん。分かってみると、密室のトリックって案外シンプルだったんですね。もっとテレビドラマで見るような、糸とか氷とか使った複雑なものかと思っていましたけど」公佳は不満げな声を上げた。

「まあ、そうだな。こんなものだよ、現実なんて。殺人を犯した犯人が複雑な機械トリックを仕掛ける余裕なんて普通ないさ」

蜘蛛手はただただ苦笑している。

「ちょっと、待ってよ。それって、密室のトリックが解けたってこと!? 僕はまだ聞かされていないけど。どうなっているの、蜘蛛さん」

私は興奮して、抱きつかんばかりに顔を近づけた。

それでも蜘蛛手は何も答えず、公佳に顎をしゃくった。君が話せ、という意思表示だ。しかし、公佳は、いやです、面倒くさいです、と唇を突き出し、首を振るだけだった。

「君は殺人事件の当事者だからな、全貌が分かるまで、教えるわけにはいかない」

「えーっ、そんな」

「まあ、あともう少し待てよ。もう少しで、全てが分かる。この蜘蛛手啓司が請合うよ」

蜘蛛手、公佳の二人から拒絶反応を示された私が、コルバ館の密室の説明を受けるのは、東京に戻ってからになる。

卵の密室の謎を解く　［野黒美ルポ］

テレビのニュースを見ていて気がついたことがある。いや、インスピレーションが閃いたというべきか。これまでドリルキラーを追い続け、寝ても覚めても毎日ドリルキラーのことを考え続けてきたが故の成果にちがいない。

それが何かというと、例の、長野県の龍神池で発見された、コンクリートの卵に封じ込められた白骨死体のことだ。身元は池の北側に建つ館を設計したインテリアデザイナーの堀木という女性だとの噂は事実に違いない。コルバ館で起きた連続殺人事件の関係者の一人だ。事件直後行方不明になっているとも聞く。ここまで書けばもうお分かりだろう。

——そう、これもドリルキラーの犯行なのだ。

ドリルキラー事件のキーワードはなんだ。ドリルとコンクリートである。コンクリートについては筆を費やすまでもない。既報の通りだ。

生きたままコンクリートの卵の中に入れられ、その後、包丁で顔面を刺され殺された。密室殺人事件だと騒ぐ奴もいるが、それは違う。コンクリートという堅牢で、密実性が高く、しかも人一人がやっと入れる程度の空間で殺人などできるわけがない。出入り口などないのだ。

しかし、この龍神池の卵の殺人も、ドリルを用いることによってのみ可能となる。つまり、全てがドリルキラーの仕業とするなら、この殺人トリックも説明がつく。

順を追って説明しよう。

まず、堀木はコンクリートの卵の中で生きていたとされている。それは内部の引っかき傷から導き出された結論だ。そして発見された白骨死体の右眼窩には包丁が刺さっていた。包丁は卵に開いていた五〇〇円玉大の孔からは入らない。四つあった孔は、大きさはどれも同じだ。だから、堀木がどうやって殺されたのか不明のままだ。

繰り返すが、これがドリルキラーの仕業だったとしたらどうだろう。

もうお分かりだろう。開いていた孔からなら、十分ドリルを通して殺すことができるのだ。槍状のもので刺された可能性も否定できなくはないが、力強く突き刺すとなるとそれなりに振りかぶらなければ難しい作業だ。しかも、槍ではコンクリートに開いた小さな孔を、寸分の狂いもなく突き通すことは不可能に近い。唯一可能なのは速い回転の力を与えることだ。すなわちドリルだ。ドリルで堀木は殺されたのだ。

小さな孔を的にして回転するドリルを突き刺したのだ。孔が四つあるのもそのためだ。頭部を狙ったわけではない。刺すのはどこでもいいのだ。内臓を傷つけられれば、死に至らしめることができるのだ。だからこそ孔は比較的離れた位置に開いていたのだ。どれか一つがヒットすれば事足りるのだから。

私は警察関係者に訴えたい。龍神池の卵のあった辺りを精査せよと。水位が回復する前に底を浚《さら》って欲しい。そうすれば必ずやドリルの刃が発見されるだろう。真鍋美紀殺害事件と同様にどこか近くにあるはずだ。

包丁は神谷兄弟を殺した凶器に相違ない。つまり堀木がコルバの神谷兄弟社長を殺した犯人なのだ。凶器である包丁を持って逃走していた堀木は、ドリルキラーに捕まり、殺されてしまったのだ。神谷殺しの犯人である堀木は、ドリルキラーによって天誅を加えられたのだ。

では、右眼窩に刺さっていた包丁の意味するところは何なのか？

包丁が刺さっていたのは単なる偶然で、四年という長い間の、水の流れに伴う揺れや振動で、結果的に突き刺さったに過ぎない。白骨死体の頭部が千切れそうなほど折れ曲がっていたのも、何か強い衝撃が加わったからで、その際に包丁が刺さったのだ。

巷では指で引っかくのなら、持って逃げた包丁を、なぜ使わなかったのか、という疑問が囁かれているが、明かりもなく、辺りを十分に見回すこともできない極小の閉鎖空間にいたのだ。正常な判断が下せるわけがないし、包丁があることに気付いていない可能性も高い。仮に包丁をしっかり握っていたとしても、削って脱出を図ろうとした段階で、ドリルキラーがそれを黙って見ているはずがないではないか。

その他四件のドリルキラーの犯行は、死体の扱いこそ猟奇的で残忍だが、一応とどめを刺してからのち、死体をコンクリートで処理している。それに比べこの龍神池の殺人では、殺人犯である堀木を生かしておいて、――殺人犯に相応な罰を与えておいてから、とどめを刺しているのだ。この一連の殺人と、卵の殺人の唯一ともいえる相違点は、ドリルキラーが堀木の犯した罪を特別に強く憎んでいたからということにならないだろうか。

義賊的という言葉は適切でないかもしれないが、ドリルキラーは彼なりの判断基準で、五人の人間に天誅を加えたと推察できる。二人も殺した殺人犯である堀木に対しては、死の恐怖という罰を与えてから処刑したのだ。

俺の考察では、ドリルキラーはただの猟奇的な殺し屋ではない。ドリルキラーにはドリルキラーなりの殺害すべき理由があるのだ。その判断基準が普遍ではないにしろ、ドリルキラーなりの基準にもとづいて行動していると考えられないだろうか。堀木のケースは連続殺人事件の犯人ということで、最も重い刑に処されたのだ。ただ殺すだけでなく、もっと恐怖を味わわせてから殺害することが、それに該当するのだ。

そもそも判断基準が普遍である必要があるだろうか。ＴＰＯで価値判断は大きく異なる。戦時下では敵を殺せば英雄となるのがその最たる例だ。あるいは砂漠で彷徨った挙句の一杯の水は、なにものにも代えがたく、たとえそれが一〇〇万円で売られているとしても、命にかかわるのなら、借金してでも迷わず買うことだろう。

ドリルキラーの行為を正当化するつもりは毛頭ないが、少なくとも殺人魔——堀木に与えられた懲罰は当然のことのように思われる。

また、ドリルキラーには犯罪者をかぎつける嗅覚のようなもの——特殊な能力が備わっているのではないかと思う。

その独特の嗅覚で犯罪の芽となるものを嗅ぎつけ、ドリルキラーの基準で裁いているのではないか。ドリルキラーの判断だけを是とするわけではないが、現在の司法制度はまどろっこしすぎる。あまりにも時間がかかりすぎるのだ。誤解を恐れずにいうなら、連続殺人者なら逮捕後速やかに死刑にすべきだと俺は思っている。全ての人々の同意を得ようなんて土台無理な話なのだ。超法規的な判断で死刑を宣告しても、問題ない。被害者の無念、残された家族の怒りや悲しみを慮るべきなのだ。


くどいかもしれないが、交通事故を例に考えてみようか。無理な追い越しで対向車と正面衝突したとしよう。もちろん車線を越え無理な追い越しをかけたドライバーに責任はある。それは事実。しかし、先行する車が四〇キロ制限だからといって三〇キロで走行し、渋滞を引き起こし、後続車をいらいらさせていることに何の罪もないのか。そもそも制限速度を守っているドライバーの方が、圧倒的に少ないのが現実だ。スピードの出しすぎだけが悪いわけじゃない。急病人や受験生を乗せていて急いでいた場合だって考えられるのだ。やむを得ず道交法に違反したのだ。しかし、その渋滞を引き起こした張本人にはなんらお咎めなしだ。だからそこに反省もない。自分が引き起こした事態に対して、何も罪悪感を持たないから、改めるようなことはしない。自分は法定速度をきっちり守って安全運転をしているから、と胸を張って暮らしているのだ。

はたしてそれで良いのだろうか。そういった連中にも何らかの罰を与えるべきではないのか。そうしないと世の中は良くなっていかない。日本はダメになる。

もしかしたら、ドリルキラーはそんな風に考え行動に移しているのではないのか。

エスカレーターの左寄せ（右側は急いでいる人が使う）は日本人の美徳から生まれた暗黙のルールで、逆に素晴らしいものだと評価する。メーカーにいわせれば片側に荷重をかけ続けると、緊急停止して怪我をする危険があるという。騙されてはいけない。片荷重程度で停止する製品など欠陥品だ。自らの責任を転嫁しているだけだ。急いでいる人に譲るこの精神こそが美しい。

平日の昼間、デパートのエスカレーターに乗ったときのこと。主婦二人が並列乗りしていたため、後ろの六、七人が渋滞していた。先頭の二人は後ろに配慮しないのか。エスカレーターは並列乗りが正しいという間違った常識を盾に、ああいった連中はつけあがる。のさばる。自分が少し譲ることで、他の人が助かるということを美徳としないのだ。暇な人間は、それで構わない。忙しく働いている人間もいるのだ。否、その方が多数なのだ。その多数が日本経済を支えているのだ。だから、せめて邪魔をしてくれるな。

何度も繰り返すが、ドリルキラーの行為を全て是認しているわけではない。判断はこの記事を読んだ読者に委ねよう。だが、私のルポで取り上げた先の四件の事件と、コンクリート卵の殺人事件では、ドリルキラーなりに罪に軽重をつけているのは間違いない。

何故、コンクリートで身体を固めるのか。コンクリートの意味するものは何なのだろうか。そう考えていった場合、ある仮説に到達する。

それは拘束だ。コンクリートで身体を拘束することで、被害者に悔い改めよとメッセージを送っているのではないか。

佐伯徹の場合は、家具を壊すなと。

真鍋美紀にはペットの糞を片付けよと。

近藤里香には行儀よく足を閉じよと。

渡辺幸子には誠意ある謝罪をと、それぞれ躾の意味で、手足を拘束、固定したのだ。

——そう考えられなくないだろうか。

そして堀木、卵の中の死体には、密室殺人を犯した罪を、自らも密室で償えとのメッセージが含まれているのだ。

宮村　事件を推理する　［宮村 記］

卵の中の、白骨死体の身元がＤＮＡ鑑定によって確定した。

大方の予想通り、二〇〇六年の神谷宏殺害事件以降、行方不明になっていた堀木優に間違いなかった。しかも、恐ろしいことに不吉な予感は当たった。堀木は生きたままコンクリートの卵に入れられ、脱出を試みようとして、爪が剝がれるほど必死で掻きむしったのだ。

コンクリート塊は粗雑で表面はかなり凸凹があり、土や落ち葉、枯れ枝などを含んでいた。そうした付着物の分析から、卵が造られたのは龍神池のキャンプ場の近くの雑木林であるのは間違いない。また中が空洞であるとしても重量は数百キロあり、遺棄することを考えれば、発見されたキャンプ場の、そう遠くないところであると思われた。形状を丸くしたのも、池まで転がしやすくするためだったろうと推察できる。現在は詳細な場所を特定するため調査が継続中である。

マスコミは連日、面白おかしく報道していた。

その一つ——あれは堀木が脱出できないと悲観しての自殺だと。卵の四つの孔は最終的には池に沈める際の水の入り口でもあったが、本来は堀木を生かしておくための空気孔でもあったのだ。絶望した堀木は、犯人によって入れられていた包丁——自殺用の凶器——で自らを刺し、自殺した。反論として、自殺で自らの目を貫通させることなどできない。そんな自殺者は過去に例がない。さらに堀木はなぜ素手ではなく、包丁を使ってコンクリートを削らなかったのか。包丁を使えば脱出できたかもしれないのだ、と。

いずれにしても、犯人が生きたまま堀木をコンクリートの中に、封じ込めたことは前提事実であり、犯人の異常な狂気性がクローズアップされた。そして殺人犯堀木に天誅を加えたとする野黒美のルポが——些細な部分に違いはあれど——受け入れられた。

つまり、ドリルキラーなる殺人鬼が存在し（事実存在している）、神谷兄弟社長殺しの犯人である堀木を抹殺したという説がまかり通りつつあったのだ。

私は早朝七時から、事務所にてパソコンを立ち上げ、一心不乱に打ち込んでいた。昨夜のニュースと、野黒美がアップしたブログと、蜘蛛手から聞かされた神谷兄弟刺殺事件の密室トリックを踏まえて事件の全体像を書き記しているのだ。事件が起きるたびこうして記録しておくことがいつしか習慣化している。それに、もう少し経つと、当の蜘蛛手がやってくることになっている。それまでに整理しておかないと、彼の話に追いついていけないことが予測できたからだ。本当ならあの後、もっと詳細を訊き出す予定だったのだが、叶わなかった。というのも蜘蛛手は帰りも公佳の車に同乗したためだ。深夜、東京の事務所に着いて解散する直前に何とか板戸のトリックだけは訊き出せたのだ。

蜘蛛手が推理するように二〇〇五年と二〇〇六年、連続して起こった殺人事件は、黒江と津田が大きく関わっていることは間違いないだろう。しかし、実行犯は別にいて、手引きをしたり、密室を作ったりしたのが黒江であり津田であるとの結論だ。

白骨死体が堀木であり、二〇〇六年の事件以降行方不明となっているのであれば、彼女こそが二つの密室事件の実行犯なのだろう。野黒美の考察《ルポ》とも一致する。

――果たしてそうだろうか？

ドリルキラーの存在を省いて考えた場合、三人――黒江、津田、堀木――の間に何かトラブルがあり、黒江か津田が堀木を殺しコンクリートの卵に詰め込み処分した。その後、黒江と津田の間にもトラブルが発生し（新社長の座を狙っていたとすれば、全ての事件の動機としては適当だ）、津田が黒江を抹殺しようとした。コルバ館に火を放ったのも、密室の痕跡＝開き戸に残された証拠を完全に消すためだったのだ（その場合は私がターゲットの可能性が高い）。しかし、予期せぬ爆発で津田は図らずも亡くなってしまった。

それらを踏まえたうえで（堀木を実行犯とした）事件を再構成すると次のようになる。

二〇〇五年の神谷明社長殺害事件では、堀木は館を退出したとみせかけて、社長の部屋に忍び隠れておく。酔った社長を抱えて黒江と津田が部屋まで運び、引き戸を外す。社長を寝かせ黒江と津田は退室する。このとき戸を裏返しておく。こうしてトリックの仕込みが完了した。

そして堀木が殺害を実行し、逃走する。ここが問題だ。どこから逃走したのか。南窓はクレセントが下りていた。東窓は開いていたが、降りた痕跡はない。おそらく東窓から脱出したとみせかけたかったのであろうが、準備が疎か（サッシの滑りが悪い）で失敗した結果なのだ。

ではそうすると引き戸から出たことになるが、いつどのタイミングだろうか。二二時から二〇分の間であることは間違いないが、二階廊下には、共犯である黒江、津田以外の人間がいつ出てくるか分からないのだ。引き戸を薄めに開け、様子を窺い、異常なしと見るやさっと行動に移せば、そんなに難しいことではないかもしれないが……。

　仮にうまく館を脱出したとして、その後どうやって逃げたのだ。吊橋は落ちた後だ。山道は車では通れない。山道は倒木がなくても車で一時間ほどかかる。歩けば半日コースだ。捻挫した足で走れるはずもない。駐車場からでも三〇分はかかる佐久インターで、堀木はどうやったら、二三時に事故を起こすことができようか。しかも事故ったのは、自分の車だ。駐車場に停めてあったあの赤い車だ。

　それになぜ吊橋を落とす必要があったのだ。吊橋は館側の方で切断されている。堀木が切った可能性が高いが、これが分からない。共犯者がいるならば、堀木が吊橋を渡ってから切断した方が、逃走には有利なのに、なぜ館に留まるような真似をしたのか。やはり堀木は単なる被害者で黒江、津田の二人だけの犯行なのか。

　二〇〇六年の――神谷宏殺害事件では、津田、黒江、桐村、新谷、番の五人ともアリバイがある。これも堀木が実行犯であるなら、次のように推理する。

　堀木は事前に東窓から侵入しクローゼットにでも潜み、殺害後ノブを付け替え東窓から逃走した。ノブを付け替えたのは、黒江の号令で、全員でダイニングを片付けたときに違いない。特に廊下側の作業――正規のノブを取り外し、空いた穴を埋め、ダミーノブを吊元側に取り付ける――は充電ドライバー一つで簡単にできる作業で大した時間はかからないとはいえ、チャンスはこのときしか考えられない。

　次に殺害現場である社長の部屋に乗り込んだのは、黒江と津田だ。斧を使って板扉を壊し、ノブのトリックを隠そうとしたものと考えられる。斧の衝撃で外れたダミーノブは外しておいた本物ノブと差し替えられたのだ。扉が破られ、その場にしゃがみこんでいた津田がお腹を抱えていたのは、差し替えたダミーノブを上着の下に隠し持っていたからだ。

またこの事件での堀木の行動は、警察もまったく嫌疑の外に置いているのか、調査したのかさえ分からない。

私は疲れた頭をリセットするために、一度パソコンをシャットダウンし、自身も目を閉じ、思いっきり背伸びをする。関係はないのだが、行き詰まったときの、これが私の儀式なのだ。

——やはり堀木だ。それと丸島。この二人についての検証を試みる必要がある。

まず二〇〇五年の事件では丸島、堀木にはアリバイがある。堀木は前述の通りで、丸島に至っては二二時五〇分には麓の旅館にいてコルバ館に電話を入れている（旅館着は二二時四五分）。どうあがいても三時間も前に崩壊した吊り橋、さらに鉄橋の倒木による不通がある限り、殺害時刻にコルバ館にいることはあり得ない。

逆に二〇〇六年の事件では丸島、堀木にはアリバイはない。丸島は夫婦仲が芳しくなく（その日も妻子が実家に帰っていたとかで）一人自宅にいたと証言している。堀木に至っては事件直後から行方不明となって、結果、殺されている。

先ほども記したが、事件解決の障害となるのは、二〇〇五年の事件での堀木のアリバイである。崩壊した吊橋を越えてコルバ館に侵入することは無理でも、予めコルバ館に潜んでいて、殺害してから逃げ出したとすれば犯行は可能になる。残るはその脱出方法である。一応丸島の行動も併せ検証してみる。

陸路が無理なのは十分分かったが、では、水路はどうだろうか？　丸島が旅館に姿をみせたのが二二時四五分過ぎ。死亡推定時刻は二二時〜同二〇分。最も早く、二二時ちょうどに殺されたとして、四五分で犯行を犯し、旅館へたどり着くことは可能か。川を下り、龍神池を横断し、オートキャンプ場に用意していた車を飛ばせばどうだろう。あの翌日、ボートで渓流下りをする予定ではなかったのか。しかし川は断崖絶壁の渓谷で、川面へたどり着ける場所は、鉄橋のある辺りで、山道を奥に登って行かなくてはならず、時間がかかりすぎる。

最短なのは、館の急勾配の崖を降り、龍神池を横断するのが早そうである。しかし、これはあらかじめロープが施されていたとしても、三〇メートル超はあろうかというあの崖を降りるのに、どんなに早くても三〇分はかかるのではないのだろうか。これはくしくも、経験済みで、あの崖を半分の一五メートル降りるだけで一五分は優にかかったのだ。完全に降りきるまで少なく見積もって三〇分はかかる。それから、ボートを漕いで対岸まで渡らねばならないから、どんなに早く漕いでも一〇分はかかるだろう。これだけでもう四〇分費やすことになる。専門技術を持っていればよいのだろうが、堀木は空手をやっているといっても、当日は捻挫していたのだ。とても崖を降りられるとは思えない。彼女が右足首を捻挫していたのは事実なようで、警察の捜査もそれを裏付けている。

その彼女は二三時に佐久インター近くで事故を起こしている。事故現場から龍神池畔まで車で三〇分。殺害から崖を降り、ボートを漕ぐのに四〇分。合計で七〇分かかり、一〇分のオーバーだ。したがって堀木は犯人ではありえないことになる。

今度は同じ行為を丸島に置き換えてみる。丸島は見るからにぽっちゃり体形で、崖をロープで降りる――そんな能力はなさそうだ。

仮に崖を降りボートを漕いでキャンプ場まで四〇分、それから車を飛ばしても旅館まで十五分。殺害から部屋脱出に五分要したとして合計六〇分だ。これでは二二時ジャストに殺害したとしても二二時四五分に旅館にたどり着くことは不可能だ。一五分足らない。

そもそもそんなロープやボートの後始末はどうしたのだろう。池はボート遊びも禁止だから、一艘も浮いていない。ゴムボートを使用したにしても空気を抜いて車に積み込むだけで五分はかかるに違いない。

しかもこれらは机上の低く見積もった単純計算だ。実際にはどうだろう、もっと時間を要したはずだ。犯人側の気持ちになってみれば、社長が部屋に戻ってきたのが二二時。泥酔していたといえ、確実に寝入っているのを確信するまで五分は必要だろう。さらに死体発見当時まだ血がしみ出している状態であったことを考え合わせると、殺害時刻は早くて二二時五～一〇分が一番確実な線ではないか。そうすると旅館到着は二三時五～一〇分になる。これは絶対に無理な話だ。したがって、堀木、丸島犯人説はこれで消える。

さっきまで堀木が犯人だと確信に近い自信を持っていたのだけれど、こう考えてくると堀木犯人説は否定せざるを得なくなる。

【経路模式図】参照
考えれば考えるほど混迷にはまっていく。これ以上推理が進まない。

仕方ないので野黒美の考察を受け入れつつ整理をしてみる。

【経路模式図】

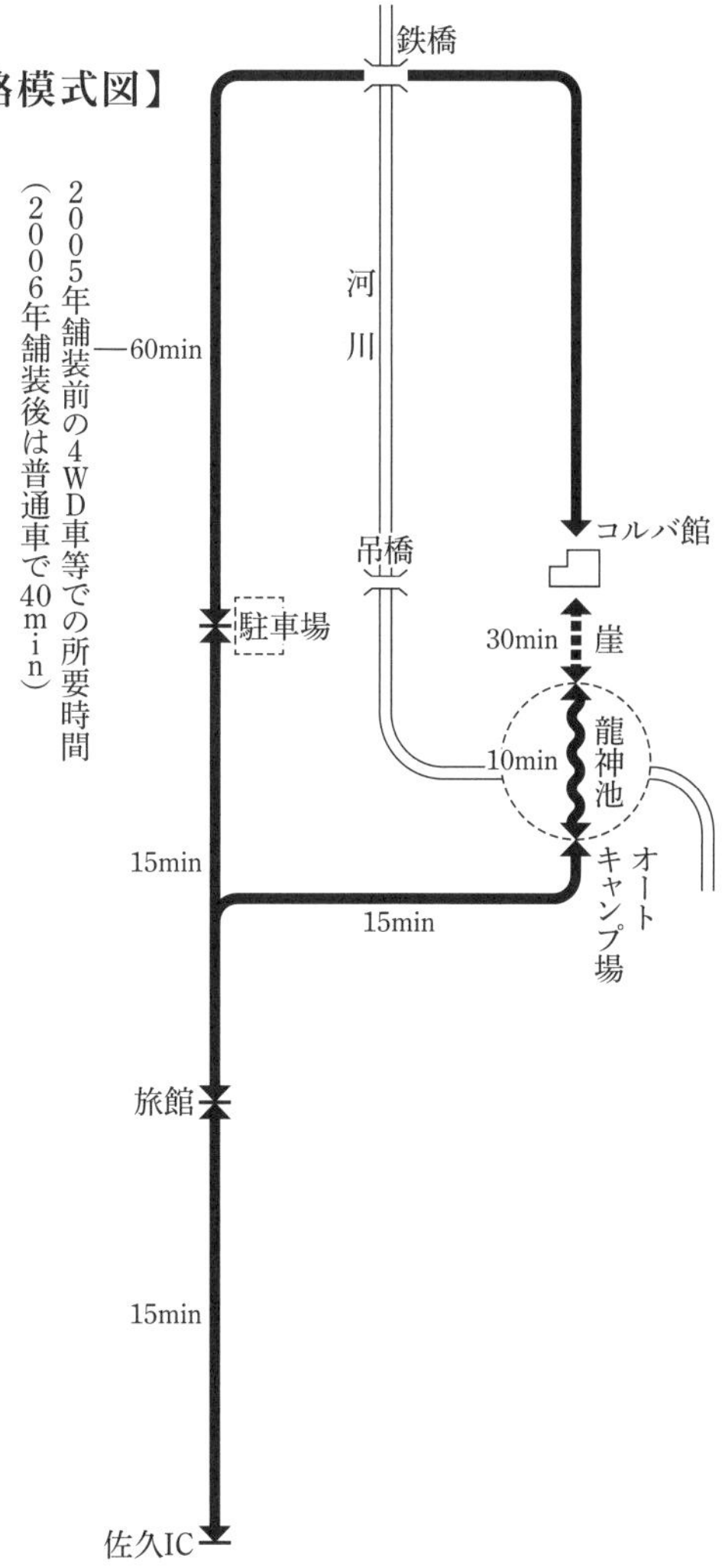
鉄橋
河川
吊橋
コルバ館
30min
崖
10min
龍神池
オートキャンプ場
15min
駐車場
60min
2005年舗装前の4WD車等での所要時間（2006年舗装後は普通車で40min）
15min
旅館
15min
佐久IC

二〇〇五年の殺しは黒江の犯行説——黒江は密室のトリックを実行でき、犯行時間のアリバイも完全なわけではない。次に二〇〇六年の殺しは堀木の犯行説——堀木はアリバイがないだけでなく、その後、姿を隠した。ただ彼女は卵の密室でドリルキラーにより処刑された。津田に関しては両方の事件の共謀犯だった——こう考えればすべてのつじつまが合う。

入り口のドアが開いた。

マックの紙袋を抱えて、蜘蛛手が姿を現した。細身のダメージジーンズにライダースジャケットを着こんでいる。髪は金髪のままだがドレッドを解き、短くカットされていた。この方がよく似合う。

蜘蛛手は「君の分も買っておいた」と紙袋からハンバーガーとポテトを取り出し、テーブルの上に置いた。

私は机を離れ、淹れ立てのコーヒーを二つ持って応接ソファに腰を下ろした。

「気が利くんだね」

「なーに、君が一生懸命仕事に精を出している姿を見せつけられれば、これぐらいのことはしなくちゃな、共同経営者としては」

「だとしたら、ハンバーガー一個じゃ割に合わないな。君のいない七年間——」

と言いかけて止めた。記録書ファイルの順序間違いのほとぼりが冷めるまで、大人しくしていた方が無難だ。

「ところで、お嬢さんは？」蜘蛛手が狭いオフィスを見回す。

「昨日も今日も、休むと連絡があった。一昨日の遠出が堪えたんだろう」

「そうだな。腰が痛いって言っていて、後部座席で横になっていたからな」

「えっ、じゃあ帰りの運転は」

蜘蛛手はハンバーガーをほおばりながら自らの顔に親指を立てる。

「仕方ないだろ。あの娘の未熟が故の無謀な運転並びに疲労による事故の可能性と、たまたま失効こそしてはいるが、経験豊富なベテランドライバーが起こす事故の可能性を天秤にかけて熟慮した結果だ」

「そんなことして、もし――」

「もし事故を起こしたらの、その前提条件を満たさないための決断さ」

私はそれ以上の追及は止めた。過ぎた時間は戻らない。

「密室のトリックは分かったけど、犯行に関しては、黒江社長が関与していること、そして二〇〇八年の事件以降行方不明になっている津田元専務が大きく関係しているってことで間違いないよね」

蜘蛛手は最後のひと口をほおばると、鷹揚に頷いた。

「卵の中の白骨死体が堀木であることは確定的だから、彼女も関係しているわけだよね」

蜘蛛手はまた頷く。

「昨夜のニュースは見たんだよね」

堀木が生きたままコンクリートの卵の中に閉じ込められた、あのニュースのことだ。

蜘蛛手は咀嚼しながらまた頷く。

「蜘蛛さんには、全容が分かっているんだよね」

コーヒーで流し込むと、「ああ、全てだ」と私を見据えた。


一昨日、焼け落ちたコルバ館を訪ねた後、私たちは再び龍神池に立ち寄った。そこには既にトラックやクレーンの姿はなく、警察関係者と、報道関係者が資機材の片付けをしている最中だった。そのとき蜘蛛手が突然、大きな声で語りだしたのだ。

「私たちは、東京で探偵事務所を開いているものだが、今回、この龍神池で発見された白骨死体の身元である人物の調査をしている。すでにご存じだと思うが、白骨死体である彼女はこの池の向こう側、コルバ館で起きた未解決密室殺人事件の関係者でもある。その事件の全容が知りたいのであれば、三日後の同時刻、ここへ再びお集まりください。〝私ども〟がすべての疑問に答えてあげることができるでしょう」

「今更だけど、どうしてあんなことを言ったんだい」

蜘蛛手は自己顕示欲の強い男のように見られがちだが、実態は全く異なる。彼は彼自身が満足する世界に浸りたい人間なのだ。自ら感じた疑問に解答を見出したいのだ。そこに世間からの注目は一ミリも存在しない。唯一の理解者がいれば彼は充足する。そんな蜘蛛手があえてマスコミに向けて公言するということは、何か別の目的がある。それはおそらく――、真犯人を陽動するため。

「でも、どうだろうか？　ああいうので、人は、――マスコミは集まって来るだろうか」

これは私の偽らざる心配事だった。

「日本のマスコミはテレビも雑誌もネタ切れだからな。地元テレビも含めれば五、六社は来るんじゃないか。心配いらないさ」

「早速、野黒美氏もネット配信していたよね。読んだ？」

「ああ、ここへ来る途中でね。なかなか興味深い男だよ」

「彼もやって来るんだろうね、きっと。そして、そのときの動画をとって配信して、より詳しいデータと共に雑誌に掲載するんだろうね。さらにいずれは単行本で発売――」

「うらやましそうだな」

「ああ、この事務所を経営するのに日々苦心しているからね。どうやったら潤うか、顧客が増えるか、いろいろ考えているんだ。探偵業でも、収入アップを考えないとね。さもないとここを閉めるしかない。いつもギリギリなんだ」

蜘蛛手は視線をわざとらしく逸らすと、大きなあくびをした。

「それより、少し引っかかるのは、あの日マスコミに言った〝私ども〟という箇所だけど」

「共同経営者だから、当然だろ。どちらかといえば君の事件だ」

と今度は両手を大きく上げ、背伸びをしてみせた。

私はコルバ館炎上事件の狙いが、私自身を抹殺し、開き戸のトリックの存在を永遠に消去することが目的だった、という推理を再確認した。

「間違いない。公佳嬢の考察の通りだよ」蜘蛛手はこともなげに言う。

「でも、二〇〇六年の事件から、二年間もそのまま放っておいたのはなぜなんだろう。証拠隠滅するならすぐ燃やせばいいじゃないか」私は思い出す度に少し憤りを覚える。

「警察は密室なんてものを基本的に信じない。映画や小説の中でだけ成立するものだと考えている。動機の有無で容疑者を絞り込み、アリバイを検証すれば犯人は捕まえられると信じているんだよ。だから捜査が済んでもばれなかったんだろう？　それなら急いで燃やすこともない。火災保険もかけて、時間が経過し、疑われなくなってから燃やした方がいいに決まっている。それに言いたくないが、僕の存在が犯人にとってプレッシャーになったかもしれないな」

蜘蛛手にしては控えめな自慢だった。

「蜘蛛さんは、やっぱり、図面で分かったんだよね」私は少し恥ずかしくなる。自ら設計し、ドローイングし、現地にもいて、戸の異変に気付かなかった。

「あの密室トリックは、ばかばかしくて大胆なアイディアだと思う。嫌いじゃないね」

（やっぱり馬鹿にしているのか）

「特に引き戸のトリックは単純だが板戸に証拠は残らない上に、興奮していて間違えました、的な言い訳が通用するという点では非常にリスク値が低く、そのかわり成功した暁にはベネフィットの高いトリックだと思うね」蜘蛛手なりにフォローしてくれているみたいだ。

「とはいえ、津田は誤射したあと、方針を変えて黒江もろとも殺そうと判断したのは間違いないのだろうな」と蜘蛛手が話を転じた。

「それはどうして？」

「館は爆発したと書いてあったな」

「うん、ドアに仕掛けたドラム缶の溶剤に引火したんだ。浮き代わりにするために、一缶は中身を部屋に撒いたからね」

「だが第二石油類だよな。確かにドラム缶に溜まっていたのなら爆発することはあるが、火を放ってから爆発までが早すぎる。第二石油類の引火点は二〇度を超えてからだ。ドラム缶に入った溶剤に引火するためには、燃えるものが傍にあって十分温度が上がってからになるのが普通だ」

「どういうこと？」私は訊いた。

「おそらくドアの外には、ガソリンが入った容器でもあったんじゃないのか。ガソリンの引火点はマイナス四〇度だ。火種さえあればすぐにでも引火し、容量があれば爆発だ。そんなことすら知らない津田が、指示に従って火を放って誤爆させられたんだよ」

火だるまになった人間が津田であることは、すでに疑う余地もなかったが、こうして改めて蜘蛛手に指摘されると、そら恐ろしいものを感じる。

「しかも、普段からあまりぱっとしない――、銃殺を仕損じた男が、こんな大胆な犯行を思いつくと思うかい」

「そう言われれば、――そうだね」私ははっとし、蜘蛛手を見た。

「ピストルによる殺害に失敗した津田は、黒幕の到着を待っていたのさ。津田の行動がゆっくりしていたのは、そのためだ。君の射殺と館を燃やすという目的は当初の計画だったろうが、そこに黒江は入っていなかったはずだ。だが、襲撃が失敗したことで、予定を変更したのさ。全ての関係者を抹殺してしまえとね、共犯者と共に。全く大胆な犯人だよ」
その後、私は蜘蛛手と明日に控えた事件解明会の打ち合わせを行った。
日が沈み、夕刻のニュースで龍神池からドリルの刃が三本発見された、とあった。
野黒美の予言はまた的中した。
これでドリルキラー事件とコルバ館殺人事件が完全に繋がった。
しかし、もう驚きはしなかった。

世界最小の密室　［宮村 記］

事件解明会当日、龍神池へ向かう車内にて。

「やっぱり、コンクリートの卵の中で殺された堀木が二つの殺人事件に関係しているのは間違いないことだと思うけど」

「当然。卵に堀木が閉じ込められた合理的な説明がつけば、全ての謎が解明できる」

蜘蛛手は全てお見通しだといわんばかりに断定する。

「それも、もう分かっているんだね！」私はハンドルを握ったまま小躍りせんばかりに腰を浮かせた。

「落ち着けよ。その前に君に質問がある」蜘蛛手は声を一段落として言う。

「何のためにコンクリートの卵を造った？　あんな面倒なことを好き好んでする意味は？」

「そ、それは……、死体が浮かんでこないように……」私は思いついたことを口にする。

「それだけのためなら、ドラム缶詰めにすれば事足りる。そっちの方が簡単でコンクリートの量も少なくて済むだろ」当然否定された。

すると、ほかには、「やっぱり、堀木を苦しめてやろうという――」。犯人は堀木に強い恨みを持っていて……生かしたまま恐怖をじわじわと与えていって――」自分で言っていてそら恐ろしくなってきた。野黒美の推理と同じだ。

「可能性はなくはないが、低いね。卵は粗雑な造りから、かなりの突貫作業で造られたことが分かる。おそらく数時間だ。しかも池のほとりで造られている。他所で造って運び込むことは、かなりの重労働だし、目撃される危険性もあるからな」

それは、間違いない。警察の見解も同じだ。

「恨みを晴らし苦しみを与えるなら、どこかで監禁し、いたぶった方が、安全で、簡単で、目的に沿う。犯人は夜の内に卵を造り、遅くとも明け方には沈めたと思われるから、造るのに精一杯でいたぶる時間は少なかったんじゃないか」蜘蛛手の指摘に、
私は「うん、そうだね」――認めざるを得ない。

蜘蛛手は意地の悪い笑みをわざと浮かべてみせ、

「では、質問を変えよう。いったいどういう方法で、中身が空洞のコンクリートの殻を造ったと思う」

「……どうって、あのとき龍神池で見たように、半ドーム型の殻を二つ造ってそれを重ね合わせたんだろう。繋ぎ目をモルタルで塗りたくって……。だから、厚さはまちまちだし……。あっ、それに、補強にラス網が入っていた」

私は龍神池での卵の引揚げ作業を思い出しながら言った。

「今の君の説明では、どこまで理解しているのか不明だね。頭の中でその作業の様子がビジュアルで浮かんできているかい。半球型の殻を造るなんて簡単ではないよ。それに半分でも一〇〇キロはありそうなのにどうやって重ね合わせるんだ。クレーンなんかないんだぜ。犯人になって想像してみればいい。ちゃんと画が浮かべば、分かっている証拠だ。逆に浮かばなければ、そこが足らないところだ

と自覚し、検討を重ねればいいんだよ。そうやって人は成長進歩する。そういう習慣を身につけるか否かで、君の今後の人生が決まってくる。古代人がピラミッドをどうやって造ったか、君もテレビや図解入り書物で見たことがあるだろう。見ただけで分かっているような気になっているが、説明できるかね。できないだろう。真の理解とは——」蜘蛛手の話が横にずれ、説教へと変わってきた。このままではまずい。

「でも、とにかく、卵の中の密室なんて、世界最小の密室だよね」

私は強引に話を変えた。これが、思いのほか効果があったらしく、蜘蛛手は新種の動物でも見るかのように、

「君は面白い見方をするね。見当外れながら、その見方にはいつも度肝を抜かれるよ。ある意味で新鮮だ。君と付き合っているのは、その新しい刺激があるからでもある」

「お褒めいただいて恐縮です」と私は遜《へりくだ》る。

「捜査側から見たら、密室であっても、犯人側から見れば、何のことはない、ただのコンクリート詰め殺人に過ぎない。ドラム缶に詰めて海に捨てるなんてのは、とても効率的な発想だよ。空洞がない分、その意味でも完璧な隠匿方法だ」

何が蜘蛛手の琴線に触れたのか、声が跳ねている。

「そもそも密室殺人というものの定義はなんだと思う？」

「物理的、あるいは心理的に閉ざされた室内、空間で、殺人が行われ、犯人がその空間から消失したもの——、かな」

「君にしてはまともな解答だな。まあ、七〇点だ。いいかい、いずれにしても犯人がその空間内にいたと思われることが密室の場合の必要条件なんだ。必要十分条件ではないがね。しかし今回の事件の場合、犯人は物理的に卵の中に入って、殺人を犯すことはできない。殺害が頭部からの鋭利な刃物での刺殺であることから自殺でもない。とすれば、これは厳密な意味での密室ではありえないんだよ」

（なんだか話が難しくなってきた）

「古典の推理小説にトイレでの密室殺人が扱われていて、これが世界最小の密室ということになっているが、空間が被害者一人しか存在しえない場合である限り、これもその理論でいけば、密室と位置づけるわけにはいかない。〝室〟という意味では最小だが」

「……」私は視線を正面に固定したまま聞き耳を立てた。蜘蛛手の話は続く。

「端的にいえば、物理的に犯人がその空間に存在しえない以上、すなわち〝0〟である以上、密室は存在しないのだよ。だから、今回の場合どうやって密室を造ったのかというアプローチは間違っている。どういった理由で中が空洞の卵形コンクリートを造ったのか、を考えなければならない。そこには必ず合理的な理由が存在する」

「でも、そのコンクリートの中で堀木は生きていたんだよね。生きたまま、生かしたままコンクリートで固める方法なんて……ないように思うけど」

「犯人にしてみれば、コンクリートの中に埋め込んでしまえば、生きていようが死んでいようが同じことだったはずだ。いずれは死ぬんだからな。堀木は気絶させられてから封印されたのだろうが、生死の確認は犯人にもできなかったという可能性が高い」

「えっ、どういう意味？」前方の車両を追い抜こうとして、ウインカーに指をかけて止め、助手席を見た。

「それこそが、空洞の卵の理由だよ」目を伏せた蜘蛛手の長いまつげが影を作る。話を聞いていれば真相は全て見破っているように思えるのだが、何かを思い悩んでいる風にしか見えないのはなぜだろう。

「堀木は包丁で刺し殺されたんだよね」

「いいから前を向けよ。説明を聞くよりも前に、お経を聞く羽目になるぞ」と注意された後、「卵の外部から殺したことに他ならない」

「でも、硬いコンクリートの外から刺すなんてことはできやしないし、あの孔を狙って槍で刺すとか無理なことだよ。しかも凶器は孔より大きい包丁でもある」と私。

「コンクリートの持つ特性っていうのは何だ」

「——そうか！　コンクリートがまだ柔らかいうちに殺し……。そうすればコンクリートを貫通した孔も修復することができる。——いや、だめだ。卵の中には引っかき傷があったんだよ。ということは、被害者はコンクリートが固まるまではまだ生きていたということになる。早強セメントを使用すれば数時間で硬化するとしても、顔面を貫通するほど刺されて、二時間か三時間か知らないけど生きていたなんて考えられない」

私は頭が混乱して、激しく首を振った。

「コンクリートの卵に孔が四つ開いていた理由は分かっているか」蜘蛛手は質問を変えた。

「一つは、それが開いていたために害者は窒息死することがなかった。もう一つは、内部に水が入るようにし、浮力で浮いてこないようにするため」

「正解だが、それ以外の理由だ。――比較的上の方に集まっていないか――」

「えっ？」私は眉を寄せ、アクセルペダルを踏む足を緩め、車間をとった。

「孔の位置の間隔は四方に散らばっているように見えるが、どちらかというと卵の尖っている方に集まっている。水が入ると同時に空気が出る孔が必要なのは分かる。そのためだけだとしたら、孔は対角線上の位置になるように二つ配置するのがベストだ」

たしかに蜘蛛手の言うとおりだ。しかし、人間のやることだ、そうと分かっていてもできなかったことは良くあることだ。

「それは、そうだけど。とりあえず、それなりの位置に二つあれば、目的は達成されたと言えるんじゃないかな」

「君の意見を否定はしないよ。でもな、犯人側から考えてみよう。犯人はコンクリートの卵に堀木を詰め込んだ時点で、仕事は完了していると考えたはずだ。わざわざとどめを刺さずとも、事態は変わらない。逃げられないんだからな」

「うん、確かにそうだね。コンクリートは薄いところでも一〇センチの厚さがあったし――。でも、それと卵に開いた四つの孔の関係って？」

「それこそが、このコンクリートの卵を造るにあたっての、合理的な何か――」

蜘蛛手の話が佳境に入ったところで、突然、目の前にブルーシートの切れ端が現れ、高速道路上で舞った。ハンドルさばきでかわす間もなく、後方大空へ舞い上がっていった。前を走るトラックから落ちたものだった。

私はさらに減速し、十分な車間距離をとった。つまらないことで事故ったら元も子もない。

高速道路から見る山合の景色はすでに陰り、木々の揺れが強い風が吹いてきたことを知らせていた。この季節には珍しい渦を巻くような風だった。

生き急いでいたら季節の変化にも気づきにくい。

解明［宮村記］

龍神池を望む茶店の駐車場は、警察、報道関係者の車両を始め多くの車で溢れていた。私の車を認めた報道関係者らしき人が、確保しておいたであろう一画を提供してくれた。好奇心旺盛な野次馬を含め、予想以上の人だかりができていた。卵の引揚げ時とは比べ物にならない野次馬の数だった。告知がいかに効果的であるか思い知った。

蜘蛛手はいつの間にか黒いバンダナを頭に巻き、その上からキャップを被り、サングラスまでかけていた。

キャンプ場の方に足を進めると、その途中にも人だかりができていて、キープアウトの規制線が張られ、その周りを囲うように報道関係者と野次馬が取り巻いているのだった。

「あれは何ですか」私は、私たちをエスコートしてくれる報道関係者に話しかけた。

「今日、龍神池の底が捜索されるんですよ。今度はコルバ館側の崖下を中心に」と一人が答え、「日照りが続いている今、折角水位が下がっているこの機会を逃すべきじゃないって、再捜索がされるようです」と、別の一人が教えてくれた。

見ると、対岸の近くに数艘のボートが浮かんでいる。ウエットスーツでも着ているのか、黒い人影が数名、水面に浮かんでは沈んでいる。全てのギャラリーが蜘蛛手の事件解明会に集まったわけではなかった。そうでなければ、警察まで来るわけはない。

「しっかりやれよ。探偵さん」

「大ぼらだったら承知しねえからな」

「わざわざ金沢からきてんだ。解けなかったら、交通費返してもらうぞ」

「期待してるぞ。お前たちが真相を解明して、今日、焼死体が発見されれば、完全解決だ」

若干名だが、期待し応援してくれる人もいるようだ。彼らにとっては、蜘蛛手の解明会と警察の大掛かりな捜索が重なって、絶好の日取りとなったわけだ。

「さあ、蜘蛛手探偵事務所の皆さんこちらへ」

地元のテレビ局のアナウンサーだろうか、この場を仕切ってくれるようだ。蜘蛛手のために、キャンプ場の一画には椅子と長テーブルが設置され、テーブルの上には数本のマイク、両脇には八〇インチモニターに、スピーカーも用意されていた。

白いクロスが敷かれたテーブルには椅子が二つあって、招じられるままに、私と蜘蛛手は並んで座った。

「さて、早速ですが、本日ここに集まった我々に、二〇〇五年と二〇〇六年に起きた神谷社長――ご兄弟密室殺人事件の真相と、先日発見された龍神池の卵中にあった白骨死体、堀木優さん殺害の真相を教えていただけるのですね。どのようにして、コンクリート製の卵の中に生きたまま閉じ込め、人類の発明品である強固なコンクリートの中で、包丁を用いて刺し殺すことができたのか。そして何より犯人はどのようにして堅牢なコンクリートの中から脱出したのか教えていただけるのですね」

老練のアナウンサーはどこか挑発的な物言いだった。

「そのとおりですよ。それだけじゃない。二件のコルバ館の殺人の後、火だるまになって死んだ、津田元専務についても、何があったか説明してみせますよ。池の底から白骨化した死体が見つかろうが見つかるまいがね」蜘蛛手も挑発に乗るように応じる。

津田という固有名詞を出したことで、おーっという歓声が上がった。

私は急に不安を覚えた。

周りを見ると、テレビカメラが回っている前で素顔を晒しているのは私だけで、説明がうまくいけば問題はないが、下手な説明に終始すると、逆効果にしかならない。私の顔が悪い意味で広く認知されてしまうのだ。

「勘違いしないでくださいよ。津田は直接的な犯人ではありえない。共犯ではあったが、手は下していません。他に黒幕がいます。今回、過去に遡る二件の殺人事件の真犯人と、堀木がコンクリートで固められた球体の中で、如何にして殺されたのか、全て証明してみせましょう」蜘蛛手は大きな声で宣言してみせる。もう後戻りできない。

「ドリルキラーが犯人だとの説もありますが」との別の報道関係者からの切り返しに、

「二〇〇五年の神谷明殺し、二〇〇六年の神谷宏殺し、そして死後四年は経っていると思われる堀木の白骨死体、これらは一連の事件なのです。ドリルキラーが最近起こしている事件とは、分けて考えるべきものです」蜘蛛手は手刀で虚空を切ってみせる。

「龍神池の底からドリルの刃が発見されたばかりなのに、ドリルキラーは無関係だとおっしゃるのですか。コンクリートの卵があった辺りですよ」老練のアナウンサーが問う。

そうだ、そうだ、という声があちこちから聞こえる。ドリルキラーの認知度は思ったより高いようだ。

「無関係だとは言いません、今のところは。ですがっ、あの説は、一人のライターが記事を売らんがために妄想をさらに膨らませたものでしかありません。夕暮時、低い雨雲に反射した自動車のライトを未確認飛行物体だと言い、さらに宇宙人が乗っていたと言うが如しです。彼の説は推理というべき代物ではないのです」

一人のライターとはもちろん野黒美のことである。この聴衆の中のどこかにいるはずだ。いてくれなければ困る。

「蜘蛛手さんでしたっけ。あなたならドリルキラーと今回の事件の関係も説明できるんですね」と老練のアナウンサー。

「当然でしょう。そのためにここにいるんですから」と言って右手を高々と上げる。

集まった報道関係者から、どよめきの声が上がったのは言うまでもない。ざわざわとして落ち着きがない。

蜘蛛手はこういった目立ちすぎる行為——売名行為は好まないはずなので、マイクを避け小声で質してみたところ、

「少しは『蜘蛛手探偵事務所』の名を売っておかないとな。家賃も払えないだろう」という答えが返ってきた。宣伝効果は抜群かもしれない。うまく事が運んだ場合に限るが。

「先ほど津田元専務の死体が上がろうが上がるまいが事件を解明するとおっしゃいましたが、今警察がやっていることは無意味だということですか。専務の死体が上がれば彼の犯行で事件は終了するのではないですか」どこかの記者らしい男が発した。これに蜘蛛手はまた過剰に反応した。

「警察のやることが無意味だなんて思っていませんよ。彼らは罪を犯していない人まで、あなたは犯人ではありませんよ、と多大な税金を使って証明するのが仕事ですからね。推理で、最短距離で真相を突き止めようとはしない人たちの集合体ですからね」

と蜘蛛手は束になったマイクを手に取り、そして立ち上がり、テーブルの前に進み出たかと思うと、警察までも挑発したのだ。

聴衆の中には藤堂と小高をはじめとした数人の警察関係者の姿が確認できた。彼らは本来コルバ館の崖下を探っているダイバーらの監督・指揮で来ていたのだが、なかなか成果が上がらないとみえ、キャンプ場で待機していたようだ。

だから、その挑発に乗るように藤堂警部も、「さあ、蜘蛛手さんとやら、早く説明してもらえんかな。君の新しい発見とやらを」と半袖シャツから伸びた太い腕を組んで威圧する。警察は一歩も引く気はないようだ。

蜘蛛手と藤堂を結ぶラインに沿って報道陣と野次馬からなる人垣が割れた。

「お店の中で、個別にお話を伺ってもよろしいんですよ。今の内であるならば」

藤堂の背後で背の高い小高刑事が皮肉な提案をする。

「いえ、いえ、ここでやりましょう。皆さんお待ちかねですし、機材も揃っていて説明するのにも都合がいいのです。なあ」蜘蛛手が突然振り返り、私に振る。

「……えっ、ああ、そうです。そのとおりです」

私は訳が分からぬまま話を合わせる。蜘蛛手には考えがあるのだ、きっと。

しかし、……いやな予感がする。突然腋から汗が溢れだしてきた。

蜘蛛手はそのままゆっくりと半回転し、聴衆を見回しながら、特に報道陣に向かって演説するように手を拡げ、

「何を隠そう、対岸にあるコルバ館で連続して起こった殺人事件を解決に導いたのは、実は私ではありません」

次に、その拡げた手をさっと斜め後方に流す。その手の先には私しかいない。

(なんてことだ。何をしてくれるんだっ！)

「蜘蛛手探偵事務所の所長、宮村達也がその人です」

「えっ！――」冗談ではない、何も聞いてない。そんな下打ち合わせもしたことがない。

「待って――。僕は何も――」

蜘蛛手はギャラリーの方へ視線を走らせたまま、私と目を合わせようとしない。

「蜘蛛さん、冗談じゃないよ。僕には説明できない」私は立ち上がって拒絶した。

「できるさ。ほら、昨日まとめていたあのメモのとおりのことを喋ればいいんだ」

蜘蛛手はマイクを持つ手を離して言う。

「けど、真相は僕にはまだ分かっていない」

「事件当日から現場にいたのは君なんだ。君が喋らないで誰が喋る」蜘蛛手は引かない。

「うほっ。始まりもしないうちから、もう破綻したのか」藤堂がこぶしを口元に当て大きな咳払いをした。蜘蛛手も蜘蛛手だが、その挑発に乗る警部も警部だ。

「大丈夫だって、君の推理は間違っていない。説明に詰まったら、フォローするから」

このときだけ蜘蛛手はちらと一瞥をくれた。刑事たち、とりわけ藤堂の顔が紅潮して見える。

「す、すみません。では、私の分かる範囲で、説明させてもらいます――」

私は覚悟を決めた。そして立ったまま刑事たちに向かって話し始めた。

刑事たちも成り行き上、立ったまま腕を組んで私を睨みつけていた。学校の先生に遅刻の言い訳をする生徒のような気分だった。

私は昨夜まとめたメモを見ながら事件の説明を始めた。車を降りるとき、蜘蛛手があのメモは持っているよな、としつこく訊いてきた理由が今分かった。


途中からだんだん声が小さくなってしまっていたのか、ときどき藤堂に「あん?」と何度も威嚇されることはあったが、二件の事件のアリバイ検証に続き、密室のトリック――このときだけは、持参したタブレットをケーブルで繋いで、コルバ館の平面図を大型モニターに映し出し説明した。全て蜘蛛手が段取りさせていたのだ。

そしてこの密室トリックの実現には共犯者が必要なこと、共犯者の名前は元専務の津田、現社長の黒江萌音であることを発表した。

すると、おーっと大歓声が上がり、辺りがざわついた。犯人捜し——聴衆の中に黒江が紛れていないか——が始まったのだ。

「では、実行犯は別にいるんですよね。誰なんですか」

誰かが質した。ざわつきが静まった。一番の関心事なのだ。

私は一瞬にして静まった聴衆の視線を感じつつ、実行犯は堀木優であることを前提に、順序だてて、何とか話し終えた。

その間、蜘蛛手はギャラリーの方に視線を預けながら、ストレッチをやっていた。何と気楽な。

「それだけか」私の話が終わっての、藤堂警部の第一声だった。しかし、「それで——」と代わって話し始めたのは小高刑事だった。

「あなたのご高説は、すでに我々の手によって発表になっている事実をなぞっているに過ぎません。新しい情報は密室のトリックぐらいで、その先ですよ、肝心なのは。堀木優が殺人の実行犯なら、第一の事件でどうやって——、わずか一時間でコルバ館から佐久インターまで行けたのですか。その説明がありませんね。第一の事件では津田が殺害犯。彼は独りになる時間が最も多くあった。部屋も隣ですしね。新谷さんの目を盗んで侵入したのですよ。黒江が共犯者であるなら口裏は合わせやすくなる。第二の事件では堀木が殺害犯。それで決まりでしょう。そして仲間割れが生じ、津田が堀木を殺す。その後、黒江も抹殺しようとしたが失敗して火だるま——ってところでしょう」

小高はシニカルな笑みを浮かべてから、「噴飯ものの話ですよ。これだけマスコミを集めて、大掛かりな設定までして——」

したのは自分ではないと叫びたかったが、「逆に刑事さんに質問があります」やっと蜘蛛手が口を開いた。「なぜ、部屋は密室状態になっていたのでしょうか」

「不可能犯罪にしたか――」

「違いますね」蜘蛛手は小高に最後まで言わせず、

「第一の事件ではアリバイがあるようでないのは、黒江、新谷、桐村の三人、番、津田も厳密にはアリバイはないといえます。完全にアリバイがあって犯行が不可能だと思われるのは堀木と丸島だけです。第二の事件では逆に、堀木と丸島にアリバイがなく、コルバ館滞在者五人にはアリバイがある」

「それはもう判明している事実に過ぎな――」

小高の反論も、マイクで拡声された蜘蛛手の声にかき消された。

「コルバ館にいた五人に限っていえば、アリバイの有無は何で決しますか。それぞれの証言ですよね。もし誰かが勘違いか、偽証しているとすれば、アリバイは崩壊する。ましてや共犯がいるとすればアリバイ工作はいとも簡単です。第二の事件で全員にアリバイがあるのはなぜです。桐村さんがホール・リビングで電話をしていて、誰も害者の部屋に出入りしなかったからでしょう。彼女が、犯人ではないにしても何かの理由で偽証していれば、アリバイなんかいともたやすく崩れます。そもそも山奥の一軒家で、人が出入りしない閉鎖空間で、アリバイなどを追及することは、あまり意味がありません。同じことが密室にもいえます。どちらの事件でも密室を構成しているのは、出入り口が開かなかったこと、南窓が閉まっていたことと、誰かがホール・リビングにいて結果的に社長の部屋のドアを見張っていたことです。東窓は開いていましたが、二〇〇五年の事件に限っては外に出た形跡がなかったが故の結果論です。誰かがホール・リビングに居続けたことは犯人にとっても想定外のことだったはずです。つまり犯人にとっては、密室もアリバイも想定していなかった。しかし二件とも出入り口が開かなかった。それはなぜでしょう」

蜘蛛手は一旦言葉を切ると、ギャラリーを一瞥した。

「それには別の意味があったんですよ。そもそも犯人がわざわざ積極的に密室にする理由なんてことは本来ないものなのです。ましてやこんな閉鎖空間で。南の大きな窓をも開けていた方が、第三者犯人説も加わって――、犯行の可能性が拡がって優位になるはずじゃないですか」

「別の意味とは何ですか」とこれは別の局のアナウンサー。

「館滞在者を安全圏におき、外部犯行説に導く行為です。二〇〇五年の事件では、部屋の出入り口は開かない。東窓下のぬかるみに痕跡がないことで密室になってしまった。二〇〇六年の事件では滞在者五人はお互いが監視下にあってアリバイが成立。もちろん部屋の出入り口も開かない。東窓はサッシも軽く開け閉てでき梯子を立てた可能性は大だ。おまけに三連梯子とおぜん立てはすべて外部犯だと示している。前年の失敗を教訓にして修正したかのようだ」

「南の窓は二件ともクレセントが下りていましたね。これはなぜです。今のご主張なら開けておくべきでしょう。意味のないことをしたのはなぜですか」とどこかの報道陣。

「もちろん意味はあります。決して窓の下がすぐ崖だから、降りられないから、開いていようが閉まっていようが、どちらでも関係なかったというわけではありません。敢えて閉まっていたのは、そこへ意識をもっていかれては困るからです。犯人がね」

蜘蛛手はいたずらっ子のように笑み、いつものようにはぐらかす。

「アリバイを検討しなければならないのは、コルバ館の外にいたことになっている第一の事件の、堀木の場合です。二つの事件を比較した場合、重要な相違点は吊橋があるかないかです。第二の事件ではしっかりした新しい木橋が架かっていたので、アリバイ工作は諦めたのです。道も整備されていて、車で逃走するのが一番早いからです。それに堀木は第一の事件で嫌疑の圏外に置かれているので、積極的にアリバイ工作する必要がなかった。人間は一度刷り込まれた思考はそのまま踏襲するものです。同じような事件が起き、一旦安全圏に置かれた人物は、もう大丈夫だろうとの心理的な作用が働くということも計算に入っていたのです。それよりも二回目の事件では、共犯者のアリバイ工作の方に重点が置かれたのです」

「君の話は興味深いものだが、その実、何も真相には達していないじゃないか」

藤堂の低い声がした。ずっと腕組みして、仁王立ちだ。

「そう悲観されることもないですよ。私でなくても、要は事件が解決すること、ですよね」

蜘蛛手は挑発することを止めない。

「今日ここに事件の真相を突き止める可能性のある人が来ています。龍神池に堀木を殺した凶器があると予見した人です」と突然、声を大きくして、「さあ、出てきてください。ルポライターの野黒美さん」

蜘蛛手は身体の向きを変えざまに、ギャラリーのある一点に向かって指をさした。

人垣が割れ、一人の男が浮き出た。

男はフリーのルポライターに似合わず、スーツにネクタイを着け、きっちりと分けられた髪に、おしゃれな金属フレームの眼鏡をかけていた。

「刑事さん。紹介しますよ。彼がドリルキラーの記事で有名なライターの野黒美氏です。是非彼の意見を拝聴したいのです。龍神池にドリルが落ちていることを予言した、彼の御高説を聞いてみたいのです。いかがなものでしょう」

そう呼ばれた男は、しぶしぶだが刑事に促されると　前へ進み出た。

男の後ろには灰色のヤッケに鍔広の帽子をかぶり、山ガール風の装いをした小柄な女がいた。サングラスまでして顔を隠しているが、公佳であることはすぐに分かった。蜘蛛手の指示に違いない。詳細は不明だが、私の知らないところで二人は何やら企んでいる。

「今年の夏、関東一円で起こった、死体を意味なく弄ぶドリルキラーの、いえ、ドリルキラーが起こしたであろうと思われる、四件の殺人並びに死体陵辱事件とでもいうのですかな――、いわゆるその変質者――いや、変態が、堀木までを殺害して卵詰めにした張本人でもあると予言しているのですよ」

蜘蛛手の物言い、そのトーンは相手を挑発するものだった。明らかに野黒美の記事の内容を知っていて馬鹿にしている。

「今の、蜘蛛手とやらの紹介の中で、明らかに間違っている箇所があるので訂正しておきますよ」野黒美の第一声は穏やかな中にも凄みを潜ませていた。

「おや、そうですか？」蜘蛛手はとぼけてみせる。

「まず、ドリルキラーは変質者ではない。彼が死体をポージングしてみせたのは、彼らに対する訓戒の意味があるのです」

「殺してしまっては、訓戒にならんでしょう」

蜘蛛手は口を挟む。野黒美はちっと舌打ちだけするとそれを無視して続けた。

「それに堀木を殺害したのはドリルキラーですが、これは予言ではありません。純粋な推理です。少し考えてみれば分かることとです。一事が万事という言葉があるでしょう。誰だって知っていることわざです。四件の事件の事実を見つめれば、今回の堀木殺害もドリルキラーの犯行だと分かるのです。予言なんかではありません。必然の推理です。この五件の殺人事件は必然の結果として論理立てできるのです」

「必然の推理？　必然の結果が今回の推理だ、と言いたいのですか？」

蜘蛛手の挑発が続いた。が、しかし、

「蜘蛛手さん、私は彼の話を、詳しく聞いてみたいんだ」藤堂が制し、「ドリルキラーが死体をあんなふうにしたのは、意味があるというのですな」と続けた。

野黒美は胸を張り、顎を引くと、スーツの襟を正して藤堂に会釈した。

「私は今回の一連の殺人を調べるにあたり、これまでとは違う着眼点で考えてみたのです」

「ほう、それは興味深い」藤堂は野黒美に対しどこか寛容に映った。

「おや、警部。我が宮村に対しては辛辣ですが、野黒美氏に対してはどこか好意的ですな」

辛辣なのは蜘蛛さんに対してだけだ、と私は思ったが、黙っていた。

「彼――野黒美氏に対しては我々警察も調べさせてもらっている。ドリルキラー最初の事件――佐伯殺しでは彼のアリバイは完璧に存在する。信頼に値するよ。少なくとも、宮村さん。二件とも館に滞在したあなたの推理よりはね。さっきから聞いていて引っかかるのは、あなたはあなた以外の滞在者の話しかしない。館に滞在していたのは五人じゃなく六人なのですよ、あなたを含んだね」と藤堂は視線を私に向けた。

考えていなかった。藤堂は私をも疑っていたのだ。

野黒美は風向きが変わったことに気をよくしたのか、あからさまに微笑むと、

「まず、宣言しておきますが、私がアップしたブログの内容、そして出版した書物に書かれていることはすべて事実です。一切の、嘘偽りはありません。それをここで誓います」

私や蜘蛛手が嘘八百を並べ立てているとでも言わんばかりだ。もしここに聖書があれば宣誓でもしかねない勢いだった。

「その上で、お断りしておきますが、私には決して死者を冒瀆する気持ちはありません」

さらに藤堂が頷くのを待って野黒美は、

「被害者の側から事件を考えてみたのです。つまり被害者が殺されるべき理由がそこにあったのではないか、という観点から事件を調べました。順を追ってお話ししましょう」

そう言ってメガネフレーム中央を人差し指でちょっと上げ、髪をかきながし、蜘蛛手に一瞥をくれる。

「大工見習、佐伯徹の場合は、ばらばらにされ、コンクリート板に手足を固められ、人間椅子にされていました。これは彼の粗暴な行為を戒めるため。主婦、真鍋美紀は背中を割かれ、ペットを抱きか

かえるようにして殺されていました。両足と両手はコンクリートの塊で固定され四つん這いのポーズでした。ペットである犬の糞の後始末を日常的にしなかったからです。女子高生、近藤里香は十字架に磔にされていました。これはミニスカートでも平気で足を開いて座る彼女に対して躾けたのです。介護職員、渡辺幸子は腰の低い人といわれていました。しかし実際は気持ちの入っていないポーズだけの人でした。足だけでなく、両手もコンクリートに埋め込まれていました。常に頭が下がるようにと手に重しを着けられたのです。

そして、堀木は密室殺人を犯した殺人者です。被害者と同じ思いを、報いを背負わされたのです。以上のようにドリルキラーは五人の人間を戒めるためにコンクリートを使ってポージングさせたのでしょう。それぞれのポーズには意味があったのです。我々はドリルキラーからのメッセージに気付かねばならないのです。誤解を恐れずに言いますと、殺人を犯すことは悪ですが、殺される方にも殺される理由が存在するのです。クラクション殺人なんてものが昔ありましたが、ストレスの蔓延している現代社会では、殺人の動機なんてものはどこにでも転がっているのです――」

野黒美はその後も二〇分に亘り、一連の犯行がドリルキラーのものであることを、世相を交えながら語った。その内容は彼の書いた著書で書き尽くされていたものばかりだった。

そして、「――コンクリートは彼らをポージングするための道具に過ぎません。全ての現場でドリルの刃も発見されました。一連の事件での共通事項はドリルとコンクリートです。この事実に着目すれば、堀木殺しもドリルキラーの犯行であることに疑いを挟む余地はないのです。ドリルの刃も発見されましたしね。一事を知れば全てが見えてくるのです。それこそが推理であり論理的帰結だ」

最後の一言は蜘蛛手に向けられていた。

「一連の犯行がドリルキラーのものであることに反対はしませんよ。ただ、いくつか質問してもいいですか」という蜘蛛手の問いに、

「ああ、いいよ」野黒美は鷹揚に答える。

「野黒美さん、先ほどあなたが言った、五人というのを確認してもいいですか」

「何を、今更――」

「蜘蛛手は七年間海外にいて、最近帰国したばかりだから知らないんですよ」私が口を挟む。

「いいだろう。まず最初が佐伯徹、次に真鍋美紀、そして近藤里香、渡辺幸子、最後に堀木優だ」

「なるほど、そうですか。間違いないですか」

「ああ、間違いない」

断言する野黒美に、蜘蛛手はあっさり納得したように頷くと、人差し指を立て、「もう一つ質問してもいいか」とアピールする。

何を訊きたいのかと構えていたのに大した追及もないので拍子抜けした様子の野黒美は「構わないよ。どうぞ」と緩んだ表情で眼鏡の縁に触れる。

「卵には何故、四つ孔が開いていたのでしょうか」

野黒美は一瞬怪訝な顔をして見せたが、「生かしておくための空気孔でもあるし、沈めるために水を入れる際の空気抜きの孔でもあった。何よりドリルでとどめを刺す場合の孔が必要じゃないか」と言った後、にやりと笑みを浮かべ、「もう一つ、孔にはメッセージが込められたと私は思っている」

「ほう、それは」蜘蛛手は身を乗り出す。

「堀木はコルバ館殺人事件で密室を構成したが、それは偶然を利用した、いわば脆弱な密室だった。だから、それを暗示させるために孔をそのままにしていたのではないかな」

「なるほど、面白い。コンクリートで造ったものだから、孔もコンクリートで塞ぐことができたのに、それをしなかった。なぜだろうと不思議だったんだ」

蜘蛛手は腕を組んで感心し、私の方に向きを変え、「孔さえ塞いでいれば、それこそ完全無欠な密室になっていたのに残念だったな」と今度は私の肩に手を当て、同情するようなくさい芝居をする。

さらに続けた。

「中を空洞にしなくて全部コンクリートで埋めてしまえばいいのに、何故だろうと君は不思議に思っていたんだよな、宮村。死体遺棄が目的だろうしな」

「生かしておくための空気孔でもあったと言ったろう。聞いていなかったのか」

野黒美は蜘蛛手の一人芝居に苛ついたのか、言葉が乱暴になった。

「それなら、一つでいいじゃないですか」

「何だとっ!」恫喝するような言い方の方が板についている。野黒美の本性なのだろう。

「それに対する解答は結構です。すでに僕の中では解決済みですから。それより、堀木は卵の中で、生きているところを孔からドリルを通されて、顔面を狙われたわけですね。避《よ》けられなかったんですかね」

「気を失っていたところを狙われたのだろう」

「気を失っていたとしても、ドリルが回転しながら刺さってくれれば、反射的にでも避けるでしょう？後頭部に達するまで痛いのを我慢したのですか」

野黒美は突然笑いだし、「私のルポをよく読んでほしいな、蜘蛛手探偵君。ドリルは体のどこに刺さっていてもいいんだよ。包丁は右眼窩に刺さっていたが、あれは卵が揺れたことで、偶然眼窩に刺さったものだよ。勘違いしないでほしいな」と言った直後、今度は険しい顔つきに変貌して、

「いいか、よく聞いて覚えてくれ。卵は四年近く水中にあった。ときには大雨もあったろう。卵は池の底でずっと安定していたわけじゃない。増水のたびに揺られ、そのときの衝撃で持っていた包丁が、右眼窩に偶然刺さったのだ。もちろんその包丁は社長殺しに使った凶器だ」とギャラリーにも聞こえるように叫んだ。

「そこなんですよね。ドリルはどこに刺さってもよい、というのであれば、刺さっていなくてもいいわけですよね。コンクリートに閉じ込めただけで、死はほぼ確定だ。ドリルを刺す意味がない。それに、ドリルの刃の長さは三〇センチ。卵の殻の厚さは一〇センチ以上あるし、あんなのが迫ってくれば避けることができるでしょう。触れた時点で気がつくじゃないですか。顔面でなくても体のどこでも。如何に身動きの取れない不自由な卵の中とはいえ、体を捩るぐらいの空間はあった。避けられない方がおかしい」

「分かってないな。義賊であるドリルキラーは殺人者である堀木に相応の罰を与えたのだ」

「相応の罰なら、そのまま池に沈めるとか、孔を埋めてそのまま放置するとかの方法で十分じゃないかな」蜘蛛手は疑問を呈する。

「かなり衰弱していたかもしれないし、すでに死を覚悟していたのかもしれない」

「覚悟していたかも？　自殺というわけですか、野黒美さん。……何か釈然としないなあ」

「ふん、そんな瑣末なことは、推理のしようがない。当然だろう」

「いえ、僕が釈然としないと言ったのは、孔から入るはずのドリルの刃が、卵の中にはなく、その代わり池には三本も落ちている。それに反して孔から入るはずのない包丁が右眼窩に刺さっていたことなんですよ」

蜘蛛手はコサックダンスでもするような動きで腕組みをし、首を大きくゆっくり横に振ってみせる。顔はなぜか笑みを湛えたまま。小ばかにしたようなポーズだ。

「ふん、大体証拠が発見されなければ証明できないなんて、凡庸な人間の発想だ。蜘蛛手とやら。あんたには失望したな。そんなくだらない理由で真実を究明できないようでは困るな。コペルニクスが唱えた地動説が認められるには、人工衛星が発明されるまで待たなければならないとでもいうのか。狭い空間で人を殺す方法は電動ドリルしかありえない。この一事だけで十分だ。一事を知れば万事が知れるとはこのことなのだ。それが、推理というものだ」野黒美は声高に断言した。

「蜘蛛手さん。彼の話にちゃんと耳を傾けてみたらどうですか」小高が注意を促した。

「——なるほど。分かりました。では、堀木の件は置いといて、あとの四件のことについて伺います」

蜘蛛手は敗北宣言でもしたのかと思うぐらい、声が沈んでいた。

「介護職員は永遠に謝り続けるポーズを取らされていたんですよね」

「そうだ。それがどうした」

警察が味方に付いたとでも思ったのか、野黒美は完全に上からものを言っていた。今や立場は逆転した。

「女子高生は永遠に足を閉じて、主婦は四つん這いで背中を割かれ、若い男は椅子を窓から放り投げたために人間椅子にされた、……でしたよね」

「何度も言わすな」野黒美は吐き捨てるように言う。

「そこなんですよ」蜘蛛手は上目遣いに野黒美を見る。それがまた野黒美を苛立たせる。

「何が言いたい」

「新聞報道では人間テーブルと書かれてありました。しかし、あなたの書いた雑誌には、人間椅子と書いてありました。どっちでしょう」

「どうでもいいことだ。第一発見者がそれをテーブルと判断しただけだ。椅子だろうとテーブルだろうと、変わりはしない」

「するとあなたも現場を見たのですか」蜘蛛手は核心を突いた。

「……」

「そんなわけないですよね。あなたの言葉を借りれば、この事件は四件のうち最初の事件だ。まだドリルキラーなる名称も与えられていなかった。そこへ警察より早く駆けつけられるわけがない。テレビも写真週刊誌もインターネットでも、その画像は出ていない。残虐過ぎてね」蜘蛛手は野黒美を見据える。

「な、何が言いたい」

「その台詞、二度目ですね」と微笑んでから、「しかし、あなたの記事には佐伯がアパートの窓から椅子を放り投げたと書かれてある。そのときの記憶があったから、人間椅子と表記したのでしょう」と反対にフォローに回る。蜘蛛手の意思が分からない。

「……まあ、そんなものだ」野黒美の返事がぼやけた。

「椅子とテーブルを間違うものではないと思うんですよ。見た人がテーブルと言っているのに椅子だと言い張るのはどういう人種の人なんでしょう」

蜘蛛手は一層背筋を伸ばし、

「人間椅子の製作者だからじゃないですか」

「ぐっ!!……」野黒美は口をへの字に曲げた。

「では、真鍋美紀さんとは面識があるんですか」

「あるわけない」

「ではなぜ、真鍋さんの服装をご存じなんですか。ルポに記載がありましたよね、グレンチェックの服を着た――と。彼女は全裸で発見されているんですよ」

「……」両のこぶしを握り締めているのが見てとれる。

「殺されたあるいは拉致されたとき、着ていた服がグレンチェックだったのでしょう。愛犬と一緒で」

さらに蜘蛛手はたたみかける。

「情報提供者がいるようなことを記していたが、それは自身のことを指しているのではないですか。そうじゃなきゃ警察署の中に情報源があることになる」

　とここで蜘蛛手はくるっと背中を向け、
「僕も、野黒美さんと同じで一人の男の犯行だと思うのですよ。ただ蜘蛛手啓司の考え方は違ってい
て」と、再び反転して野黒美に人差し指を立てた。
「ある男が、電車に乗っていました。ミニスカートをはいた女子高生がだらしなく座っています。そ
こへ突然『何見てんだ。変態おやじ』と大声で罵られた。またある日公園でジョギングをしていた。
そこで、犬の糞を踏んづけてしまった。しかも下ろし立ての新作スニーカーだ。またある日、北千住
の出版社へ車で乗りつけ、用事を済ませ帰ろうとしたところ、介護会社の社用車が路上に停めてあっ
て、自分の車が出せなくなってしまった。またまたある日同じアパートに住む住人が、大騒ぎをして
窓から椅子を放り投げた。衝撃で壊れたパイプ椅子の破片が男の大事な愛車に――」
「おいっ、貴様。何が言いたい」野黒美は感情を抑えきれず、叫んだ。
「三度目ですよ、それ。何が言いたいって、それをこれから言うんですよ。黙って聞いていてもらい
ましょうか。そのあとで答えていただきましょう。僕があなたに訊きたいのは、これからする質問だ
けだ。これまでの戯言はどうでも良いことばかりなんだ」
　蜘蛛手は鋭い視線を投げつけた。野黒美もまた蜘蛛手を睨みつけている。
「堀木が殺されたのは四年前の神谷宏殺害事件直後だ。引き換えドリルキラーの犯行と思われている
他の四件はこの夏、僅か二ヶ月の間に慌しく発生した猟奇殺人事件だ。これの意味は何だろうか。ま
た、堀木の死体は隠そうと腐心しているのに、他の四件はこれでもかといわんばかりにさらしものに
している。この相違点は何だ」

「……」野黒美はぐっと唇をかんでいる。今にも血が出てきそうだ。

「さっき、あんたはドリルキラーがやった五件の殺人を、佐伯徹、真鍋美紀、近藤里香、渡辺幸子、堀木優といったが、僕には堀木優、津田真一《しんいち》、真鍋美紀、近藤里香、渡辺幸子、の五人だと思うのだが、如何なものだろうか」

蜘蛛手のこの質問に野黒美の顔面が、蒼白になるのが見てとれた。

「時系列という意味では堀木殺害が先にくることは分かるが、佐伯が抜けてるぞ。佐伯はどうした」

とは藤堂の指摘だった。

「佐伯殺しはドリルキラーの犯行ではないのですよ」

蜘蛛手のこの一言に野黒美は言葉を失った。警部を始めギャラリーも同様に固唾を呑んで次を待った。

「凶器がドリルだから犯人はドリルキラーだ、コンクリート漬けにしているから犯行はドリルキラーだとして、一事が万事と言いながら、逆に堀木殺しを含む五件の殺人をひとまとめに論じようとしている。それでは一事が万事ではなく、万事が一事だ。四人の周辺を細かく洗いながら、堀木については何も触れていない。明らかに矛盾している。なぜ、性別、年齢、職業、生活の場そういった相違点には目もくれない。行儀の悪い女子高生ならたくさんいる。なのに何故、近藤里香を選択した。悪さをするヤンキーならたくさんいる。なぜ佐伯徹を選んだ。他の二人にしてもしかりだ。そういった一事を追及すべきではないのか。それを殺される側にも殺される理由があるなどという都合のいい言辞で片付けようとする。そんな〝アドホック（その場限り）な議論〟には付き合えない。自分がドリルキラーそのものだと白状するんだな」

蜘蛛手は一気にまくし立てた。

野黒美はただ、小刻みに震えていたが、じっと睨みつける視線は外さなかった。

「犯人側から見た身勝手な大義名分で一連の殺人を説明し、さらには、殺される理由はどこにでも転がっているなどとほざく。本来なら個々についてなぜ殺したのか、殺されたのか探るべきなのに、殺される側から殺される理由を考えるのは、動機なき殺人と同じこと。狂人の殺人とした方がまだましだ。キーワードという便利な言葉で括って、ある一面だけを声高に強調するのは、論理学的には〝論点のすり替え〟〝一般論への還元〟〝感情への訴え〟の三つを弄した強弁にすぎない」

蜘蛛手はまた一旦言葉を切ったが、すぐに続けた。蜘蛛手にしては珍しく興奮していたのかもしれない。

「介護職員は違法駐車を犯し、他人に迷惑をかけているから、殺されてもいいとするならば、ドリルキラーこそ池に異物を放り込んだ罪で殺されるべきだ。雑木林の所有者に迷惑をかけた罪で殺されるべきだ。工事現場はさらに一週間遅延した。死体発見者全てに精神的苦痛を与えた。ドリルキラーこそ死をもってわびるべきだ」

ギャラリーから多くの視線を浴びたからなのか、野黒美は絞り出すような声を出した。

「聞いてなかったのか？ 最初に警部が言っていただろう。佐伯殺しのとき、俺には完璧なアリバイがあるってね」

「そっちこそ、聞いてなかったのか。佐伯殺しはあんた――ドリルキラーの犯行ではない。共犯者である黒江の犯行に違いない」

「えっ」私は思わず声を上げた。

「佐伯だけが男性の被害者だからという理由ではない。殺すのにためらい傷があったことだ。但し、ばらばらにして人間椅子を作ったのはドリルキラーであるあんただろうがな」

「くだらない。何の根拠があって」

「堀木の死体の発覚が最近の出来事だからといって勘違いしてもらっては困るんだが、第一の殺人は四年前の堀木だ。ところが池の干上がりもあって卵が露見した。酔狂なキャンパーが見つけたのだ。いずれ死体が発覚することを恐れたあんたはドリルキラーなる殺人鬼を生み出し、いずれ発覚するであろう堀木殺しの犯人をドリルキラーという狂人の所為にしようと仕立て上げたんだ。つまりあんたの目的は、堀木を実行犯にして神谷兄弟を殺し、最後に口封じのために堀木を殺すことだった。一応成功したが、露見しそうになると、真犯人ドリルキラーを創造して目くらましを図ったのだ。だから短期間で四件もの死体オブジェを作り上げた。最初のオブジェは佐伯となるわけだが、そこでお前は考えた。自分ばかりがリスクを背負うことはないとね。コルバ館殺人での共犯者にも殺しを担当させたんだ。理由は簡単だ。相互扶助のためだ。犯行の種類内容に軽重があると、いつ何時裏切られるかもしれないからだ。だからお前は黒江に佐伯殺しを強要した」

蜘蛛手はいつの間にかキャップをとり、サングラスを外し、恐ろしいばかりの目つきで野黒美を睨んでいる。

「ある意味お前は、嘘はついていない。ブログ、雑誌の内容も嘘ではない。——それは五件の殺しはドリルキラーであるという記載に関してのことだ。ただこの五件というのは佐伯、真鍋、近藤、渡辺、堀木ではなく、堀木、津田、真鍋、近藤、渡辺殺しの五件だったんだよ」

蜘蛛手がそう言ったとき、人だまりの中で一角が崩れた。黒いスカーフで顔全体を包み、やはり大きなサングラスをかけた女がその場で倒れたのだった。黒江だった。すぐさま警察が取り囲み、抱えるようにして連行された。近くには公佳の姿もあった。おそらく公佳は聴衆の中から野黒美や黒江を探し出しているのだ。それを裏で仕切っているのは、間違いなく蜘蛛手なのだ。腰が痛いという欠勤理由も後で質してみなければならない。

「へっ、俺が……ドリルキラーだなどと、何を馬鹿な。……俺は嘘なんか書いちゃいねえ」

野黒美はやっと声を絞り出し、抵抗を続けた。

「そうだな。さっき言ったことは僕の間違いだったかもしれない」と蜘蛛手は片眉だけ上げ、「ド、ド、ドリルキラーとはお前一人のこと、じゃない。お前と黒江、二人のことを指しているんだ。そう解釈すればお前の主張に賛同できなくもない。津田の死体はまだ発見されていないからな」

「…………くっ」

「いいだろう。では訊くが、堀木以外の四件の事件では強引ともいえる手法でドリルキラーの犯行だと決めつけている。それに反して堀木が神谷殺害の犯人とする理由については何も触れられていない。そもそも堀木が犯人なら、彼女のアリバイを崩す必要がある。さらにまた、ドリルキラーはどうやってコルバ館の殺人事件の真相にたどり着けたのだ」

野黒美はただ黙って蜘蛛手を睨みつけるだけだった。

しばらく経っても野黒美は口を開かなかった。警官たちはすでに野黒美の周りを囲うように立っていた。

「往生際が悪いな。警察の科学捜査を舐めるんじゃないぞ。真鍋、近藤、渡辺の心臓や喉にドリル痕があったそうだが、血の出方が少なかったそうだ。また、三人を拘束したコンクリートには僅かだが、手足との間に隙間が生じてもいた」

蜘蛛手のこの言葉が示す意味が分かるのは、もう少し後になるのだが、非常に効果があったとみえ、野黒美の顔面から血の気が失せていくのが分かった。また効果があったのは警察も同様とみえ、

「蜘蛛手さん、我々にも説明してくれるかな。堀木がどうやって僅か一時間でコルバ館を抜け出して佐久インターまで行けたかを」

藤堂がうって変わって静かな物腰で問うた。これまでのやり取りが信じられないくらいだった。

「できれば、一回目の事件から簡単に順を追って説明してみてもらえないかな」と小高も続く。

私にとっても最大の関心事だった。本当は誰よりも先に教えてもらいたかったことだ。ちょっとしたミスはあったかもしれないが、これまで幾多の苦難を乗り越えてきたパートナーではないか、なのに——という強い隔意の念を視線に乗せて、私は蜘蛛手を見た。

「仕方ないだろう。君は設計やら営業で忙しそうだったし、なにより事件の当事者だ。容疑者の一人でもあるんだよ。それにこれは急遽、先日の帰りの車内で決まったことなんだ。彼女は優秀だぞ。さすが、君が選んだだけのことはある。可愛くて、頭はいいし、なにより物おじしないのがいい」

蜘蛛手はそれだけを耳元で、早口に言い抜けた。

「堀木はバーベキューが終わって、コルバ館をあとにします。二〇時頃です。堀木は自分の車に乗って対岸のキャンプ場まで行き、車を隠しておきます。そこから協力者の車でコルバ館に戻り、吊橋を壊し、その騒ぎの機に乗じて社長の部屋に忍びます。吊橋を壊したのはもちろん自分のアリバイ工作をするためです。結果的に山道奥の鉄橋も通行ができなくなっていて、十分なアリバイを確保できました」

と早速、警察及び目を輝かせて待っているギャラリーに向けて話を再開した。

「失礼しました。順番に話すんですよね。二〇〇五年の事件では、まず、堀木は神谷明の部屋の、たぶん押し入れにでも隠れていたと思います。南窓にはクレセントをかけ、東窓は施錠しませんでした。外部犯人説へ誘導するためです。一方、出入り口は共犯者によって密室トリックが仕掛けられました。これも外部犯行説を補強するためです。

そして、社長が部屋に戻ってきて、寝ます。確実に眠ったのを確認し、犯行を決行します。泥酔しきっていたのは、酒席で睡眠薬を混入された可能性もあります。次に堀木は、引き戸から様子を窺い、誰もいないことを確認すると廊下に出、隣の黒江の部屋に忍んだのです。黒江が番の部屋を訪れた、そのタイミングを利用したのです。それから、縄梯子を使って半地下の工事中の部屋に入ります。焼け落ちた今となっては、実証は難しいですが。

半地下には津田が待ち構えていて、脱出の手はずを整えます。段取りが終わると、半地下の窓から、崖を伝って堀木を下ろす手伝いをします。このときには津田と入れ替わった黒江が行ったと思われます。

崖下にはボートに乗った協力者が待ち受けていて、堀木を乗せ大急ぎで対岸へ向かい、あらかじめ自分で移動させておいた赤い車に乗り、堀木はそのまま佐久インター方面へ、協力者は旅館へと向かったのです。もうお分かりでしょう。協力者とは丸島のことです」

ここで蜘蛛手は一同を見回す。質問したくてうずうずしているギャラリーを見て楽しんでいるようだった。

「二〇〇六年――二回目の事件では、堀木は早い段階で神谷宏の部屋に潜んでいます。梯子を使って侵入したのかどうかは分かりませんが、同じ要領で殺害後、同じ要領で脱出したのです」

「二〇〇六年の事件ではホールには桐村他がいて、二階廊下へ出ることは難しい。それより東の窓から三連梯子を利用して脱出した方がいいのではないのか」藤堂の質問だ。

「いえ、その可能性は低いですね。なぜなら、共犯である津田は厨房で番と一緒にいたからです。一人になって三連梯子を準備、立てかけておくことは時間的には可能かもしれないが、番を厨房から追い払うタイミングが微妙だ。それより、黒江ならホールにいる人間の気を、逸らすことができる。ダイニングの片付けがそれです。片付け中に堀木は殺人を決行しドアノブの細工をし黒江の部屋に移動したのです。真犯人は、何といっても成功体験から同じ方法を強要したと思いますし、すでに堀木殺しを計画していた真犯人にとっては同じ方法で脱出してくれないと困るのです」

「結局、二件とも東窓は使われなかったのだな」警部は一人納得する。

「殺人犯、堀木が地下に行くのに内階段を使わなかったのだろうか」と小高。

「ええ、階段は使っていません。廊下を移動しているときに見つかりやすいこともそうですが、厨房にはいつ誰がやって来るか分かりませんからね。半地下へ行く一つしかない階段への動線は犯行経路としてのリスク値が高いのですよ」

蜘蛛手は乾いた唇を舐め、

「殺害を終えた堀木は、池に面した黒江の部屋の南の窓から縄梯子を使って半地下の工事部屋に入ったのです。二回とも南窓のクレセントを下ろしていたのは、南の窓に意識を持っていかせたくなかったからです。二階と半地下階の窓の位置を比べてみてください。工事部屋と同じ位置にあるのは神谷と黒江の部屋だけです。神谷の部屋の窓が施錠されていたのなら、黒江の部屋からしかないのです。廊下を水平移動するのもわずかですし、一階のダイニングの大きな窓には片付け終わりにカーテンも閉じられましたからね。これで目撃される危険もない。だから黒江の部屋からの脱出しかないでしょう。高々五メートル程降りるだけですから大した運動能力はいりません。そうして堀木は一回目の事件と同じ方法を使ってコルバ館を脱出したのです。もちろん丸島は崖下で待機しています。そして同じように対岸までボートを漕いだのです。しかしここからが一回目と違うことが起きた。すなわち堀木殺しです」

「ちょっと待て。崖から降りた方法が知りたい。が、その前に、確認したい。二回目の事件では橋があったんだから、堀木は車で逃走した方が安全で時間も早いんじゃなかったのか、それなのになぜ一回目と同じ方法をとったのだ」

藤堂は興奮を鎮めようとしているのか、両の太い腕を振り回している。

「橋を渡るときに見つかるかもしれないし、先ほどいった前年の成功体験ですよ。駐車場ではいつ見つからないとも限らない。逃走用の車を道路脇に停めるにしても、工事用車両が頻繁に行き来しているから、去年のようにはいかない。不審車両として長時間駐車することになるので、誰かに目撃されるかもしれない――そう言って堀木を説得したんじゃないですか。真犯人の目的は堀木を殺すことですからね。計画通り堀木には一回目と同じ方法で崖を下ってもらうしかない」

「その堀木が崖を短時間で降りる方法だが――。一〇分以内で降り切らないと意味がないんだぞ」

「ええ、分かっていますよ」凄む警部に蜘蛛手はウィンクで返し、

「工事中の半地下室に下りた堀木は、すぐにビニール合羽に着替え、膝を抱え込むように座ると、発泡ウレタンを自分の身体を包むように吹付けます。二液の薬剤を通すホースとノズルを持ってトリガーを引くだけです。下半身から吹付け、上半身が終われば、残るはノズルを持っている腕と頭部だけです。それは津田にやってもらいました。このとき呼吸用に水道のホースを咥えていたのです。これが一つ目の孔の跡です。こうしてウレタンの卵の出来上がりです。二〇〇五年に限って言えば、ここで津田から黒江にバトンタッチします。時刻は二二時一五分から二〇分の間です。黒江はこのウレタン卵を窓から崖下に落とします。あとは池まで転がるだけです。一分とかからないでしょう。舞が、がれきが崩れる音を聞いたのはこのときです。ウレタンは衝撃を吸収しますから中の堀木に大したダメージはありません。目ぐらい回るでしょうし、場合によっては気を失うことはあるかもしれませんが」

「ウレタンというのはそんなに早く膨張するのかね」藤堂の疑問だ。

「夏場は早いですよ。五分と必要ありません」

【2005年 神谷明殺害事件の時系列表(解決編)】

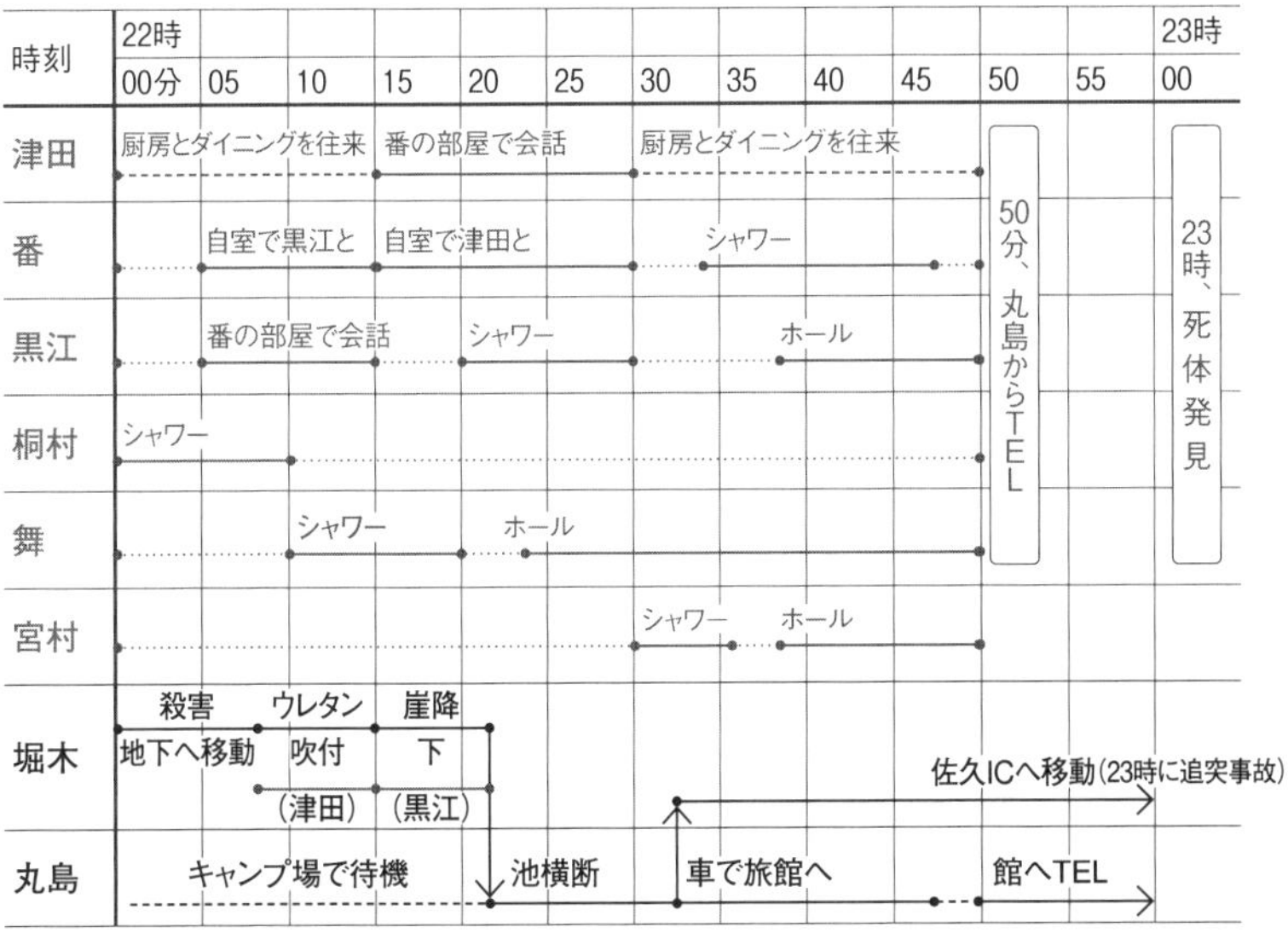

【2006年 神谷宏殺害事件の時系列表(解決編)】

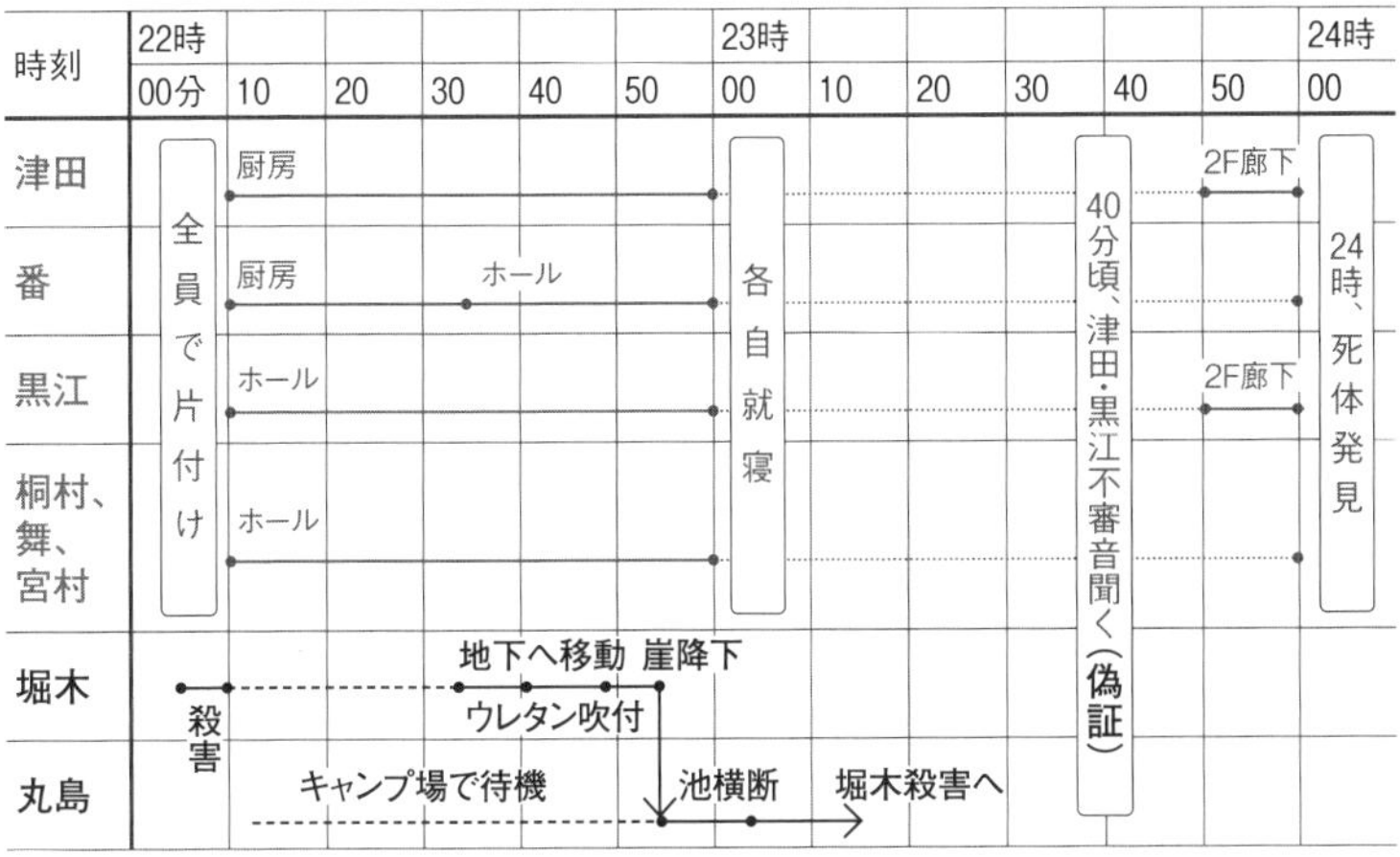

「なに、そんなに早いのか。——そ、それで、水には強いのか」

「浮きます。長時間浸かっていれば水を吸うでしょうが、単位容積あたり軽いですからね。ボートで待機していた丸島は、ホース口から水が入らないように注意しながら、ウレタン卵を引っ張っていき、対岸に着いてからそのウレタンをカッターで切り剝がせばいいのです。軽く柔らかいですから、作業は簡単です。そうして助け出された堀木は車に乗って佐久インターに向かったのです」

「それじゃあ、蜘蛛さん。茶店のおばあさんが言っていたシュークリームみたいなゴミって」

私は黙っていられずロを挟んだ。

「ああ、崖を転がり落ちるときに削れたものと剝ぎ取ったウレタンだ」

「ウレタン卵を落とすとき津田と黒江が入れ替わったと言ったが、それは本当なのか」

藤堂は既に蜘蛛手の目前まで歩み出ていた。

「津田は二二時一五分から三〇分まで番の部屋にいました。だから、二二時から同一五分までが空白です。黒江は逆に二二時一五分まで番の部屋にいて、二〇分からのシャワーの時間までの五分が空白です。だから脱出の手助けは時間的に分割しないと無理でしょう。犯罪に複数が関与している場合、役割分担を明確に決め、できるだけ作業内容の重みを平均化することが重要です。誰か一人が疑われることは、チーム全体の敗北を意味しますからね」蜘蛛手の説明は何かの講義をしているかのように聞こえた。

【２００５年神谷明殺害事件の時系列表（解決編）】【２００６年神谷宏殺害事件の時系列表（解決編）】参照

「だがな、女の黒江が一人で——いや、男でも、ひと一人入ったウレタンの塊を持ち上げて、窓から捨てたっていうのか。窓は人の肩の高さぐらいあっただろう」

「室内にはたくさんのボードが山積してありました。それを窓に向かって階段状に積んでいったと考えられます。ピラミッドの積み方と言われている方法です。そのボードの階段を、ウレタン卵を転がしながら上ったのです」

蜘蛛手は両手を顔の前でぐるぐる回す。藤堂はそれを目で追っているのか、大きく開かれた目が揺れていた。

「二〇〇六年、〇五年と同じようにウレタン卵を持って対岸に着いた犯人は、ウレタンを剝がすのではなく、上半分にラス網を張り、コンクリートを塗りつけ殻を造ったのです。セメントは速乾型のものを使用したのはいうまでもありません。このとき球体を安定させるために、丸い木杭を三点ほどウレタンに差し込み安定させたのです。ところが異常を感じた堀木が中でうごめきます」

蜘蛛手は苦々しい表情をさらに険しくして続ける。

「堀木がどの段階で動き出したのかは推測するしかありませんが、コンクリートの上半分の卵が、作製後僅かばかり経ってからではないかと思います。引っかき傷が残っていることがそれを裏付けます。何とか脱出しようと試みたのです。しかしコンクリートの硬化に振動は禁物です。場合によってはバランスが崩れて卵が転がってしまうかもしれない。そこで急遽とどめを刺すことにしたのです。木杭に包丁を括りつけ、一刺しするのです。息継ぎ用のホースがあることで、そこに確実に頭部があり、刺す目印にもなりました。木杭をそのまま刺すことも考えたのでしょうが、一発でけりを付けたかったので、包丁を結び付けることにしたのです。包丁なら細い繊維並みの金属網であるラス網やまだ固まりきっていないコンクリートは楽に貫通させることができます。動きが止まったので死んだと思ったことでしょう。そこでコンクリートが完全硬化する前に木杭を抜いたのだけど、包丁だけが残ってしまった。頭蓋骨に引っかかったのです」

「コンクリートが完璧に硬化してしまうと、包丁付きの杭が抜けなくなるからだな。だが結果、卵の中に包丁が残されることになった」

藤堂警部がうなった。

「犯人にしても、包丁が残ろうが残るまいが、この時点ではどうでもよかった。だから、木杭を抜いて、包丁で刺すときにできた孔だけをセメントで補修したのです」

「足は、下半身はまだコンクリートに包まれていないが、自由にはならなかったんだろうか」私は黙っておれず訊いた。

「ウレタンは柔らかいと言っても数十分経って硬化していて——、しかも膝を抱えるように座っていたんじゃ、身動きが取れず力が入らなかったのだろう。隙間もないしね」

蜘蛛手の説明に私は頷き、もう一つと人差し指を立て、

「そのとき使用したセメント袋が龍神池に不法投棄されたんだね」

今度は蜘蛛手が頷き返し、その通りだと、また正面へ向き直る。

「次に上半分のコンクリートが完全硬化する間、その傍に深さ五〇センチ程度の穴を掘ります。その穴に落とすように反転させるのです。そして下半分のコンクリートを塗りつけます。三本の木杭は必

要に応じて旋回させる場合の手がかりとしてギリギリまで抜かずにおいたと思われます。そうやって最終的に残った木杭の跡が、三つの孔になったわけです。呼吸用に差し込んでおいたビニルホースは当然引き抜き、それが四つ目の孔になりました」

蜘蛛手の声はいつしか沈んでいた。陰惨な情景が頭に浮かんでいたのかもしれない。

「次に内部のウレタンを溶かす作業です。これには地下の工事部屋にあった溶解液を使ったのです。第二石油類です。ここで孔が二つ以上あることが生きてくるのです。溶液を流し込む孔と溶けたものを排出する孔です。孔の位置が比較的上部に寄っているのは、溶解液を隅々まで行き渡らせる必要があったためでもあります。その作業が完了するには明け方近くまでかかったことでしょう。そして、最後に池へ転がして沈めたのです。沈めてからはこの孔は別の意味を持ちます。水が浸入することで確実に沈めることができるだけでなく、死体の腐敗を促進させることもできるのです」

藤堂は穴が開くほど蜘蛛手の顔を見つめていた。小高も口をぽかんと開けたままだった。

「ウレタンを吹付けるのにエアコンプレッサーを使用します。そんなに大きな機械ではありませんから大した音はしません。それでも圧搾空気を出すときにカスッ、カスッという音がします。その音が、第一の事件では新谷さんに聞かれたのです。彼女がシャワーを浴びる直前ぐらいのときですかね。第二の事件では、犯人グループはちゃんとその対策を練ってきています」

「厨房でかけっぱなしにしていたブルース・スプリングスティーンのナンバーだね。おかしいと思ったんだ。津田は演歌派で、夜の調理のときには、社長はいないのに大音量でロックをかけているのは」

と私。

蜘蛛手は無言で頷いた。

「だが、なぜコンクリートの卵に封印するなんて面倒なことをしたんだ。バラして沈めるなりした方が楽だろうに」

と藤堂は警官らしからぬ質問をした。

「細かくバラせばそれだけ証拠を多くバラ撒くことにもなります。死体だけでなく、凶器も遺留品も一か所にまとめて封じた方が確実に隠滅できると考えたんでしょう。それに大変に労力のいる作業かもしれませんが、朝が来るまで時間はある。証拠品を車に積んで走行しているところを、監視カメラに撮られるよりはましでしょう。しかもあの場所なら人気《ひとけ》はない。溶かしたウレタンの処分も土に浸透させた方が楽でもある」

蜘蛛手の長い説明が終わった。

野黒美ことドリルキラーは両脇を警官に挟まれながら、ただ、仁王立ちしていた。

そんな野黒美に蜘蛛手は声をかけた。

「そもそも今回の一連の殺人を、ドリルキラーの犯行だと総じて決めつけるのには無理があった。本来個々の事件として別個にアプローチすべきもの。今夏の四件の事件でも模倣犯による殺人が含まれている可能性だって否定できない。そういう可能性を検討したうえで結論を導き出すのが論理的というものだ。さらに堀木については調べなかったのではなく、その必要がなかったからだ。君の仲間だったんだからね、丸島さん。刑事さん。彼の旧姓は丸島です。離婚して本名の野黒美に戻ったのです」

「口封じのために殺したんだな。堀木も津田も」藤堂が鋭い目つきで睨む。

「丸ちゃん、本当なの。あなたがやったの」

舞の甲高い声がした。

「ずいぶんスマートになったから、すぐには分からなかったわ、丸島さん」

良く見ると舞だけでなく、寛子に番の姿もあった。

彼らは一様に人相を隠し、ギャラリーの中に紛れ込んでいたのだ。おそらく蜘蛛手が何らかの指示を出し、聴衆の中に潜んでいるであろう丸島を見つけ出すために。

「……」丸島の顔は紅潮し体は震えていた。そんな丸島に向かって蜘蛛手は撃つように指さし、

「さきほど僕は佐伯ら四つの死体をオブジェだと表現したが、お前は別なものを表現したんじゃないのか。それはおそらく家具だ。お前は死体を使って家具を造ろうとしたんだ。人間椅子だと拘ったのは、お前がその昔、家具作家を目指していたから故の拘りではないのか。真鍋は犬小屋に見立てた。彼女の自宅には赤い屋根の犬小屋があったからだ。近藤里香は帽子掛け。帽子が趣味だったからだ。渡辺は玄関先に置いてあったベンチに見立てた。お前はそうやって工芸専門学校を卒業して作家になれなかったうっ憤を晴らしたのではないのか」

「でも、犬小屋にベンチって？　現実の死体は、全くそうは見えないが」小高は疑問を挟んだ。

「真鍋と渡辺の場合は死後硬直状態を想像してください。それぞれ犬小屋、長ベンチになるのではないでしょうか。さすがに近藤里香は垂直を維持して硬直させるのが難しかったから十字の添え木を使いました。佐伯殺しは黒江の仕事だから、硬直には間に合わなかったからでしょう。それに死後硬直というヒントキーワードまで残したくなかった。ミスリードするのにはコンクリートとドリルだけで

充分です。死後硬直は真犯人丸島を導きかねない危険なワードですからね。僕が変態と言ったのはこのことを指していたんです」

蜘蛛手は両手を腰に当て、一歩、小高に向かって歩み出ると、

「先ほど彼は墓穴を掘りました。真鍋の死体に関して、四つん這いと表現していましたが、発見時、両手両足が一つのコンクリート塊で拘束されてはいましたが、どう見たって四つん這い状態には見えなかったのではないですか。新聞記事にはうつ伏せ状態とあります。肩と腰が固定されていない死体では四つん這いにはなれないはずです。土下座ポーズなら分からなくもないですが。渡辺に至っては、常に頭が下がるように両手をコンクリートで拘束されたんだと言っていましたが、両手は背中側――後ろ手状態だったはずだ。それだと反りかえっていることになるのではないでしょうか。ここで死後硬直した形を考えてみてください。四つん這いの真鍋は犬小屋に。背中を割いたのは赤い屋根をモチーフにしたのです。後ろ手の渡辺は長椅子＝ベンチになるのではないでしょうか」そして、また視線を丸島に合わせた。

「近藤里香は心臓にドリル痕、しかし死因は不明。真鍋美紀も喉にドリルの孔、死因は後頭部への打撃の可能性。渡辺幸子については心臓にドリル痕、死因は確か溺死ではなかったか。ドリルの孔は死後開けられたものだ。つまり、三人は生きて身体の一部をコンクリートで拘束され、死後硬直の時間を逆算し、殺害されたんだ。死体家具を完成させるためにね。堀木殺しを誤魔化すためのドリルキラーの演出だったろうが、人を殺していくうちに、お前の本質――狂気が表出したんだ」

説明を聞くだけで吐き気がする胸糞悪い事件だった。後で分かったことだが丸島のパソコンから、死後硬直して四つん這いでお腹の下にテリアの死骸を置いている真鍋の姿と、腹部を上にして逆四つん這い状態の、渡辺の姿の写真が見つかった。

丸島は歯を食いしばり、強く目を閉じていた。目から血が流れてくるのではないかと思えるほどだった。

そのとき、藤堂の携帯が鳴った。携帯を開き耳にあて、数分が過ぎた。

「たった今、池から発見された五本のドリルの分析結果が出た」

「えっ、三本じゃ」と言う私に、

「あれからまた二本出たんだ。ドリルの数としては多すぎじゃないか。ドリルを結びつけるため、ドリルキラーの犯行に見せかけるため、少々ばら撒き過ぎたな。警察の捜査能力を見くびってもらっては困る」と丸島の正面に立ちはだかった。

「おい丸島。お前を逮捕する。とりあえず近藤里香殺しだ。被害者の口腔内からお前の体液が出た。それから池から採取されたドリルは新しいものを薬品で錆びさせ、泥をまぶしてあったそうだ。長年にわたり池の底に放置されていた状態とは明らかに違うそうだ」

「警察の分析能力をなめるなよ」今度は小高が言い、手錠を取り出した。

うおーっ、突然、獣の雄叫びのような声が轟いた。声の主は野黒美、否、丸島だった。

「オレはあんなちんけな会社でくすぶっていてはダメなんだ。北欧のわけの分からない作家の作品なんかより、なぜオレが作ったものの価値が分からないんだ。経理なんて地味な仕事を割り振りやがって、雑誌に取り上げられて得意になっている神谷なんて死んで当たり前だ。堀木のやつも、もっと強引に行かなくてどうする。津田はドジばかり踏みやがる。窓の開け閉てぐらい事前にチェックしとけってんだ。おまけにすぐ弱気になりやがって。せっかく神谷が死んでくれたのに――。オレ様が銀座店の店長になって、いずれはこのオレがコルバの社長になるはずだったんだ。き――っ。その第一段階で、ミスしやがって――。堀木も津田もバカなやつらだったよ。全ての計画が狂ってしまった」

両脇を屈強な警官に押さえられてもなお、がなり続ける。

「堀木が社長になってもオレの女だからな、いずれはオレが社長になるはずだったんだ。津田なんて目じゃない。あんなやつ、いつでも思いどおりに操れる。元女房の萌音以上にな」

自暴自棄になったのか、訊かずとも、知らない情報が暴露される。

「あの女子高生はなめてやがる。誰が好き好んで汚いパンティなんか覗くか。自意識過剰も甚だしい。ああいうガキが冤罪を作っているんだ。ノー天気な主婦も一緒だ。ルールというものを分かっちゃいない。注意したら、『怖いお兄さんがいるから、さあ行きましょう』だって、犬に話し掛けながら逃げやがる。馬鹿かっ。話しているのはオレだ。文句なら、オレに言え。言えないのなら、素直にすみませんと謝れ。介護職員だってそうだ。反省が行動に表れていない。馬鹿な大工も、なぜオレと同じマンションに住みやがるんだ。人の愛車を傷つけても平然としてやがって。あんなやつはムショに閉じ込めておけ」

息つく間もなく丸島は吐き捨てた。ゼイ、ゼイと肩で息をしながら、なぜか蜘蛛手ではなく私を睨みつけてきた。

「あのときちゃんと殺しておけば——。津田のボケがミスったばかりに」

やはり館炎上事件の標的は私だったのだ。

「宮村っ。お前は余計なことをしてくれた。邪魔ばかりしやがって。本来なら——」

「おいっ、いいかげんに黙れ！」蜘蛛手が一喝する。一瞬のことだったが、こんなに激情に支配された彼を見るのは初めてのことだった。

「自分のことにしか関心がなく、自分は特別な人間だと思っている。理解できない周りが悪いと決め付ける。批判に対して過剰に反応する一方、冷淡で他人を利用することに躊躇いがない。典型的な自己愛性人格障害だな」

蜘蛛手は厳然と言い放つ。

「ふん、まるで、精神病患者扱いだな」

「いや、その心配はない。丸島、お前は、責任能力はあるさ」

「なにっ！　分かった風な口を利くな。たかが探偵のお前に、オレの何が分かる」ぺっ、とつばを吐く。

「分からんよ。分かりたくもない」蜘蛛手は言いながら背を向けた。

「おいっ、蜘蛛手っ！　今日会って確信した。お前はオレと同じ人種だ」

丸島は両脇を警官に摑まれながらも、歩み去ろうとする蜘蛛手の背中に向かって叫ぶ。

「残念だな。俺はお前とは違う」

蜘蛛手は立ち止まると、ゆっくり回転し、半身に構えた。

「どう違うんだ。言ってみろ！　お前こそ人を信用せず、自分の考え方に――」

丸島に最後まで言わせず、蜘蛛手は大声で被せる。

「お前は人間を殺し死体を弄ぶ。俺はそんな罪人を炙り出し糾弾する。パフォーマンスは真逆だ」

「うっ、……ギ、ギ、ギ」歯ぎしりなのか、丸島は嫌な音を立てる。

「百歩譲って、仮にそうだったとしても、――だから、どうした。人格を形成するのはＤＮＡじゃない」

蜘蛛手の形相も鬼気迫るものがあった。

対し、丸島は目を白黒させ、口から泡を吹いているらしかった。

「お前はドリルキラーとして犯行を重ねるうち、ネクロフィリアの快楽に溺れてしまったんだ。仮に同じ思考の癖を持っていようが、それをどのように生かすかが重要だ。分岐点での指標が決定的に異なるんだ。ほら、馬鹿と天才は紙一重――っていうだろ」

と言い放つ蜘蛛手も容赦がない。

ギッ、ギッ、ギ「きーっ、ボクは、オマエなんかと違うんだいッ。天才はボクの方だ。オマエはただの偏屈な夢想家だッ!!　ピラミッドの造り方はそんなんじゃない。バカッ」

そう叫ぶ丸島の声は、それまでのふてぶてしい声とは違って、声変わり前の少年のようなかん高いヒステリックな声だった。

エピローグ　［宮村 記］

　私たち（宮村、蜘蛛手、公佳）三人は佐久インター手前の喫茶店に車を停め、コーヒーを飲んでいた。蜘蛛手と公佳はこのまま上信越道から関越道を使って東京へ戻る。私はやはり仕事のため、中央道に乗り甲府に向かうのだ。だから是非とも別れる前に確認しておきたいことがあった。テーブルにコーヒーが並べられると早速私は口を開いた。

「いくつか話したいことがあるんだ」

「だろうね、どうぞ」蜘蛛手は一口するとカップを置いた。

「第九章の襲撃事件の記録に関してだけど、僕にも悪いところはあるけど——」

「いや、気にすることではない」と蜘蛛手。

　なんか上から目線だ。

「それって、僕を責めているよね。肝心な密室トリックは最後にしか教えてもらえないし、今日だって公佳君が来ることは知らなかった。そりゃあ、事件を複雑にした責任は感じているけど——」私はこれまでの不満を口にした。

「その件はもういいよ。とにかく君は事件の当事者だった。教えるわけにはいかないだろう。公正さにかけるからな」

蜘蛛手は平然と言ってのける。それでも、何だか納得がいかない。

「じゃあ、わたしを責めるんですか。データをプリントアウトしたのはわたしだし」

公佳が口を入れる。

「いや、いや、君には責任ない。僕が整理途中だったから——。あれは仕方ないこと」と公佳に向かい、「でも、蜘蛛さんの帰国が突然だったんで、まとめている——そんな暇はなかったんだ」と蜘蛛手に訴えた。

「じゃ、帰ってきた僕が悪かったことになるんだな。こんなことなら、帰ってくるんじゃなかった。ここに僕の居場所なんてなかったんだ」

今度は蜘蛛手がわざといじけてみせる。

私たち三人はお互い顔を見合わせた。カウンターで店主が不審そうにこちらを見つめていたからだ。ほかに客がいない小さな店内では話は筒抜けだ。密室とか襲撃とか事件とか耳に残る言葉を発すればなおさらだ。

「コルバカフェも大変だったんだ。社長が連続して殺されるとさすがに業績に響いて、店舗を都内中心から関東圏に移さざるを得なくなった。そうして何とか持ちこたえてきたところに炎上騒ぎときたから、さすがに改修話は棚上げになってしまったんだ」私は事務所の窮状を訴えたつもりだったのだが、蜘蛛手は真剣なまなざしで、「君を抹殺するための襲撃事件だったんだぞ。改修工事なんてただの口実に過ぎない。目を覚ませよ」と怒られた。

「そうですよ、所長。真犯人にとっては、その時点まで連続殺人事件はまだ継続中だったんですよ。

蜘蛛手さんが強引すぎるぐらいな手を使って解決に導いたんじゃないですか」という公佳の言葉が私の心に刺さった。

蜘蛛手が、何か匂いがする、的なことを口にしたのも、マスコミを集めての大げさなパフォーマンスも、今ならその理由が分かる。私に降りかかるかもしれない災難をいち早く取り除こうとしてくれたのだ。それには感謝しかない。

蜘蛛手は「でもな、九章に関しては、僕も不覚だった。間違って配置されたことは一目瞭然なのに、突き詰めて考えようとしなかった」と突然しおらしく反省している。

「どんなところが？」感謝の気持ちしかないのだが、蜘蛛手が不覚を自認することなど稀なので、こういう機会にあえて訊いておく。

「黒江のポルシェの件は言ったとおりだが、ミニクラブマンも二〇〇八年の発売だった。その時点で気付いてしかるべきだ」

「他には？　蜘蛛さん」私は意地の悪い笑みを浮かべる。

「二〇〇五、六年時点では都内を中心に展開していたコルバが、九章では関東圏を中心に――、とある」

「そうだね。解決のためのヒントは散らばっていたんだね。――で、もっとあるよね」

「いい加減にしろ。何度言わせるんだ。クイズ合戦をやっていたわけじゃない」と蜘蛛手は顎をしゃくってみせ、「そもそも君の文章には主語が抜けていることが多い。それが一番の問題で、猛省すべき点だ。それにだな」とさらに目をきらりと光らせて、「外装改修などを君に依頼するはずがないんだ。堀木が生きているとしたら当然、堀木に発注するよな。それをあえて君に依頼したんだから、別の意味があったに違いないんだ」

「堀木がすでに亡くなっているか」と公佳が合の手を入れ、

「君を始末してしまう予定だったか、のどちらかだ。結果、どちらも正解だったんだ。これに気付かなかった僕の決定的なミスだよ。一生の不覚だ。内装まで頼まれたんだっけ？　あり得ないことだよ。空間デザインは特別な才能が必要なんだ。分かり切ったことなのに、僕は気付かなかった。嗚呼」

蜘蛛手は眉尻を思いっきり下げ、両手まで組んで天を見上げる。小ばかにしている。

「わ、分かったよ、もういいよ」

攻めていたはずなのに、逆転された。調子に乗り過ぎたか。

「ただな、君は記録に関しては、忠実に表記するタイプだ。そこは信頼している」

「そのほかは信頼してないみたいな言い方だね」

蜘蛛手は笑って、カップを上げた。

お代わりを注文したのだ。私も併せ注文する。定食の看板もある（専門店でない）喫茶店でこれほどおいしいコーヒーはなかなかない。

「所長、引き戸のトリックと開き戸のトリックってどちらが好きですか」

突然、公佳が妙な質問をする。

「不謹慎かもしれないけど、好きか嫌いかで言えば、開き戸かな。開き戸の方が堅牢で気密性もあって、密室を構成する要素としては、効果が高いからだな」

「俺は引き戸だな」蜘蛛手は笑う。

「わたしも一緒。引き戸の方が表と裏を替えるだけだから簡単です。証拠も残らない。でも開き戸って、ノブどうしは軸で繋がっているから厳密に調べられたらどうしたって痕跡が残るでしょう。だから、斧を使ってメタメタに壊さなければならなかったじゃないですか」

「まあ、確かにそうだけど。あくまでも密室にする以上は隙間が少ない方がいい」

私は答える。

「今回の件で言えば、犯人は密室を作りたかったわけじゃない。東窓が開いていたのがその証拠だ。特に二〇〇六年の事件は密室でもなんでもない。あくまでも犯人は窓から入って窓から逃げたということを強調したかったわけだ。ドアに注目されればされるほど、ノブを差し替えた痕跡に気付かれるかもしれないからだ。君は密室に拘り過ぎだ。犯人になって思考してみると良い」

その通りだ。言葉もない。

「そんなに密室が好きなら、もう少し壊された板扉を調べてみればよかったんだ。そうすれば何かは発見できたかもしれない」

蜘蛛手は意地の悪い言い方で私をからかう。殊勝になってしまった自分が憎い。

「所長、今回の引き戸や開き戸のトリックって、ミステリー小説の中で使われたことってあるんですか？」公佳が問う。

私はしばし考えた後、「うーん、聞いたことないな」

「作家が思いついたとしても使わないだろうし、相談された編集者もストップをかけるだろうね」蜘蛛手が後を継ぐ。

「ですよね。現実の事件でも聞いたことないし……。コンクリートの卵が最小の密室なら、コルバ館の密室は最弱《さいじゃく》の密室っていうところですね」と公佳は鼻をふくらませる。

脆弱のことを言っているのだろうと思いながら、私は苦笑する蜘蛛手に話を振った。

「ドリルキラーとコルバ館事件に、関係があると判断した理由は何だったの？」

「卵の密室のトリックは君の記録からすぐに見破った。それには合理的な理由があった。しかし今夏のドリルキラー殺人にはコンクリートが妙に浮いていた。というか強引に結びつけようとし過ぎていた。野黒美が堀木を殺したのは二〇〇六年で、ドリルキラー四件の殺人は、今年の夏二ヶ月間に集中している。それはもちろん堀木殺しをカモフラージュするためで、卵が目撃され、いつ中の死体が発覚するかもしれないからと、慌てて事件を起こしたのだ。僕には見て、見て、すべての事件は同一犯だよと言っているようにしか見えなかった。現に野黒美もそう目論んだんだがね。やり過ぎた。ドリルまで持ち出してしまったからだ。木工機械を殺人の道具に使ってはダメだ。だから工芸作家になれなかったんだ」

「でも、蜘蛛さん。よく丸島イクウォール野黒美だって気付いたね」

「野黒美は元リーマンで肥っていた。離婚経験もある。帰省には四駆は欠かせないとも記してあった。雪深い地方の出なんだろうな。一方丸島は嫁とうまくいっていない。ひょっとすると離婚するかもしれない。スキーは子供のころから自己流で覚えインストラクター級の腕前。体型はぽっちゃり」

「あ、似ているね」自分で記しておきながら、私は今ごろ気がついた。

「丸島の数年後が野黒美の姿だろ」蜘蛛手は目尻の笑い皺を増やしてみせた。

「ところで、些細なことだけど、茶店が放火されたっておばあさんが言っていたけど、あれって事件と何か関係があるんだろうか」

私は気になっていたことを訊ねた。

「おそらく、丸島、いや野黒美は放火目的で火を放った。その目的は龍神コーナーに飾られた証拠写真を燃やすためだ」

「証拠写真って、コンクリートの卵のことかい」

「いいや、初めて卵が目撃された前の前の年、二〇〇五年撮影の写真で、龍のこぶに近づくボートがあっただろう。あれはウレタンの塊を回収している丸島そのものだったんだよ。決定的な証拠さ。僕が帰って来るのがもう少し遅かったら、あの黒縁眼鏡の青年が次のドリルキラーの標的になっていたかもしれない。あ、君の次だろうけど」

蜘蛛手は笑っている。

新しいコーヒーが運ばれてきた。

私が蜘蛛手のブラックジョークを笑い話にするにはもう少し時間が必要だ。私利私欲のためコルバ関係者を殺し、今度はその証拠を掴ませまいとドリルキラーになり、結果、殺しの味を覚えた。殺しの技術も（おそらく）上達した。次に殺害を実行するとしたら……、その対象は……。確かに可能性は高い。

帰国して一週間にも満たない短時間で、強引とも取れる手法で事件を解決したのも、蜘蛛手にはそれが予想されていたからなのだ。

私は蜘蛛手にもう一度、感謝の意を表した。――但し、心の中で。

「今日の件は警察とも事前に打ち合わせをしていたんだろう?」

そんなわけないだろうと、蜘蛛手は首を振る。「どうしてそう思う」

「真鍋、近藤、渡辺の三女史が拘束されたコンクリートに、僅かばかりの隙間があったって言ってたじゃないか。あれは警察でなければ分からない情報だ。公開されていないだけにね」

するど蜘蛛手は人差し指をこめかみに当て「必然の推理だよ」と笑う。

「要するに、はったりですね」代わりに公佳が答える。

「奴が興奮しやすいタイプだとは、見てすぐに分かった。だから、嘘でもなんでもいいから、刺激を加えてやれば何らかの反応を示すだろうと踏んだんだ。後は見ての通りだ。思ったよりうまくいった。その効果は警察に対しても同じで、あの一言から、警部の態度が変わっただろ。だから僕も自分の推理に――いや、はったりが的を射たことに自信を持ったんだ」

「蜘蛛さん。この事件で初めに怪しいと疑ったのは誰だったんですか?」

公佳は猫舌なのか、コーヒーは半分しか減っていない。

「専務の津田かな。殺人は犯していないだろうが、強く関わっていると思っていた」

「あ、わたしと同じ。その理由は、丸島から電話を受けたとき、社長の部屋を見た番が『死んでいる』としか言っていないのに、『社長が殺された』と伝えたからでしょ」

「へえ、良く分かったたな。勘がいいな」

公佳は、きゃっと嬌声をあげ、「それ、二回目ですよ」蜘蛛手の今日の口上を真似る。

「所長、チーズタルトも頼んでいいですか」

苦いコーヒーが苦手なだけだったようだ。


チーズタルトはすぐに運ばれた。

「所長、何を考えているんですか」

公佳は私の視線が定まっていないことに気付いて訊いた。

「野黒美が言っていた、オレは蜘蛛さんと似ているって——、あれ、どういう意味なんだろうね」

「ああ、わたしも同じ意見です。似ていますよ。野黒美も変なところが真面目というか、拘りが強いというか、いつも誰かを引っ掛けてやろうと思っているのか知りませんけど、最初に『私は佐伯殺しの犯人ではない』と明言しているでしょう。オレはちゃんと正直に言っているのに、気づかないお前たちが悪い的な——そういうとこ。ほんとに、あれで完全にミスリードされちゃった」

公佳はいつの間にかミスリードという言葉もおぼえているし、「蜘蛛さんも分かっているのに肝心なこと言わないでしょ。遠回しなばかりで。一緒です」胸のすくことをさらりと言う。

「あと、五件の殺人をした、というのも間違ってはいないのね。でも、佐伯は殺していないかもしれないけど、蜘蛛さんが五人の被害者の中に津田の名前をあげたときだって野黒美は全く否定しなかった、まだ死体も上がっていないのに。だから殺害を認めたことになるのよ」

「公佳君は相変わらず、まとめ上手だな」蜘蛛手はカップを置いた。

「それも、二回目です」と言って、公佳はタルトの残り一切れをほおばり、「では、一足先に帰ります」

と立ち上がった。

「よし、そうしよう」と続けて蜘蛛手も立ち上がりかけたが、公佳は小さな掌を開いて蜘蛛手に向け、

「蜘蛛さんは所長と一緒に山梨に向かってください。共同経営者でしょ」

「だが、この格好じゃ」

「大丈夫です。ちょっと前までのサンタ姿じゃ、さすがに無理だけど、今日の蜘蛛さんならイケてます。インテリアデザイナーとしてなら通りますよ」

蜘蛛手は困惑した顔をしている。初めて見せる顔だった。

「この先コルバからの仕事は当てにできないんです。是非、建築の仕事を獲って来てください。そうじゃないと潰れてしまいますよ」と公佳は言って、右手の人差し指と中指を真っ直ぐそろえて「じゃっ」と九〇度真横に傾けて出ていった。

私は心の中でブラボーと叫んでいた。


まったく、頼もしいスタッフが増えたものだ。

なにより蜘蛛手に対して全く遠慮がない。面と向かって当人を評し、指導までする。

それがすごい。

対して蜘蛛手もただただ苦笑するだけだ。

そうさせることもすごい。

解説

松本寛大

1

干ばつのために水位の下がった龍神池を訪れた男たちが、コンクリート製の卵を発見した。卵の中には白骨化した死体。内側には被害者がつけたひっかき傷とはがれた爪が残っていた。被害者はしばらくの間、卵の中で生きていたのだ。

被害者の頭部には包丁が貫通していたが、卵には凶器が通る大きさの穴は見られなかった。事件は世界最小の密室殺人として報道された。

この異様な死体発見シーンで幕を開けた物語は、龍神池のそばに建つ別荘を舞台とした密室殺人事件と、ドリルを用いて死体をもてあそぶ猟奇事件とが絡み合うことで、混迷を極める。この謎を解き明かすことができるのは、名探偵・蜘蛛手啓司だけだ——

寡作で知られる門前典之が前作『エンデンジャード・トリック』を刊行してから日を置かずに『卵の中の刺殺体――世界最小の密室』を上梓したことを喜びたい。近年、著者自身は自作につき〝B級本格ミステリー〟を標榜しているという。その定義は「突拍子もない現象（謎）を論理的に（多少の無理は承知で）解き明かしていくミステリー」だそうだが、本作もまさにそうした作品だ。事件の異様な全貌は、多くの読者に驚きを持って迎えられるだろう。

もし書店で本書を手に取り、本文より先にこの解説を読んでいるかたがおられれば、迷わず購入して自宅に帰り、ページをめくってほしい。シリーズものではあるが、特に前提知識はいらない。蜘蛛手啓司は一級建築士。建築事務所を経営しつつ探偵としても多数の事件を解決している。助手兼語り手は宮村達也。著者自身が建築畑の出身であるため、過去のシリーズは建築にまつわる事件が目立つ。これだけ知っていれば、もうあとは読むだけだ。楽しんでほしい。

本作は古典的パズラーの骨格を持った読みどころの多い作品である。また、古典一辺倒ではなく、そこから逸脱しかねない危うさを抱えているのが魅力でもある。著者は「多少の無理」と韜晦気味に語っているが、要するに一筋縄ではいかない作品なのだ。

念のため、門前典之のこれまでの歩みをおさらいしておこう。『灰王家の怪人』をのぞいて、長編は蜘蛛手が探偵役をつとめている（短編は後述する）。

『死の命題』（一九九七）第七回鮎川哲也賞・最終候補作『啞吼の輪廻』を改稿、自費出版。

『建築屍材』（二〇〇一）第十一回鮎川哲也賞を受賞。商業デビュー。
『浮遊封館』（二〇〇八）
『屍の命題』（二〇一〇）『死の命題』の改稿版。
『灰王家の怪人』（二〇一一）
『首なし男と踊る生首』（二〇一五）
『エンデンジャード・トリック』（二〇二〇）『２０２１本格ミステリ・ベスト10』にて国内ランキング第十位。

発表したすべての作品において読者に強烈な印象を与えることに成功した幸福な作家は決して多くない。門前典之は先に記したもののほか、短編を数作発表しているが、いずれも一読忘れがたい印象を残すものばかりだ。

人の記憶などいい加減なものだ。読んで数年も経てば、登場人物の名前はむろん、物語の終わり方すらあやふやになる場合も少なくない。だが、細かいところは忘れたとしても、ある一点だけは何年経っても覚えていることがある。何気ないひとつのセリフ、ちょっとした一場面。それは得がたい財産としていつまでも胸の奥にしまわれる。

ミステリの場合は、なんといってもトリックやどんでん返しが記憶に残るのではないだろうか。そして作家は多かれ少なかれ、過去の読書体験で得た宝物を自らのペンでよみがえらせたいと考えるものだ。

門前典之が書くのは謎また謎、途方もないトリックと意外な結末の物語だ。

バラバラに解体されてナンバリングされた死体の隠し場所。異形の建築物。狂気に満ちた事件の構図と闇にうごめく巨大な兜虫の亡霊。座敷牢の秘密。隠されていた死体の謎。度肝を抜くスケールの仕掛けが可能にする密室殺人――。

『屍の命題』には、本格ミステリでもっとも重要なのは意外性であると登場人物が語るシーンがある。そのために「奇想天外なトリックやアイデア」を用いることをためらわなかった作品こそが記憶に残っていると。

実際、門前典之は力ずくでミステリ史にその名を刻んできたといっていい。

南雲堂より刊行された『灰王家の怪人』にはつずみ綾、『エンデンジャード・トリック』には蔓葉信博の両氏による詳細な解説が掲載されている。大トリックが斯界にもたらしたインパクトや門前典之のより詳しい足跡、近年の本格ミステリシーンにおける作品の位置づけについては、そちらを参照してほしい。

以下は、別の方向から作品に光をあててみよう。

2

十九世紀以降、小説は主に人間と社会を描いてきた。小説の来歴が人間のドラマを語る歴史とイコールであるなら、ミステリはドラマをトリックに援用する技法を蓄積しつつ独自の道を歩んできたといえる。

意外性を追求するために、登場人物の人間関係に偽計を仕掛けるというテクニックが磨かれてきたのだ。いわゆる叙述トリックもそうだが、いまはもっと古典的なテクニックの話をしている。

もっとも単純な例を挙げれば、「夫を愛していると見えた妻は、実は結婚当初から彼を憎んでいた」ことが、事件を複雑にする場合を想像してほしい。妻が犯人でもいい。共犯者でもいい。恐喝犯への情報提供者というパターンもある。バリエーションは多い。ミステリ以外の小説で物語に起伏を与えるために使われる手法でもある。「結婚生活を営んでいた三十年、ずっと嘘をついていました」という真相は、それ自体がドラマチックだから、人間を描くことを目標とする小説にとっては扱いやすいのだ。あるいは、嘘をついていたことが判明してからの人間関係の変化や破綻、それでも残る夫婦間の情愛を描くものこそが小説かもしれない。

だが、人間同士のからみあいが物語を前に進めるという大半のドラマが採用している構成を、門前典之はあまり取らない（部分的に使用する場合もある）。代わりに用いるのは、事件の構図そのものを複雑にしてみせるという手法だ。おそらくは氏自身の基本的な発想法と関わっているのではないだろうか。一見つながらない（物理的、時間的につながるはずがない）Aという事件とBという事件は連続性のある事件だった。さらにひねって、AとBの事件はCという事件を通じてつながりがあったなど——事件の設計図そのものに凝るタイプ、というとわかりやすいかもしれない。

本作『卵の中の刺殺体』も例外ではない。未読の読者のために詳細は書かない。真相は自分の目で確かめてほしい。読了後に作者の思惑をトレースするつもりで、事件をいったん俯瞰したのちに要素を再構築してみれば、構成の複雑さがわかるだろう。

また、初読時は大きな部分に目が行きがちだとは思うが、細かいところに気を配り、仕掛けを施している点にこそ着目してもらいたい。ひとつひとつのレンガをおろそかにせず確実に積み上げてこそ、困難の壁が探偵の行く手を阻む。

この堅牢な構成が門前作品の大きな魅力だ。


おそらく門前典之はトリックをベースに物語を構築している。ミステリはトリック中心となる傾向の強いジャンルだが、その点をソリッドに突き詰める作家はさほど多くない。

独創的なトリックの発案の困難さはいまさら語るまでもない。さらに、当然の話だが、思いつくこととそれを一冊の本として仕上げることには天と地ほどの差がある。トリックは物語の中にうまく溶け込ませる必要があり、その点、工夫と技術が必要だ。リアリティの付与も容易ではない。仕掛けの手数が増えれば勢い複雑さが増し、読者を選ぶことにもなる。

大がかりなトリックとその解明により全体像が見えたとき読者がはたと膝を打つ——そうした作品というのは見果てぬ夢に近く、挑戦は時に無謀だ。門前典之はその無謀な夢に挑み続けている。

トリック一発勝負と呼ぶにふさわしいのは、初期の代表作『浮遊封館』や『屍の命題』、あとは短編「天空からの死者」あたりか。むろん作品ごとに手触りは異なるのだが、ほかの作品では、大トリックを背骨に持ちつつ犯罪の構図が概して複雑である。思えば商業デビュー作『建築屍材』がそういう作品だった。当初はいくつかの短編作品で、それを長編にまとめあげて鮎川哲也賞に投稿したのだという。結果的に個々の事件はやや地味だが、全体を束ねる発想が常識から飛躍した強烈なものという、一風変わった作品となり得た。『建築屍材』とはよくいったもので、建築現場でパーツごとにバラバラにされた死体が発見された事件を描いているということのみならず、死体という材料を組み合わせて堅牢で巨大な犯罪を建造してみせるという物語構造のダブルミーニングとなっていた。トリックも大きいが物語の設計図まで大きい（大風呂敷とさえいってもいい）。近作『エンデンジャード・トリック』は、『建築屍材』の発展系ともいえるもので、その意味では、これまで以上に門前典之らしい作品だろう。

なお、蛇足ながら付け加える。『灰王家の怪人』は、蜘蛛手シリーズではないという事情が手伝ってか、登場人物同士が関わり合い、ぶつかり合い、葛藤が生じ、そして劇的な瞬間がおとずれる――すなわちドラマチックな作品だった。しかも相当に歪んだ形で。奇想と不可能犯罪をコンセプトとした叢書〈本格ミステリー・ワールド・スペシャル〉の一冊ゆえ、これまでになく怪奇要素を前面に押し出した作品だが、奇想という以上に、ドラマ性という意味において、作品作りの根幹部分にこれまでにない特徴が見られた。あの路線はもしかしたら門前作品に新たな魅力をもたらすかもしれないと思い、期待していることを付言しておく。

犯罪の構図の複雑さもさることながら、謎解きが執拗であるのが門前典之のもうひとつの特徴だ。いわゆる多重解決とも肌触りは異なる。要するに盛り込まれるものが過剰なのだ。

3

それは実質的な処女作『屍の命題』のころから一貫している。

湖畔に建つ大学教授の別荘で、招待客全員の死体が発見される。本をひらくとすぐに「読者への挑戦状」があり、「そして、誰もいなくなった」の文字が見える。作者はアガサ・クリスティー作品を見据えた上で、意外な真相を提示する。同じ発想による先行作品はあるものの、『屍の命題』はより複雑怪奇なことにチャレンジしており、独創性は高い。だが、このメインの趣向以外にも奇抜なトリックや奇怪なガジェット（兜虫の亡霊！）が目白押しだ。足跡のない殺人事件の解決があのようなものだと想像した者はまずいないだろう。

『屍の命題』と自費出版された『死の命題』との違いだが、文章には手が入っているものの、基本的な部分で大きく変わるところはない。ただし『死の命題』はシリーズ化を考慮していない終わり方をしている。受賞の際は修正するつもりだったのだろうかとも思えるが、「ミステリマガジン」に掲載されたインタビュー（通巻653号）を読む限り、どうも投稿作の執筆時点では、自身が作家生活を続けることをあまり想定せずに仕掛けを入れ込んだらしい。その詰め込まれたアイデアの過剰さにあらためて驚かされる。

これはデビューが比較的遅かったせいではないだろうか。

前述のインタビューで門前典之は綾辻行人『十角館の殺人』(一九八七)や折原一『倒錯のロンド』(一九八九)を読み、「先にやられてしまった」と思ったと述懐している。

胸に描いた「自分だけのトリック」をなんとか形にしたい——その思いを抱えつつも、多忙ゆえ、なかなか作品を書き上げることができなかったのだ。

『死の命題』の改稿前の作品、『啞吼の輪廻』は一九九六年度の鮎川哲也賞に投じられたものだ。当時リアルタイムで新刊を追いかけていた人間の個人的な感想になってしまうが、古典復興、すなわち本格ミステリのルネサンスとしてはじまった新本格が、時代を席巻した結果、爛熟の様相すら見せはじめた時期だ。

傍証として、現在も続く本格ミステリ・ベスト10企画での、一九九六年一月から十二月までを対象とした集計結果をあげてみよう(東京創元社『創元推理』一九九七年春号で発表)。一位から順に、『鉄鼠の檻』『絡新婦の理』『星降り山荘の殺人』『すべてがFになる』『どちらかが彼女を殺した』『名探偵の掟』『時の誘拐』『人格転移の殺人』『「吾輩は猫である」殺人事件』(『人格転移の殺人』と同順位)『龍臥亭事件』である。

翌年のベスト10(上位から『鴉』『ガラスの麒麟』『未明の悪夢』の年)企画に付された座談会では、千街晶之の「本格不作の年」、法月綸太郎の「消費速度がますます加速している」、笠井潔の「(現代本格の)変容が起きている」という発言が目につく。『十角館の殺人』から十年というのはそうしたころだったのだ。

本格ミステリを書いて賞に投じようとする者は、トリックを競うサーカスという側面を意識せざるを得ない。より新しく。より見たことのないものを。より凝ったものを。デビューが遅かったゆえに門前典之は過剰にならざるを得なかったのだと思うし、結果的には過剰が資質にあっていたのだろう。

ここで既発表の短編を確認しておきたい。長編と異なり書評で触れられることは少ないのが惜しいが、いずれも手の込んだ作品だ。

「天空からの死者」　二〇〇九年六月、『不可能犯罪コレクション』所収　（原書房）
「神々の大罪」　二〇一〇年九月、『ミステリ★オールスターズ』所収　（角川書店）
「猿坂城の怪」　二〇二〇年三月、『御城の事件　東日本篇』所収　（光文社時代小説文庫）

すでに少し触れたが、「天空からの死者」は、不可能犯罪をテーマとしたアンソロジーに寄せられた、蜘蛛手の活躍を描く作品。建築関係のトリックを、非常にシンプルな形で物語に落とし込んでいる。短編ゆえか、ここでは先述した「犯罪の構図の複雑さ」はあまり見られない（それでもなかなか複雑ではある）。ただし、代わって奇怪な犯行動機がクローズアップされる。

続いて、「神々の大罪」。本格ミステリ作家クラブの設立十周年記念アンソロジーに収録されたもの。多数の作家が参加する本のため、収録作はどれも短く、掌編に近い。テーマには縛りがなく、自由。枚数制限の関係上複雑なことはできないから、それぞれの作家は人間ドラマを中心にひねりを加えてみたり、シンプルなトリックで勝負したり、掌編だからこそ許される奇抜なアイデアを披露してみたりと、趣向を凝らした。門前典之はどうしたかというと、わずか十四ページ（単行本）の作品で、詰め込めるだけ詰め込んでみせた。物語は二転三転、途中で奇抜なトリックも披露し、さらにそれさえもひっくり返してみせる。

「猿坂城の怪」は、城をテーマにしたアンソロジー。なんと時代小説である。だが、その枠組みにとらわれないところはまぎれもない門前作品。不可解な状況が奇抜なトリックで解決したと見えるが、さらに異常な展開が続き、読者を唖然とさせる。

これらは、あるいは長編よりも門前作品の特徴がとらえやすいかもしれないと思える。ことに「猿坂城の怪」はその過剰さが際立っている作品なので、ぜひ手に取ってみてほしい。

4

物語に詰め込まれているものが過剰といっても、それはトリックの量に留まらない。初めて読む方の驚きを減じないために詳細は書かないが、門前作品には過剰を通り越して異常といって構わない犯行動機が多いのも特徴だ。

門前作品では死体がもてあそばれる。死体を人間性から切り離してモノとして扱うことで初めて生まれるアイデアが散見される。それはトリックに直結する場合もあれば、ミスディレクションなど、広い意味でのトリックとして用いられる場合もある。本作『卵の中の刺殺体』でも、人間テーブルをはじめとした死体によるオブジェがあちこちに顔を出す。

本作で挿話として語られる遺体発見シーンに着目してほしい。ぎりぎりのところでリアリティとブラックユーモアが両立するように計算されている。

犯罪者がしばしば常軌を逸した人物として描かれていることも、同様のカリカチュアライズと理解できる。

「人間の死をもてあそぶ」道を選んだ以上、ミステリを娯楽と割り切るべきで、職人の責務としてこれは絵空事ですというエクスキューズを入れている。作者の姿勢をそのように読み取ることができる。

それに、動機に独自性を持たせることで新しいミステリの面白さが描けるのではないかという思いも加わっているのだろう。

『屍の命題』には登場人物のひとりが江戸川乱歩の『探偵小説の「謎」』を手に取るシーンがあった。探偵小説のトリックをまとめた本だ。小説内で言及しているからには、おそらくは若き日の門前典之も手にしたはずだ。本には「異様な犯罪動機」の章がある。作品のメインに据えるにせよ、そうではないにせよ、動機の新規性というのが常に門前典之の頭の片隅にあるのではないか。

だが、ほんとうにそれだけだろうか。異常な犯行動機を描く手つきには、門前典之が絵空事に託したものが見え隠れしているのではないか。

そもそも本格ミステリはどうしたって絵空事なのだ。名探偵が「みんな集めてさてと言い」ということなどあり得ない。誰かがものごとにつき論理的に話をして、相手がそれを黙って聞いて、理解し、納得して、問題が解決するということ自体がそうそうないだろう。人と人の間には断絶と、理解という名の誤解があるばかりだということなど、作家は百も承知だ。

短編は門前作品の特徴がとらえやすいと書いたが、「神々の大罪」「猿坂城の怪」に見られる、他者との相互理解の困難さの描き方は注目に値する。

門前作品では異色作だろう『灰王家の怪人』も加えてもいいかもしれない。

本作のクライマックスである蜘蛛手による謎解きシーンをよく読んでみてほしい。まさしく「さてと言い」のシーンだ。蜘蛛手は罪人を糾弾する正義感に酔ってはいない。犯人は蜘蛛手に向かって「同じ人種だ」とさえ言い放つ。作者の意識が一面的な正義を振りかざすようなものとは無縁である証拠だ。

世界は理解できるものではない。かといって突き放してしまえるものでもない。だからせめて論理の力で謎を解いて世界に触れようというのは、悲愴なまでの諦念とリリシズムといえるのではないか。手元に『建築屍材』の単行本がある方は、一七八ページをひらいてほしい。蜘蛛手と出会って間もない頃の、宮村の心情が吐露されている。「私にはできるだけ多くの人に自分というものを理解してほしいという欲求がある。しかしそれは叶わぬものだ」「だったらせめてひとり、ひとりだけでもいいから、自分を理解してくれる人を求めたい。最近特にそういう思いが強くなった」「彼もまた私と違った意味で孤独なのではないだろうか」——。

門前典之が『建築屍材』を上梓したのは二〇〇一年。鮎川哲也はこの作品を「本格に対する氏の真摯な取り組みに、改めて敬意を表したいと思う」という言葉とともに世に送り出した。

それから二十年が過ぎた。

門前典之が作品に向き合う姿勢は、プロデビューののちも一貫しているように見える。本格に対するその真摯な取り組みに、何より頭が下がる。

本作より蜘蛛手探偵事務所にはどうやら新しい仲間も加わったようである。

彼らの活躍は、まだまだ、これからだ。

本書は書き下ろしです。
この物語はフィクションです。
実在の人物・団体とは一切関係ありません。

卵の中の刺殺体
――世界最小の密室

2021年12月10日　第一刷発行

著　者　門前典之
発行者　南雲一範
装丁者　岡 孝治
校正・作図　株式会社鷗来堂
発行所　株式会社南雲堂
東京都新宿区山吹町361　郵便番号162-0801
電話番号　(03)3268-2384
ファクシミリ　(03)3260-5425
URL https://www.nanun-do.co.jp
E-mail nanundo@post.email.ne.jp
印刷所　図書印刷株式会社
製本所　図書印刷株式会社

ISBN 978-4-523-26605-1 C0093